KB062487

독독독
獨讀篤

독독독獨讀篤

발행일 2016년 10월 17일

지은이 박 세 라
펴낸이 손 형 국
펴낸곳 (주)북랩
편집인 선일영 편집 이종무, 권유선, 안은찬, 김송이
디자인 이현수, 이정아, 김민하, 한수회 제작 박기성, 황동현, 구성우
마케팅 김회란, 박진관
출판등록 2004. 12. 1(제2012-000051호)
주소 서울시 금천구 가산디지털 1로 168, 우림라이온스밸리 B동 B113, 114호
홈페이지 www.book.co.kr
전화번호 (02)2026-5777 팩스 (02)2026-5747

ISBN 979-11-5987-219-8 03810 (종이책) 979-11-5987-220-4 05810 (전자책)

이 도서의 국립중앙도서관 출판예정도서목록(CIP)은 서지정보유통지원시스템 홈페이지(http://seoji.nl.go.kr)와 국가자료공동목록시스템(http://www.nl.go.kr/kolisnet)에서 이용하실 수 있습니다.
(CIP제어번호 : CIP2016024599)

독독독

獨讀篤

유일한 삶은
연애보다
섹시하다

박세라 지음

북랩 book Lab

서문

Be Unique.

나는 속았다. 인생은 마라톤이 아니다. 인생은 산책이다. 인생은 정해진 출발선에서 같은 방향으로 달려가 일등부터 꼴찌가 정해지는 단순한 경주가 아니다. 인생 전반전에는 마라톤을 해 왔다. 앞과 위에 도달하기 위해서 경주해 왔다. 우리는 결재 서류조차 본 적 없이 남이 하라는 대로, 남이 해 온 방식에 편입되어 살아왔다. 인생 오십을 지비(知非)라고 한단다. 지금까지 살아온 삶이 틀렸다는 것을 아는 나이란다. 어쩌면 틀렸다기보다 인생 후반전에 들어서는 삶의 패러다임이 변했다고 해야 옳을지도 모르겠다. 인생은 객관적 답이 없다. 주관적 답을 찾아가는 것뿐이다. 인생의 결재 권한을 가진 것은 자신뿐이다. 그것이 '인생'의 정체성이다.

자기 삶을 살지 못하면 평생 경주할 수밖에 없다. 달리면서 옆도 보고 뒤도 보고 앞도 보느라 항상 불안하고 목마르다. 위계가 있는 경주인데 죽는 날까지 승자도 패자도 없다. 단지 제자리걸음이다. 내 옆 사람, 뒷사람, 앞사람이 바뀔 뿐이다.

Be Unique.

자기 삶을 살게 되면 경주할 이유가 없다. 단독자는 뛰든 걷든 만족이다. 단독자에게 있어 삶은 모두 다르지만 모두 같다. 저마다 삶의 패턴은 달라도 각자의 삶을 사는 것은 같기 때문이다.

에픽테토스는 "인간은 현상이 아니라 현상에 대한 자신의 생각 때문에 불안해진다."고 말했다. 현상은 바꿀 수 없다. 그러나 현상에 임하는 내 마음은 바꿀 수 있고, 나의 의지에 따라 선택할 수 있다.

이 선택에는 용기와 지혜가 필요하다. 불안은 외부 요인에 의해서 느끼게 되는 경우가 많으며 우리는 단독자가 되지 못하기 때문이다. 그러므로 자기 삶을 살기 위해서는 외부 현상과 내부 선택을 구분할 필요가 있다.

Be Unique.

자기 삶을 살기 위해서는 자신과 만나는 시간을 확보해야 한다. 그래서 나는 가능한 많은 시간을 고독과 독서에 쓰려고 한다. 일반적으로 책이 마음의 가늠자라면 그중에서 고전은 사고의 내비게이션이다. 운명을 결정하는 것은 기회가 아니라 선택이며, 선택은 사고가 가리키는 방향이다.

혼자 있는 시간에 고전을 읽으면 단독자인 나와 만나게 된다. 단독자는 높이로 살기보다 깊이로 산다. 높이는 남이 우러러보지만 깊이는 자신만의 내공이다. 높이는 흔들리지만 깊이는 흔들리지 않는다. 높이는 물리적 혹은 심리적 요인에 의해 영향을 받지만 깊이는 영향을 받지 않는다.

Be Unique.

인생의 전반부는 외형으로 살고 후반부는 내면으로 산다. 일종의 정권 교체다. 세월이 흐를수록 외형은 빛이 바래지만 내면은 그만큼 깊고 풍부해진다. 그것이 살아가는 뒷심이다.

내면의 힘은 결국 공부다. 삶에 진짜 힘이 되는 공부는 학위나 스펙에 초점을 맞춘 공부가 아니다. 유명한 스승 아래서 배운 공부도 아니다. 혼자 스스로 하는 공부다. 산다는 것은 매일 풀어야 할 문제와 만나는 일이며, 지혜로워질수록 풀어야 할 문제의 수는 줄어든다.

인생의 목적은 행복이다. 행복이 무어냐고 묻는다면, 내 몸과 마음이 편안한 상태라고 말하겠다. 인생의 후반부가 행복해지기 위해서 나는 어떤 삶을 살 것인가.

다음은 내 휴대 전화 속에 있는 글이다.

"공정보다 이해, 효율보다 인화(人和), 비판보다 관조, 연설보다 경청, 샤프함보다는 어눌함을 사랑하며 살자."

Be Unique.

내 삶이 가장 좋은 삶이다. 절대자가 어련히 알아서 저마다에게 맞는 맞춤형 인생을 선사하지 않았을까. 자연이 빚은 아름다움을 이길 것은 없다. 주어진 삶을 수용하는 것이야말로 상선의 삶이 아닐까. 나는 나의 삶을 선망한다. 남의 옷은 남이 입어야 어울리지, 나에게는 어울리지 않는다. 묵묵히 나의 속도로 내 삶을 살고 싶다.

생각은 시간의 강물을 따라서 변한다.

이 글은 2015년도 나의 생각과 공부 보고서다. 사고가 무르익지 못해 거친 부분도 많을 것이다. 이런저런 생각으로 출간을 머뭇거리고 있을 때 내게 힘이 되어 준 한마디가 있다. 오간지 프로덕션 오상익 대표의 메시지다.

"좀 더 내공을 쌓은 후에 책을 쓰겠다는 생각은 오만이다. 시간이 흘러도 자신에게 완벽한 책을 쓰기란 불가능하다. 그저 그때그때 떠오른 생각을 담담하게 정리하고 나중에 재수정해 가면 된다. 그렇게 와인처럼 무르익어 가는 것이 인생이다. 첫술에 배부르랴. 책도 마찬가지다."

오상익 대표에게 감사를 전한다.

마지막으로, Unique한 삶을 살기 위한 하나의 방법이자 동시에 이 책의 메시지는 독독독(獨讀篤)이다. 하루 몇 분이든 혼자 있는 시간[獨]에 책을 읽으며[讀] 사색하는 시간을 돈독히 갖는 일[篤]이다. 실개천이 모여서 큰 바다에 이르듯 사소한 일상이 모여서 My Own Way를 발견하게 된다면 그것이야말로 일생의 큰 보람이리라.

목차

3. 마음 쓰는 법·137

4. 지천에 행복·195

1.
채우지 않는 잔

獨讀篤

계영배의 행복

계영배(戒盈杯)는 고대 중국에서 과욕을 경계하기 위해 만들어진 의기(儀器)에서 유래되었다. 밑바닥에 구멍이 있는 술잔이며 7할 이상 채우면 술이 새어 나간다. 공자도 항상 이것을 곁에 두고 과욕과 지나침을 경계했다.

지난 학기 대학원 '전통 음식 문화' 수업에서는 한국 전통 음식에 대한 이론과 실습을 병행했다. 현대 사회에 들어 외식 문화가 발달하고 간편 요리가 다양해지면서 일상에서 우리 전통 음식을 접할 기회가 점점 줄어들고 있다. 간혹 명절에 먹을 기회가 있어도 '뭐지?' 하고 무심하게 한두 번 맛만 볼 뿐 별로 관심이 없던 전통 음식의 문화적 배경을 배우고 직접 만들어 보는 수업이라서 매우 흥미진진했다.

곡물을 끓여 죽으로 먹었을 때 처음 사용했다는 숟가락이 탕 문화를 발달시켰고 일상 음식에 꿀, 계피, 인삼, 대추, 생강 등 한약재를 많이 사용한 점이 특이했다. 우리가 음식에 사용하는 양념은 원래 약념(藥念)으로, 먹어서 몸에 약처럼 이롭기를 바라는 마음에서 사용했다고 한다. 한국 음식의 고명에는 오방색으로 불리는 붉은색, 노란색 녹색, 흰색, 검정색을 띠는 재료를 사용했다니 문득 김밥이 떠올랐다.

전통 음식 문화 실습 시간에는 단호박타락죽과 장국죽, 신선로와 탕평채, 두부젓국찌개와 미역자반, 쌍화차와 새우다식 등 몇 가지를 직접 만들어 보고 상을 차려서 다 같이 시식하는 시간을 가졌다. 실습 시간에는 음식 만드는 순서를 한 번이라도 놓치면 안 되기 때문에 학생들은 교수님의 지시를 따라가기 위해서 다들 조금 긴장했다. 나는 집안 살림 중에서도 주방 쪽 일이 가장 어려워서 더욱 정신을 바짝 차렸다.

그중에 단호박떡케이크를 만들던 시간은 다른 전통 음식 실습 시간과 달리 분위기가 사뭇 아기자기했다. 멥쌀가루와 단호박퓨레로 케이크 시트를 만들고 나서 다음 단계로 그 위에 얹을 장식 재료들을 만들었다. 일명 토핑(topping)이다. 멥쌀가루로 절편을 만들어 각각 치자 가루, 녹차 가루, 백년초 가루를 섞어서 노란색, 녹색, 분홍색의 반죽을 만들었다. 그때 교수님께서는 천연 색소를 너무 많이 넣어서 색이 진해지지 않도록 조심하라고 몇 번이나 당부하셨다. 색이 지나치게 진하면 품위가 덜하다고 주의도 주셨다.

우리는 다양한 색을 들인 절편 위에다 꽃 모양, 하트 모양, 나뭇잎 모양 등의 틀을 눌러 찍어서 예쁜 장식물을 만들기 시작했다. 색색가지 절편에 다양한 형태와 크기의 틀로 장식물을 찍는 시간은 아주 재미있었다. 찍어낸 형태끼리 서로 조합해서 새로운 장식물을 만들어 내기도 하고 대추를 깎아서 꽃 모양을 내기도 했다. 케이크 시트를 만드는 단계까지는 별로 적극성을 띠지 않고 교수님의 설명을 수동적으로 따르던 학생들이 케이크 위에 얹을 장식물을 만드는 단계부터는 재미있고 신기해서 서로 형태 틀을 바꿔 가며 자기만의 모양을 찍어내는 데 몰입하기 시작했다. 다른 학생이 찍어낸 것을 보기도 하고 새로운 형태 틀이 없는지 찾아가며 각자 자기 케이크 위에 얹을 장식물을 만드느라 조리실이 쥐 죽은 듯 조용해졌다.

두 사람이 한 조가 되어 서로 의논하면서 각자 자기만의 케이크를 만들기로 했다. 어느 정도 장식물 준비가 완료되자 우리는 마음껏 케이크 위를 장식하기 시작했다. 케이크 위에 나만의 작품을 만들어 간다고 생각하니 과연 완성품이 어떤 모습일지 궁금했다. 교수님께서는 학생들 주변을 돌아다니시며 참고할 만한 사항을 설명하셨는데 학생들은 케이크를 장식하느라 교수님 말씀에 귀 기울일 틈이 없었다.

나는 백지의 캔버스 위에 그림을 그리듯 최대한 창의력을 발휘해 차별화된 작품을 만들고 싶었다. 케이크 위에다 꽃과 줄기, 나뭇잎으로 다양한 크기의 예쁜 꽃을 만들어 얹고 여백에는 잣과 호두로 잔뜩 장식했다. 케이크 위에 다채로운 정원이 펼쳐지기 시작했다. 뿌듯했다.

잠시 후에 교수님께서는 각자의 완성품을 준비된 테이블 위로 가져오라고 말씀하셨다. 학생들은 못 들은 체하고 여전히 고민해 가며 장식물을 더 얹기도 하고, 다른 모양으로 바꾸기도 하면서 케이크 위를 장식했다. 그러자 교수님께서 몇 번이나 반복해 그만 멈추고 완성품을 가져오라고 하셨다. 그제서야 학생들은 하나둘 케이크에서 손을 뗐다. 우리 조는 맨 마지막까지 공들여서 케이크 위를 장식물로 가득 채웠다. 완성품을 조심스럽게 테이블로 들고 가며 나는 내심 내가 만든 케이크가 가장 예쁠 거라고 생각했다.

실습실에 있는 커다란 직사각형 테이블 위에는 학생들이 만든 케이크들이 즐비하게 전시되었다. 가볍게 둘러보니 특별히 눈에 띄는 케이크는 없었고 다들 비슷비슷해 보였다. 교수님께서 테이블 위에 놓인 학생들의 케이크를 찬찬히 둘러보시고는 "자, 어때요? 장식한 걸 보니 성격 나오죠?" 하며 웃으셨다. 우리들은 테이블 주위를 돌아가면서 서로가 만든 케이크를 흥미롭게 살펴보고 이 케이크는 어떻다, 저 케이크는 어떻다 하며 한참 재미있게 이야기를 주고받았다.

그러다가 맨 구석에 놓인 케이크에 일제히 시선이 멈췄다. 왁자하던 실습실이 갑자기 조용해졌다. 다른 케이크들이 대부분 다채로운 장식물로 그 위를 가득 메우고 있는 가운데 한 케이크만은 유독 하얀 여백이 돋보였다. 단지 케이크 한 모퉁이에 동양 자수를 놓듯 작은 꽃 두어 송이만 얌전히 얹은 채 조용하고 단아하게 놓여 있었다. 교수님께서는 우리들의 모습을 보며 조용히 미소 짓고 계셨다.

버려야 할 것이 무엇인지 아는 순간부터 나무는 가장 아름답게 불탄다고 했던가. 순간 군더더기를 욕심 사납게 이고, 지고, 들고 있는 내 케이크를 보고 얼굴이 화끈거렸다. 넘치도록 품고 있는 케이크의 빈곤함과 비움으로써 풍요로워진 케이크를 번갈아 보면서 쥐구멍을 찾고 싶은 심정이었다.

채움 속의 빈곤, 비움 속의 풍요일까. 학생들은 맨 끝자리에 놓인 케이크에서 수업의 교훈을 얻은 듯한 눈치였다. 케이크를 만들며 웃고 까불던 실습실 분위기가 숙연해졌다. 교수님께서 다음 수업에 대한 공지 말씀을 하시는 동안 나는 슬며시 케이크 위에서 장식물을 하나씩 걷어냈다. 얼마나 채웠는지 걷어내고 걷어내도 그 고아한 케이크만큼 여백이 드러나지를 않았다. 단호박떡케이크 위를 여백 없이 가득 채우는 모습을 보시며 교수님은 어떤 생각을 하셨을까. 수업을 마치고 집으로 돌아오며 매사 여지를 남기는 일에 대해 생각했다.

우승 밑거름 상

받고도 찜찜한 상이 있다.

신문에 '상장 거품'이라는 칼럼이 실렸다. 요즘 대학에서 학생을 선발할 때 생활 기록부를 보고 뽑는데, 그 기록부에는 교내에서 주는 상만 적을 수 있어 각종 상을 남발한다는 것이다. 학교장의 추천과 특기 적성에 비중을 두는 특별 전형 때문에 상장의 수가 더 늘어났다고 한다. 들어 보니 상 이름도 가지각색이어서 '세계 지도 퍼즐 맞추기 상', '수학여행 활동 우수상' 등 야릇하다. 상을 주는 입장이나 받는 입장이나 모두 씁쓸할 듯하다.

재미있는 상 이름을 듣고 오래전 TV의 한 오락 프로그램이 떠올랐다. 출연진을 두 팀으로 나누어 여러 가지 친선 경기를 겨루고 최종 우승 팀을 가린 후, 진 팀 선수 중에서 상대편 우승에 밑거름이 되어 준 사람에게 '우승 밑거름 상'을 주었다. 말 그대로 상대 팀이 우승하는 데 크게 이바지하고, 자기 팀이 실패하는 데 일등 공신 역할을 한 선수에게 주는 상이다. 오락 프로그램다운 설정으로 웃자고 정한 상인 만큼 재치가 느껴졌다. 모든 경기가 끝나고 '우승 밑거름 상'을 발표하는 순간이 그 프로그램의 하이라이트였다. 진행자가 우승 밑거름 상을 발표하기 전에 장난스럽게 뜸을 들일수록 시청자나 방청객은 '누가 상을 받을까?' 하고 흥미진진하게 기다렸다. 진 팀 선수들은 자신이 받게 될까 봐 긴장했다. 마침내 우승 밑거름 상 수상자를 호명하면 당사자는 멋쩍게 머리를 긁적였고 진 팀 선수들은 일제히 장난기 섞인 야유를 건넸다.

세월이 흐르면서 차츰 '밑거름'이라는 말을 떠올리게 된다. 식물이 한 송이 꽃을 피우기 위해서는 사람의 손길과 자양분이 필요한 것처럼 사람도 자기 영역에서 꽃을 피우기 위해서 주위로부터 어떤 밑거름이 필요하지 않을까. 우리는 글이나 그림, 강의나 연주를 듣고 감탄할 때 행복을 느낀다. 그들이 그런 역량을 발휘하기까지는 누군가의 밑거름이 있었을 것이다. 나도 처음에 수필을 쓰며 좌절할 때마다 대학원 교수님께서 도움이 될 만한 방법과 용기를 주시며 청사진을 그려 주셨다. 그 덕분에 모호했던 계획이 구체화되고 글을 써야 하는 당위성마저 선명해졌다.

어른이 된다는 것은 받는 입장에서 주는 입장이 되는 것이 아닐까. 이해하기보다는 이해를 받으며 살아왔다. 다른 사람을 격려하기보다는 격려를 받으며 살아왔다. 남의 말을 잘 듣기보다는 내 말이 더 많았다. 테이크 앤 기브(take and give). 지금까지 받아 왔으면 이제는 돌려줄 차례인 듯하다.

나는 요즘 누군가에게 밑거름이 되고 있다. 단아하고 온화한 내 친구 J는 뒤늦게 대학에서 자신이 하고 싶었던 공부를 새로 시작했다. 공부를 놓은 지가 한참인 데다 나이가 쉰에 이르니 한 학기에 여섯 과목을 공부하는 일이 만만치 않은 모양이었다. 간혹 J를 만나면 공부를 포기하고 싶은 눈치였다. 나는 친구 J가 공부를 마치도록 돕고 싶었다. 그래서 시험 준비 기간과 당일에 늘 문자로 격려했고, 평소에는 주기적으로 공부의 기쁨과 보람을 전했다. 다행히 친구 J는 4년을 과락 한 번 없이 무난히 마쳤다. 그리고 지금은 좀 더 깊은 공부를 위해 대학원 진학을 준비하고 있다.

얼마 전에 친구 J를 카페에서 만났다. 그동안 나의 격려와 응원이 없었다면 여기까지 올 수 없었을 거라면서 고맙다고 했다. 나는 4년을 버텨 준 친구 J에게 오히려 고맙다고 말했다. 때로 외부의 밑거름이 내 꿈을 향한 동력이 된다. 사람은 혼자 크지 못한다. 너의 밑거름이 나의 성장이 되고 나의 밑거름이 너의 성장이 된다. 부지런히 밑거름을 주고받아야겠다.

오지랖의 경계

늦은 오후, 시내에 볼 일이 있어서 택시를 탔다. 버스나 지하철을 이용해도 되지만 몸이 고단해 편하게 앉아서 가고 싶었다. 택시 안의 라디오에서는 지구 어디쯤에 있는 나라인지 알 수 없는 곳에서 벌어진 소식이 격앙된 어조로 보도되고 있었다. 눈을 감은 채

의자 등받이에 등을 기대고서 소란스러운 방송을 듣자니, 문득 '저런 뉴스까지 알고 살아야 하나.' 하는 생각에 피로했다. 다행히 먼 거리가 아니어서 서둘러 내리며 마음이 홀가분해졌다.

입만 열면 글로벌 시대를 내세우는 세상이다. 과연 보통 사람들이 일상에서 글로벌 시대를 얼마나, 어떤 방식으로 체감하고 살까. 흔히 새로운 IT 기기를 남보다 일찍 손에 넣어서 작동할 줄 알거나, 떠다니는 정보를 남보다 일찍 알면 글로벌 시대의 얼리어답터란다. 그게 어쨌다는 건가. '얼리어답터'라는 말도 상업적으로 느껴지지만 얼리어답터가 되어 삶이 근본적으로 어떻게, 얼마나 좋아진다는 말인가. 별걸 다 가지고 경쟁을 유도하고, 경쟁에 동참하고, 다른 사람과 경계를 짓는다. 레이트어답터로 살아도 별로 문제없다. 택시 안에서 뉴스를 들으며 글로벌 앞에 오지랖을 붙이고 싶었다. 오지랖이 글로벌급이다.

스마트 시대에는 정보나 소식이 내가 선택하지 않아도 쓰나미처럼 밀려온다. 새롭거나 자극적이면 모두 정보가 되는 세상이다. 자칫 알고 있는 정보의 양이 많으면 앞서가는 삶인 것처럼 오인하게 만든다. 확실히 질보다 양인 세상이다. 다른 사람의 사생활부터 시작해서 사회, 국가, 세계에서 현재 일어나는 모든 일에 시시콜콜한 관심이 지대하다. 나의 사생활이 너의 정보가 되고, 너의 사생활이 나의 정보란다.

잠시 머물다 흘러가고 말 것을 가지고 그것을 모르면 소통이 안 된다고 너도 나도 입력하기 바쁘다. 거기에 일일이 훈수를 두고 재판관 노릇을 하면서 '소통'한다. 비눗방울 같은 소통이다. 소외—그게 소외일까?—에 대한 과불안은 아닐까. 에너지를 쓸 일이 아닌 곳에 소모하니 정작 써야 할 일에는 쏟아부을 에너지가 줄어든다. 밖으로 거대 담론을 좇느라 실질적인 일상은 지나치고 만다. 거대 담론은 때로 일상의 뜬구름이다. 실체 없는 것들을 머릿속에 저장하느라 내면은 공허하다. 전부 남의 것으로 채워 나간다.

시대적으로 국가 간에 경계가 허물어지고 문화 공동체로 나아가는 세상에서 지구촌에 대한 관심은 자연스럽다. 그러나 관심이 지나치면 참견이고 오지랖이다. 내가 끼어들 필요도 없고 그럴 자리도 아닌 곳에 마구 끼어든다.

일상에서 오지랖의 경계를 떠올릴 때 소학의 가르침 중 쇄소응대진퇴지절(灑掃應對進退之節)을 생각한다. 내 자리에 대한 정리 정돈과 직접 대면하는 이를 맞는 마음가짐, 그리고 나아감과 물러섬에 대한 분별이다. 아주 구체적인 일상의 영역이다.

갑과 을의 기준이 무엇일까. 선택권을 가진 쪽이 갑이다. 정보—그런 것을 정보라고 할 수 있다면—라면 무조건 쏠리고 보는 부화뇌동보다는 가치를 선별하는 안목을 가진 쪽이야말로 스마트 시대의 갑이 아닐까. 나의 관심은 그렇게 헐값으로 쓸 것이 아니다. 관심이야말로 자본이고 자존이다. 먼저 나에게 무슨 필요가 있는지, 어떤 긍정적 효과를 기대할 수 있는지에 대한 고려가 필요하지 않을까. 분별 있는 관심이 고급 정보를 만든다.

무분별한 앎은 번뇌의 씨앗이다. 오지랖의 정보들은 허망한 거품이다. 그런 앎이 많아질수록 내면은 욕망의 선동에 휘둘린다. 몸은 무겁고, 머리는 복잡하고, 마음은 붕 뜬다. 오지랖은 스스로 지는 짐이며 사서 하는 고생이다. 궁금하지 않을 권리 회복을 위하여!

어리석은 지혜

> 언제부턴가 내 눈에 매가 들어와 있다 / 그것은 내 눈동자 속에서 사납게 이글거린다 / 하는 수 없이 난 매의 눈으로 세상을 쏘아본다 / (중략) / 차갑고 날카로운 매의 눈 / 그런 매의 눈으로 세상을 바라보는 건 참으로 지난한 일이다

요즘 이학성 시인의 '매의 눈'이란 시가 뜨끔하게 다가온다. 나이가 들면서 전에는 보이지 않던 것들이 보이기 시작하는데, 특히 허점이 눈에 잘 들어온다. 매사에 논리적으로 분석하다 보니 웬만해서는 감탄하는 일도 적고 무표정할 때가 많다. 살아온 세월이 쌓인 만큼 경험이 늘어나고 세속적으로 아는 것이 많아져서일 수도 있겠지만 한편으로는 나이를 경륜이라 우기며 어른 행세를 하고 싶어 하는 심사도 포함되어 있는 것 같다. 나도 모르게 호시탐탐 문제점을 발견하기 위해 안테나를 세우는 듯하다. 그런 아내를 곁에서 지켜보던 남편이 어느 날 이런 말을 한다.

"당신한테 어울리는 영화가 두 편 있어. 하나는 '인정사정 볼 것 없다'고, 또 하나는 '걸리면 다 죽었어'야."

뜨끔했다.

이학성 시인의 '매의 눈'에는 이런 구절이 나온다.

차갑고 날카로운 매의 눈
난 그런 눈 따위 바란 적 없다

나도 바란 적이 없다. 나도 시인의 마지막 시구처럼 내 눈에 들어온 매가 허공으로 고요히 물러날 때를 기다린다. 간절히.

매의 눈으로 세상을 바라보는 일이 지난하게 느껴질 때면 어떻게 사는 게 좋은 삶일까를 고민한다. 그럴 땐 역시 내가 바라는 대로 살아가는 인생 선배를 떠올리는 게 상책이다. 그 사람은 세상의 시비를 가리기 전에 조용히 입을 다물 줄 알고 서운할 만한 일에도 내색하는 법이 없다. 후배에게는 뭘 가르치려 들거나 알려 주는 일이 없고 오히려 후배에게 늘 배우려는 데 깨어 있다.

나이를 먹어 갈수록 점점 인생 후배가 많아지면서 나의 인생 선배처럼 사는 일이 진실로 어렵다는 걸 깨닫는다. 자신이 정해 놓은 기준에 맞춰서 현상을 평가하고 다른 사람을 판단하는 버릇이 나올 때마다 인생 선배가 떠오른다.

지혜는 안으로 숨겨서 나의 품성을 기르는 데 쓰고, 어리석음은 드러내서 남을 대하는 데 쓰는 태도야말로 참 지혜가 아닐까.

몇 해 전 여름휴가에 경주 양동 마을과 교동 최 씨 고택에 다녀왔다. 현판에는 대우헌(大愚軒)이라고 적혀 있었다. '크게 어리석다[大愚]'는 뜻의 현판을 바라보니 노자에 나오는 대지약우(大智若愚)가 떠올랐다. 큰 지혜는 어리석은 것처럼 보인단다. 마음에 새기고 싶어서 카메라에 담았다. 난득호도(難得糊塗)라던가. 지혜롭기도 어렵지만 지혜를 어리석게 포장하는 일은 더욱 어려운 법인 모양이다. 나이가 들수록 어리석을 줄 아는 지혜를 갖추고 싶다. 나도 선배처럼 삼척동자가 되어야겠다. 못 본 척, 못 들은 척, 모르는 척.

익어 간다는 것

지난여름, 내가 다니는 대학원으로 책 한 권이 도착했다. 공주에서 나태주 선생님이 보내 주신 『지상에서의 며칠』이란 시집이었다. 페이지를 넘기다가 '악수'라는 시에 눈길이 멎었다.

> 몇 해 만인가 골목길에서 마주친 / 동갑내기 친구 / 나이보다 늙어 보이는 얼굴 / 나는 친구에게 / 늙었다는 표현을 삼가기로 한다 / 이 사람 그동안 아주 잘 익었군 / 무슨 말을 하는지 몰라 / 잠시 어리둥절해진 친구의 손을 잡는다 / 그의 손아귀가 무척 든든하다 / 역시 거칠지만 잘 구워진 빵이다

잘 익었고 잘 구워졌다는 표현에 마음이 끌렸다.

그해 여름 방학에 나는 대학원에서 영어 수업을 들었다. 넓은 강의실에는 학생들이 약 100명쯤 모였다. 나처럼 50세 전후의 학생은 드물었고 대부분이 20대 여학생들이었다. 여름이라서 어린 학

생들의 옷차림이 매우 경쾌했다. 아삭아삭한 소재의 짧은 원피스에 경쾌한 샌들을 신고 긴 생머리를 한 여학생들을 보니 덩달아 젊어지는 기분이 들었다. 수업이 시작되기 전, 학생들은 두서넛이 모여서 이야기를 나누기도 했고, 거울을 보며 화장을 고치기도 했으며, 스마트폰을 들여다보기도 했다.

잠시 후 수업 시간이 되자 무질서하게 왁자지껄하던 강의실에 교수님이 들어오셨다. 대략 60세 전후로 보이는 여교수님이셨다. 키가 나와 비슷한 걸로 보아 158㎝ 정도 되어 보였고 체형은 약간 오동통했다. 동글동글한 얼굴형에 적당히 짧은 펌을 하셨고 수수한 바지 차림에 긴 목걸이 하나를 걸고 계셨다. 한마디로 오고 가는 길에 흔히 볼 수 있는 평범한 60대 여성이었다.

내가 다닌 대학원에서는 영어 시험과 종합 시험이 필수 코스다. 영어 수업에 특별한 기대나 부담을 느끼기보다는 시험에 가볍게 통과만 하자는 마음으로 임했다. 영어 수업은 인도 문명, 공룡의 역사, 9·11 테러, 다이어트 식품, 천일야화 등의 내용이었다. 교수님의 설명은 어렵지도 쉽지도 않게 적정했다.

나른한 오후 시간에 잡음 없이 밝고 높은 톤의 목소리는 그녀의 성격이 밝다는 것을 짐작하게 했다. 교수님 설명이 얽매임 없이 활달해서 처음 뵌 분이 아닌 것처럼 친숙하게 느껴졌다. 수업은 아주 명징했다. 텍스트를 따라가며 수업을 하시다가 배경 설명이 필요하다 싶은 대목에서는 한 문장을 놓고 문화적·역사적인 배경 설명을 구체적으로 곁들여 주셔서 자연스럽게 머릿속에 그림이 그려졌다. 수업을 듣는 학생의 80~90%가 20대여서 마치 엄마가 딸에게 가르치는 것처럼 자상하게 느껴졌다. 외향적이고 자유로운 방식의 설명이 흥미진진해서 나는 한시도 교수님에게서 한눈을 팔 수가 없었다.

교수님은 박진감 있게 설명하시는데 정작 대부분의 학생들은 수업 내내 고개를 숙인 채 조용히 필기에만 열중했다. 교수님이 보시기에 학생들이 수업에 별로 관심 없이 건성으로 듣는 것 같았는지, 한참 설명하시다가 "이거 뭐 기자 회견장도 아니고 전부 정수리밖에 안 보이네." 하시면서 지엽적인 해석에만 신경 쓰지 말고 글 전체 흐름을 파악하는 데 주의를 기울이라고 당부하셨다.

조금 어려운 내용에서 학생들의 표정이 어리둥절해 보였는지 교수님은 독백으로 무슨 말인지 모르겠다는 듯 "뭔 소린지." 하고 학생들의 생각을 추측해서 말씀하셨다. 그 말에 학생들이 잠시 고개를 들고 웃었지만 이내 또다시 고개를 숙이고 해석을 받아 적느라 여념이 없었다.

교수님께서는 인도 문명을 설명하다 말고 인도를 여행한 이야기와 그 나라에서 생산되는 새치용 헤어 염색약을 사용해 본 경험담, 해당 제품에 대한 비하인드 스토리를 생생하게 들려주셨다. 나는 평소에도 본 수업보다 곁 이야기가 더 재미있는 편이라 흥미진진하게 들었다. 새치 염색과 거리가 먼 어린 학생들이라 그랬는지 역시 대부분이 무덤덤하게 별 반응이 없었다. 교수님께서 "쓸데없는 소리하지 말고 빨리 해치우라 이거죠, 지금?" 하시며 고개를 살짝 돌리고 장난스럽게 눈을 흘기자 학생들의 웃음소리가 들렸다.

잠시 후 휴식 시간이 되어 몇몇 학생이 교탁 위에 간식을 올려놓았다. 교수님은 의자에 앉아 스스럼없이 음식을 드시면서 다른 책을 읽으셨고, 학생들은 스마트폰을 들여다보며 옆에 앉은 학생과 이야기를 나누었다. 다시 수업이 시작되자 교수님께서는 학생들에게 젊은 시절의 소중함을 일깨워 주시며 스마트폰에 지나치게 시간을 쓰는 것이 안타깝다고 말씀하셨다. 당신에게도 그 또래 딸이 있다시며 나중에 나이 들어서 후회하지 말고 부디 시간을 아껴서 쓰라고 조곤조곤하게 타이르셨다.

수업 첫날 교수님의 첫인상이 너무나 평범해서 한 번 보고 돌아서면 기억나지 않을 것 같았다. 그러나 수업을 들으면서 교수님으로부터 뿜어져 나오는 긍정적인 열정과 탄탄한 자기 내공, 삶의 여유와 깊은 관조, 그리고 학생들을 대하는 따스한 시선이 특별하게 느껴졌다.

인생을 어느 만큼 살아오신 분들 가운데 우아함이 느껴지는 분을 만날 때 나는 참 기쁘다. 최근에 인문학 강연을 듣기 위해서 강연장이 있는 을지로입구역 근처에 나갔다. 노곤한 봄날 오후였다. 강연이 끝나고 도심 한복판 야외 휴식 공간에 잠시 앉아서 볕을 쪼였다. 넓은 데크 위의 곳곳에는 높은 나무들이 줄지어 서 있었고 나무 기둥을 따라서 연초록의 담쟁이들이 오르고 있었다. 데크 위에는 등을 편안히 기댈 만한 벤치가 군데군데 놓여 있었는데 근처 사무실 근무자들 몇몇이 데크 위에서 차를 마시며 담소를 나누고 있었다.

한 의자에 혼자 앉아 있는 60세쯤의 아담한 중년 여성이 눈에 들어왔다. 그녀는 어깨쯤 내려오는 반백의 단발머리를 부드럽게 웨

이브 펌을 해 부분적으로 살짝 묶고 있었다. 몸에 적당히 붙는 검정색 긴팔 티셔츠의 소매를 약간 걷어 올렸고, 노란 병아리색 치마는 통이 편안해 보였으며 종아리 반쯤 내려올 만한 길이였다. 발레화 같은 단화를 신고 다리를 가볍게 꼰 채 시선을 먼 데로 보고 앉아 있었다. 옆에는 파스텔 톤 컬러의 조각 천으로 만든 퀼트 가방이 놓여 있었고, 가방의 손잡이를 한쪽 팔로 느슨하게 낀 채 두 손은 무릎 위에 깍지를 끼고 있었다. 시선이 흐트러지지 않은 차분한 표정과 단아한 이목구비로 보아 젊은 시절에는 상당히 지성미가 있었을 것 같았다.

나는 한동안 먼발치에서 그녀가 눈치 채지 못하게 가끔씩 슬쩍 바라보곤 했다. 그녀는 고개를 비스듬히 숙이고 어떤 자료를 펼쳐 보기도 하고, 다시 고개를 들어서 상체를 곧게 세운 채 먼 데를 바라보기도 했다. 바람이 불어서 치마가 날릴까 봐 한 손으로는 치맛자락을 살짝 잡고 있었다. 가방을 무릎 위에 놓은 채 팔꿈치를 가방에 기대고 턱을 괼 때는 봄바람에 머리카락이 살며시 날렸다. 주위를 아랑곳하지 않은 채 뭔가 골똘히 생각하는 듯한 분위기였다. 나는 그녀의 아름다운 자태를 한동안 바라보다가 오래 간직하고 싶어서 내 휴대 전화 카메라에 모습을 담아 두었다.

멋있게 나이 든 중년을 보면 다가가서 삶의 지혜를 구하고 싶어진다. 인생에 보석처럼 빛나는 생생한 지혜의 한 수를 듣고 싶어진다. 책에서 배울 수 없는 삶의 현장에서 깨달은 지혜를. 그런 생각에 잠시 잠겨서 한눈을 팔다가 다시 그녀를 보니, 아뿔싸! 그녀가 감쪽같이 사라졌다. 나는 벤치에서 바로 일어나 보도블록 쪽으로 나가서 살펴봤지만 자취를 찾을 수 없었다. 따사로운 봄날에 노란 나비 한 마리가 벤치에 와서 사뿐히 앉았다가 날아가 버린 기분이었다.

프로이트는 인간의 성격 발달이 청소년기 이전에 이루어진다고 보았다. 반면 그의 제자인 에릭슨은 저서 『유년 시절과 사회』에서 인간의 성격 발달은 전 생애에 걸쳐서 이루어진다고 설명했다. 그에 따르면 성인 초기에 사회 문화적 맥락 속에서 자신의 노력 여하에 따라 친밀성과 생산성, 그리고 자아 통합감을 성취할 때 사랑과 배려, 지혜라는 덕성이 길러진다고 했다. 즉 에릭슨은 나이가 든다는 것이 잘 익어 가는 일이라고 말한 셈이다.

지금도 나는 종종 마음이 혼잡할 때면 휴대 전화를 꺼내서 갤러리에 간직한 그녀의 모습을 볼 때가 있다. 나이 든다는 것은 드러나는 젊음의 꽃이 지고 그 자리에 안으로 품는 열매가 익어 가는 일이 아닐까.

흙탕물은 흐르게 두자

사람의 향기 중에 으뜸은 문향이리라. 격조 있는 글쓰기로 나를 매혹시키는 한 언론사의 논설위원이 있다. 그가 쓰는 글의 제목과 다가오는 메시지가 좋아서 내 스크랩 파일에는 그분의 글이 유독 많다. 오래전에 그분의 칼럼에서 『논어』에 나오는 '문질빈빈(文質彬

彬)'에 관한 글을 읽고 나는 큰 감동을 받았다. 되새겨 볼 만한 대목은 수첩에 적어 놓고 수시로 펴 보곤 한다. 내가 기록한 부분은 이렇다.

> 문(文)은 겉으로 드러나는 외양의 모습이고 질(質)은 내면, 즉 본마음을 말한다. 질이 밖으로 드러난 것이 문이요, 문의 바탕은 질이다. 빈약한 내면에 외양만 화려하면 야하고, 내면이 풍요로워도 외양이 부족하면 촌스럽다. 그러므로 문질빈빈은 내면과 외면이 조화를 이룬 상태다.

외형을 아름답게 꾸미는 만큼 내면도 그에 따라 채워 가자는 메시지가 참 아름다웠다. 그분의 글에는 결이 고운 고전 내용이 자주 소개되어서 설득력이 있고 문체에서도 남다른 품위가 느껴진다.

그분의 다른 칼럼에서 오래 기억되는 예화 하나가 있다.

강남에 정원까지 갖춘 100평 빌라를 가진 사람이 있었다. 그에게는 맞벌이를 하는 부인과의 사이에서 낳은 고등학교 3학년 딸이 있었는데 모두 바빠서 주말에도 세 식구가 함께 식탁에 마주 앉기가 어려웠다. 그러던 어느 날, 낮에 잠깐 집에 들렀다가 목격한 장면이 그의 정신을 강타했다. 집안일을 돕는 중국 동포 아주머니가 정원 벤치에 앉아 자신이 아끼는 영국제 찻잔에 차를 마시며 경비원 아저씨와 담소를 나누고 있던 것이다. 옆자리엔 장 폴 뒤부아의 소설 『프랑스적인 삶』이 펼쳐져 있었다. 바쁜 별장 주인이 일 년에 한 번 올까 말까 하는 별장의 고요함을 별장지기가 누리는 형국이다.

집값 거품에 관한 글이었으나 나는 칼럼을 읽으며 카르페 디엠을 생각했다. 그래서 처음에는 소리 내어 웃었지만 나중에는 일상의 의미에 대해서 곰곰이 생각해 보게 되었다.

언제나 젠틀하고 지성적인 논설위원의 칼럼에서 어느 날 거친 용어가 등장했다. '재수때기' '개털' '짓거리' 등. 사람 심리가 참 간사스럽다. 평소에 거칠고 험한 표현을 즐겨 쓰는 사람이면 무례한 말을 해도 그런가 보다 하는데, 전혀 그렇지 않던 사람이 탁한 표현을 쓰면 왠지 사람과 따로 놀아서 오히려 신선하다. 나는 칼럼을 읽으며 돌출된 표현마다 통쾌한 카타르시스를 느끼면서 소리 내어 웃었다. 현재의 정치 상황을 비판한 글이었는데 맥락을 헤아려 보니 공격적인 심사라기보다는 어린아이 정서를 빌려서 의도적으로 오버한 듯했다. 그렇지만 저널리스트 어휘로는 수위가 좀 높다고 생각했다.

나는 칼럼을 읽고 나서 논설위원께 이메일을 보냈다. 메일 제목은 '화가 많이 나신 모양입니다.'였다. 언어는 나라를 대표하는 정신문화고 그 중심에 신문과 책이 있다고 생각한다. 신문과 책에 쓰이는 말이 국격을 나타낼 수도 있다. 강한 메시지를 전달하고자 할 때일수록 표현을 조금 누르면 더 설득력이 있다. 스승도 크게 화를 내실 때보다는 가볍게 툭 한마디 던질 때가 더욱 서슬이 퍼렇게 느껴진다. 전달자가 불만을 거친 표현으로 미리 배설하면 의도했던 메시지는 독자에게 전달되기 전에 휘발해 버린다. 필자 화풀이 글이 될 뿐이다.

며칠 후 논설위원으로부터 답장이 도착했다. '에고, 너무 과격하게 들리셨나요? 제가 좀 참았어야 하는데 버럭하고 말았네요. 성질 좀 죽일게요.'라고. 내가 그분에게 가끔씩 칼럼 감상문을 보내는 독자이기 때문에 허물없이 쓰신 것 같았다.

오늘 신문에는 '말의 공포 정치'라는 제목으로 그분의 칼럼이 실렸다. 센말로 얻을 수 있는 건 아무 것도 없다. 듣는 사람이 귀를 막을 뿐이다. 논설위원은 칼럼 끝머리에 이렇게 썼다. "까칠한 성격이 나이 든다고 순해지지 않고 날카로운 혀는 쓸수록 날이 선다."라고. 미국 작가 워싱턴 어빈의 단편 소설 주인공 립 밴 윙클의 말이다. 그리고 그는 이렇게 덧붙였다. "앞 문장은 사실이 아닐지 몰라도 뒤 문장은 만고불변의 진리다."라고.

세상에 영원한 것은 없다. 사는 동안 탁한 상황에서 탁한 언어가 튀어나오려 할 때마다 동참하기보다 잠시 흘러가게 두자. 곧 새 물이 흐른다.

삼색 만찬

무감어수감어인(無鑑於水鑑於人)이라 했던가. 물에 비친 나의 겉모습보다 사람에게 비친 나의 내면을 돌아보게 하신 세 스승의 이야기다.

지난 학기 대학원에서 '가정의례문화연구'와 '전통음식문화' 그리고 '문화콘텐츠산업과 문화정책'에 대해 배웠다. 과목 특성에 따라서 수업 방식이 조금씩 달랐다.

'가정의례문화연구' 수업은 교수님의 전달 비중이 높았다. 가정의례(家庭儀禮)는 가정에서 행하는 의식 절차를 통칭한다. 오늘날에는 가정의례라고 말하지만 원래는 가례(家禮)라고 했다. 가례는 중국 남송의 주자(朱子, 1130~1200)가 『가례』라는 책을 쓴 데서 유래했다. 이 책은 관혼상제의 사례(四禮)로 이루어져 있고, 그 안에는 수신(修身)과 제가(齊家)로서의 윤리와 도덕을 높이는 정신적 가치와 의미가 내재되어 있다. 사례 가운데 관례, 혼례, 상례는 한 개인이 일생을 살아가면서 거쳐야 하는 통과의례(通過儀禮)이며 제례는 돌아가신 조상을 주기적으로 반복해 만나는 정기의례(定期儀禮)이다.

현재 우리 생활에서 행해지는 가정의례는 유교적 이념 사회였던 조선 시대의 영향이 크다. 조선 후기 학자인 이재(李縡, 1680~1746)는 『가례』가 조선의 현실과 괴리가 생긴다고 하여 여러 학설을 참고해 실용적 사례 참고서로서 『사례편람(四禮便覽)』을 지었다. 이후 1900년 『사례편람』을 고증, 정정하여 지송욱, 황필수 등이 다시 『증보사례편람(增補四禮便覽)』을 지었다.

오늘날 가정의례는 효를 근본으로 하여 출생 의례와 혼례, 수연례, 상례, 제례가 행해지고 있으며 관례는 성년례라고 해서 사회단체나 학교, 공공 기관에서 행해지고 있다. 가정의례 문화 연구 수업은 고문헌을 중심으로 전통적인 출생 의례와 관례, 혼례, 수연례, 상례, 제례에 대해 배우는 시간이었다.

오늘날에는 가정의례를 비롯한 전통 문화 원형이 점차 간소화·실용화되고 있어서 고문헌을 따라가며 전통 의례를 짚어 보는 수업은 매우 어렵게 느껴졌다. 무엇보다도 수업 자료에 뜻을 알 수 없는 고어들이 거의 한자로 쓰여 있어서 한글이 반, 한자가 반이었다. 혼례를 예로 들면 혼담을 주고받는 의혼(議昏), 청혼서에 해당하는 납채(納采), 폐백에 해당하는 납폐(納幣), 신랑이 신부 집에 가서 신부를 맞아 오는 친영(親迎), 신부가 신랑 집에서 첫날밤을 보내고 다음날 시부모님을 뵙는 부현구고(婦見舅姑) 같은 용어들이 어렵고 생소했다. 시대적 괴리가 너무 커서 고리타분하고 흥미를 잃을 수 있었지만 가정의례 전반에 걸친 방대한 내용을 담당한 C교수님은 문헌과 PPT 자료를 겸비하면서 자분자분 설명해 주셨다.

모든 수업이 끝나고 교수님께서는 학생들에게 과제를 내셨다. 학생별로 우리나라 행정 구역인 도(道)를 하나씩을 정해서 각 도의 가정의례 전반을 조사하고 발표하는 것이었다. 나는 강원도의 7개 시(市)와 11개 군(郡)의 일생 의례를 맡았다. 총 18개 지역에서 행해진 의례를 조사하고 정리하기 위해서 약 1,000쪽에 가까운 자료를 읽어야 했다. 활자는 작고, 한자는 많고, 내용은 방대하고, 봐도 봐도 끝이 없이 반복되는 의례 순서대로 각 시·군마다 다른 내용을 읽자니 짜증도 나고 힘도 들고 지루하기 짝이 없었다. 그런데 C교수님을 떠올리니 차마 화를 낼 수가 없었다. 인자무적(仁者無敵)이라고 어질디 어진 C교수님 앞에서는 불평하던 마음이 쏙 들어갔다. 낑낑대며 겨우겨우 과제를 완성해 이메일로 제출했다. 항상 성품이 따사로운 봄날인 C교수님께서는 과제하느라 고생이 많았다며 격려 메일을 보내 주셨다. 나 정말 고생 많았다.

C교수님은 40대 중반의 애교 있고 단아한 분이다. 몸매가 잘 드

러나지 않는 원피스를 즐겨 입으시고 표정과 몸가짐, 말씨에서 언제나 다정다감함이 묻어난다. 수업 중에 말씀하실 때나 웃는 얼굴 표정이 천진한 어린아이 같다. 수업 중에 가끔 속으로 '교수님의 음성 최고 데시벨은 얼마나 될까?' 하고 생각한 적이 있다. 언젠가 혼례를 설명하는 대목에서 교수님은 시어머님에 대한 추억을 말씀하시며 눈물을 글썽이기도 하셨다. 대학원 행사나 외부 식사 자리에서도 자신을 내세우는 법이 없고 늘 삼가는 태도다. 가정의례의 기본이 되는 수신(修身)이 몸에 배신 분이다. 전체적으로 노란빛이 느껴지는 분이다. 가히 히틀러도 마음을 돌이킬 것만 같이 부드럽고 온화하시다.

다음으로 '전통음식문화' 수업은 이론과 실습을 겸한 수업이었다. 한국 전통 음식 문화사를 중심으로 한 이론 수업과 교자상 차림, 다과상 차림, 죽상 차림 등 실습을 겸했다. 나는 음식을 만드는 데 소질이 부족해서 이론 수업이 훨씬 흥미로웠다. 한국 전통 음식은 사계절에 따른 시절 음식과 가정의례에 따른 통과 의례 음식, 각 지역별 향토 음식이 다채롭게 발달했다. 특히 한국 음식과 오방색에 대한 내용이 신비로웠다. 오행설을 음식 문화에 이용해 요리의 시각 기호와 미각 기호 코드를 창출해 낸 한국만의 독창적인 식문화다. 오방색과 한국 음식에 대해 살펴보면 다음 표와 같다.

오행 구분	木	火	土	金	水
성질	솟구쳐 자라다	퍼져 나가다	중재한다	모아서 굳게 한다	저장하여 키운다
계절	봄	여름	사계절	가을	겨울
오장-음	간장	심장	위장	폐장	신장
육부-양	담	소장	비장	대장	방광
색	푸른색	붉은색	노란색	흰색	검은색
식품 맛	신맛	쓴맛	단맛	매운맛	짠맛

한국의 고조리서 가운데는 1611년 허균이 지은 『도문대작(屠門大嚼)』이 매우 흥미로웠다. 도문대작을 글자대로 풀이하면 '고깃집 문 앞에서 크게 씹는 흉내를 낸다.'이다. 허균이 말년에 서해에서 유배 생활을 하며 지난날에 먹었던 음식을 기록했다. 식품을 유형별로 나누고 각각의 특징과 명산지, 그리고 28종의 서울 음식을 계절별, 재료별로 나누어서 소개한 책이다. 책 서문에는 "내가 죄를 짓고 귀양살이를 하게 되니 지난날에 먹었던 음식 생각이 나서 견딜 수가 없다. 이에 유(類)를 나누어 기록해 놓고 때때로 보아 가며 한번 맛보는 것이나 못지않게 한다."고 쓰여 있다. 우리 전통 음식이 얼마나 다양하고 맛있었으면 이렇게 책으로 엮었을까. 허균은 상당한 미식가이기도 했던 모양이다.

실습 시간에는 조별로 신선로를 비롯한 궁중 요리, 단호박떡케이크, 쌍화차, 죽 등 다양한 상차림을 해 보고 시식했다. 재료 준비부터 조리, 상차림까지 여러 단계를 거쳤고 손이 많이 갔다. 다들 진지하게 임하느라 실습이 시작되면 조리실은 고요했다.

그중에 쌍화차는 나에게 일상의 차가 되었다. 쌍화차는 인체에 음양의 조화와 면역력 증강, 혈액 순환과 항균, 항염, 진정 작용이 있어서 우리 몸에 두루 좋은 약차다. 백작약과 숙지황, 천궁과 당귀, 육계와 황기, 감초와 대추, 생강 등 8가지 약재를 직접 구입해 집에서 끓여 마시기도 하고, 주변 지인에게 나눠 주기도 한다. 외출할 때도 작은 물병에 담아 음료수 대신 마신다. 은은한 약재 향과 구수한 대추의 단맛이 어우러져 입맛에도 좋고 속도 편안하다. 우리 집 냉장고에는 쌍화차 약재가 늘 보관되어 있다.

전통 음식 문화 수업을 하신 K교수님은 대학원에서 반전의 대상이다. 대학원 입학 오리엔테이션 때 교수님의 첫인상은 매우 엄격해 보였다. 그 후 강의실 복도에서 교수님을 우연히 마주쳐도 가벼운 목례만 드리고 서둘러 지나치곤 했다. 그런데 막상 수업 시간에 뵌 교수님은 오리엔테이션에서 느낀 분위기와는 완전히 딴판이었다.

K교수님은 초등학교 1학년 딸을 두신 40대 중반의 제주도 출신 여교수님이시다. 아담한 키에 동글동글한 얼굴, 목소리는 어찌나 쩌렁쩌렁하고 시원시원한지 학생들은 교수님께 열정이 느껴진다고 했다. 수업 중 말씀하실 때나 웃으실 때의 표정에는 동심이 묻어난다.

나는 교수님의 솔직함이 참 좋았다. 한번은 교수님께서 음식 문화사 이론 수업을 하시다가 "난 이 부분은 잘 모른다."라고 말씀하셨다. 내가 판단하기로 K교수님은 조리 실습 전문이신 것 같았다. 아는 것을 안다고 하고 모르는 것을 모른다고 하는 것이 참으로 아는 것이라고 논어에서 배웠지만 실제로는 모르는 것을 모른다고 말할 용기가 나지 않을 때가 많다.

교수님은 학부생들과 실습할 때 "이거 우리 할머니 갖다 드릴 거예요." 하는 학생이 가장 예쁘시단다. 교수님의 태도는 언제나 자연스러워서 사제 간이라기보다는 동료 의식이 느껴진다. 며칠 전에는 내가 복도를 걸어가는데 뒤에서 교수님께서 부르시더니 "책을 좋아하시는 것 같아서……." 하며 시집 한 권을 건네주셨다. 외식 관련 행사에 참석했다가 음식을 소재로 한 시(詩)를 쓰는 작가로부터 시집을 몇 권 받았다고 하셨다. 속정이 깊은 분이다. K교수님은 전체적으로 빨간색이 떠오르는 분이다.

마지막으로 '문화콘텐츠산업과 문화정책' 수업이다. 이 수업은 내용 전달이 반, 학생 의견 발표와 상호 토론 수업이 반이었다. 현대사회 3대 키워드는 여성, 문화, 환경이다. 앞으로 문화 비중이 높아질 사회에서 문화 콘텐츠를 문화 산업과 연계해 경제적 이윤을 창출하는 방안에 대한 수업이어서 학생 의견이나 토론이 활발하게 진행되었다. 인간의 감성과 창의력, 상상력을 원천으로 경제적 가치를 창출하는 문화 상품으로서의 전통 문화 원형을 비롯해 영화나 게임, 애니메이션과 비디오, 방송, 음반, 캐릭터, 만화, 공연 등에 대한 수업이다.

국가 경제 흐름이 산업 사회에서 지식 사회로, 다시 창조 사회로 이동하면서 문화 상품은 국가 정체성이나 국가 브랜드, 국가 경쟁력의 원천이 되고 있다. IT 시대에 맞추어 첨단 과학적 문화 콘텐츠를 개발하는 것도 중요하겠지만 우리 전통 문화 원형에서 새로운 의미를 발견하고 가치를 창출함으로써 차별화된 문화 콘텐츠를 활성화하는 것도 함께 고려할 문제라고 생각했다.

수업을 담당하신 J교수님은 문화 정책 기관과 직접 관련을 갖고 계셔서 현장감 있는 수업이 진행되었다. J교수님은 수업을 진행하는 방식이 매우 유연했다. 수장이 경직되면 활발한 의사소통이 어려운데 J교수님은 수용적이어서 자유로운 의사 표현이 가능했다. J교수님의 수업 중에는 학생들이 스스럼없이 자기 의견을 제시하고 자연스럽게 토론으로 이어지기도 했다. 그때마다 나는 J교수님의 태도에 눈길이 갔다. 먼저 한 학생이 이야기를 시작하면 슬쩍 옆으로 몸을 피해 주는 느낌이다. 학생의 이야기를 중간에 끊지 않고 끝까지 들으신다. 어떤 의견도 교수님은 명답으로 수용하신다. 가끔씩 어떤 이슈에 대해 학생들끼리 찬반으로 나뉘어 열띤 토론을 할 때면 교수님은 아예 비켜서서 판을 마련해 주신다. 마음껏 토론하고 스스로 잦아들 때쯤 빙그레 웃으며 한마디 하신다.

"100분 토론 같습니다."

교수님의 이런 교수법은 과제 발표 때도 어김없이 발휘된다. 학생의 발표를 다 들으신 후, 평가나 피드백 대신 발표 내용에 대해 학생에게 질문하신다. 교수님이 정해 놓은 답이 없기 때문에 학생은 편안하게 자기 생각을 이야기할 수 있다. 다 듣고 나서는 '아, 그렇게 생각하시는군요.' 하는 표정으로 고개를 끄덕이실 뿐이다.

어느 날 우리는 현장 수업으로 국립 고궁 박물관에서 열린 '조선 왕실의 생로병사' 전시회를 구경했다. 박물관에서 나와 자연과 조화를 이룬 가장 한국적인 궁궐인 창덕궁 후원을 거닐며 연못과 정자, 단청을 입히지 않은 소박한 연경당도 감상했다. 그중 청기와를 얹은 선정전을 보며 나는 청와대를 떠올렸다.

답사가 끝나고 다 함께 저녁 식사를 하러 갔다. 교수님은 사석에서도 경청과 존중, 겸손이 돋보였다. 어느 한 군데 뾰족한 데가 없으니 정 맞을 일이 없을 듯하다. 언제나 분위기를 부드럽게 하는 윤활유처럼 품성이 다듬어진 분처럼 보인다.

돌아오는 길에 지하철에서 교수님의 수업 방식에 대한 감상을 말씀드렸다. 교수님께서는 사람의 생각은 각기 다른 도형이라고 생각한다고 하셨다. 어느 자리에 있느냐에 따라서 개성이 될 수도 있고 동화가 될 수도 있다는 뜻으로 들렸다. 평소에 청바지에 남방셔츠를 입고, 타이를 매고, 한쪽 어깨에 백팩을 메고 다니는 모습이 댄디하고 핸섬한데, 인품까지도 윤색된 분이라는 느낌이 들었다. 전체적으로 부드러운 그린, 즉 초록이 연상되는 분이다.

나는 지난 학기 대학원에서 전공 관련한 자료와 정보도 알았지만 교수님들을 통해 그보다 더 소중한 삶의 태도와 마음가짐을 배웠다. 세 분의 교수님이 차려 주신 삼색 만찬을 마음껏 누렸다.

봉지 커피

나는 지금 봉지 커피를 마시며 플라시도 도밍고와 모린 맥거번이 부른 'A Love Until The End Of Time'을 듣고 있다.

결혼 초에 남편의 직장을 따라서 지방에 몇 년 동안 산 적이 있었다. 한 살부터 서울에만 살았기 때문에 갑자기 지방으로 내려가 살게 되니 문화도 낯설고 아는 사람도 없고 갈 곳도 마땅치 않아

한동안 적적했다.

그러다가 우연히 아파트 옆 동에 사는 지숙 씨를 알게 됐다. 나보다 한 살 위였고 유치원생인 두 자녀를 두고 있었다. 대학에서 영문학을 전공했고, 살림하면서도 녹슬지 않은 실력으로 가정에서 학생 영어 과외를 하고 있었다. 지숙 씨는 영어 발음이 본토 발음이었다. 또 평소에는 공공 도서관에서 책을 빌려다 읽기를 좋아해서 길에서 만나면 늘 곁에 책을 끼고 다니는 모습이었다.

훤칠한 키에 까무잡잡한 피부를 가진 지숙 씨는 쇼트커트에 청바지를 즐겨 입었다. 벌써 십수 년이 흘렀는데 그때 이미 지숙 씨는 요즘 유행하는 스모키 화장에 어울릴 법한 몽환적 분위기의 립스틱을 바르고 다녔다. 화장기 없는 얼굴에도 은빛이 도는 연한 보라색 립스틱만은 충실히 발랐다.

어느 날 두 살 된 우리 아이를 데리고 아파트 정자에 나가서 바람을 쏘이고 있는데 지숙 씨가 아이들을 데리고 나왔다. 어린아이를 키우는 엄마들은 아이 때문에 친구가 될 때가 있다. 지숙 씨와 나는 그렇게 알게 됐다. 나중에 듣고 보니 그녀도 타향으로 결혼해 온 처지라서 동병상련으로 더욱 친숙해졌다.

나와 지숙 씨는 가끔씩 서로의 집에서 차를 마시며 이런저런 이야기를 나누곤 했다. 지숙 씨는 영어를 좋아해서 이야기 중에 습관적으로 영어 원문을 인용하곤 했다. 그때마다 지숙 씨의 버터 발음에 감탄하기도 했고 재미있게 웃기도 했다.

그녀와 나는 비슷한 점이 많았다. 둘 다 매우 감성적인 편이었다. 학창 시절부터 팝송을 즐겨 듣고 문학을 좋아한 점도 비슷했다. 생각에 잠기다가 진지함으로 빠져드는 습관도 그렇고 웃음이 많다는 점도 그랬다. 때에 따라서는 실용과 낭만을 넘나드는 면까지 비슷했다. 무엇보다 가장 빨리 친하게 된 공통점은 우리 둘 다 살림에 소질이 없다는 점이었다. 집안을 쓸고 닦고 단장하는 일에 별로 관심이 없었다. 나는 지금도 초지일관 마찬가지다. 커피 취향도 비슷해서 봉지 커피를 즐겨 마셨다. 인스턴트커피 한 봉지에 설탕 한 스푼을 넣어 다방 커피를 마시면서 학창 시절의 감성적인 이야기를 나눌 때면 우리는 호텔 커피숍이 부럽지 않았다.

이야기 소재는 늘 다양했다. 문학, 음악, 여행, 아이들 교육, 남편과 시댁 이야기를 나누다가 한번 웃음이 터지면 둘 다 배를 잡고 눈에 눈물이 고이도록 웃어댔다. 그중 뭐니 뭐니 해도 가장 재미있는 것은 남편 흉이었다. 지숙 씨 남편은 공무원이었고, 지숙 씨는 당시 결혼한 지 십수 년이 흘렀어도 남편에 대한 사랑이 참 뜨거웠다. 원래 싸우다가 정드는지 부부 싸움도 잦았다. 지숙 씨가 전날 부부 싸움한 이야기를 생생하게 들려줄 때면 우리는 가장 많이 웃곤 했다. 지숙 씨의 남편은 무척 순해서 지숙 씨가 화가 나 남편을 한 대 치면 칠 때마다 그냥 맞고 있었다고 했다. 아내는 터프한 데가 있었고 남편은 숙맥 같은 데가 있는 부부였다. 그렇게 한참 동안 웃다가 지숙 씨는 아래층에서 시끄럽다고 올라올까 봐 한 번씩 신경을 썼다.

그녀가 가장 좋아했던 팝송이 플라시도 도밍고와 모린 맥거번이 부른 'A Love Until The End Of Time'이었다. 우리는 서로의 집을 오갈 때마다 이 노래를 틀어 놓곤 했다. 봉지 커피를 마시며 이야기를 나누노라면 마치 학창 시절로 돌아간 듯한 기분이 들었다. 하루는 그녀의 집에 갔는데 그녀가 갑자기 난처한 표정으로 "어쩌죠? 봉지 커피가 떨어졌어요."라고 말하며 다른 대용 차를 내왔다. 그러고는 조금 쓸쓸하게 "나는 봉지 커피도 맘껏 살 수가 없을 때가 있답니다." 하는 거였다. 내색하지는 않았지만 차와 과일을 먹으면서 나는 속으로 조금 뜻밖이라는 생각을 했다.

그러고 보니 지나가는 말로 종종 빠듯한 생활에 대한 어려움을 이야기했던 기억이 났다. 본가에서 맏이다 보니 공무원인 남편 봉급으로 마음을 써야 할 곳이 여러 군데였던 것 같다. 당시 그런저런 일로 자주 마음 상할 때가 있었을 것이다.

하루는 내게 이런 이야기를 들려준 적도 있다. 어느 늦은 밤, 남편이 귀가하지 않아 문득 쓸쓸한 마음이 들어서 어린 두 아이를 데리고 노래방엘 갔다고 한다. 아이들을 의자에 앉혀 놓고 혼자 노래를 부르다 보니 어느덧 두 아이가 의자에서 잠이 들었더라고.

2년 뒤, 우리 집은 남편의 회사 발령으로 서울로 이사했다. 아이 키우랴, 공부하랴, 살림하랴, 정신없이 지내다가 봉지 커피를 마실 때면 지숙 씨가 생각난다. 그리고 그날 밤, 혼자 노래방에서 노래를 부르다 잠든 두 아이를 업고 안고 집으로 걸어왔을 지숙 씨의 심정이 자꾸만 떠오른다.

닮고 싶은 눌변

신비주의와 협조주의, 나는 어느 쪽일까.

무대 위에 한 남자가 도도하게 서 있다. 1층과 2층을 가득 메운 청중은 숨을 죽인 채 한 남자에게 집중해 있다. 남자는 댄디한 차콜 그레이 슈트를 입고 바이올렛 칼라 행커치프를 꽂았으며 끈을 묶는 브라운 슈즈를 신고 미동도 않은 채 서 있다.

무대에 오르자마자 잠시 포즈(pause)로 숨을 고른 후 연설을 시작한다. 무대를 왔다 갔다 거닐며 한 손은 바지 주머니에 넣기도 하고 두 손으로 액션을 취하기도 한다. 청중을 쏘아보듯 도전적인 눈초리로 확신에 차서 이야기를 하기도 하고 시선을 떨군 채 독백처럼 이야기하기도 한다. 잠시 후 슈트 상의를 벗고 주머니 없는 드레스 셔츠를 두어 번 걷어 올린다. 청중은 적당히 현학적인 이야기에 한 번 압도되고 확신에 찬 태도에 다시 한 번 압도당한다. 객석의 눈동자는 거의 메시아를 맞는 수준이다. 계속해서 마에스트로는 수사(修辭)와 논리로 무장한 달변을 수도꼭지에서 흐르는 물처럼 유장하게 쏟아낸다. 청중은 일제히 숭배의 박수를 보낸다. 강연자는 바람처럼 사라진다. 완벽한 퍼포먼스다.

그날 나는 강연장을 빠져나오며 '근데 무슨 말을 들었지?' 하는 생각이 들었다. 치밀하게 기획된 콘서트를 보고 나온 것 같다. 얼이 다 빠져나가서 멍하다.

요즘 학교나 일반 강의장에서 PPT 강연이 일반화되고 있다. 기업이나 개인의 홍보에서도 스피치가 중시되다 보니 달변 강박증에 사로잡혀 있다. 내용은 둘째 치고 일단 형식이 그럴듯해 보여야 한다. 그러다 보니 PPT도 의미나 콘텐츠보다 형식과 퍼포먼스에 더 중점을 두는 모습이다. 발표자는 불안정하고 듣는 이는 피로하다.

재작년에 나는 서울 시내 모 대학에서 어느 인문대 교수의 조선시대 실학 강연을 들었다. 마침 18세기 실학사상가에 대한 책을 읽고 있었기 때문에 기대가 컸던지라 강연장에 일찌감치 도착했다. 저녁 시간이라서 퇴근 무렵이 되자 객석이 서서히 차기 시작했다. 스탠드 형식의 강연장 중간쯤에 앉으니 무대가 눈 아래 들어온다. 정면에 강연 주제를 적은 플래카드가 보인다. 입구에서 받은 브로슈어를 읽으며 강연이 시작되기를 기다렸다.

얼마 후 강사가 도착했다. 그는 객석 맨 앞자리로 가서 앉더니 준비해 온 자료를 훑어보았다. 그러고 나서 무대에 올라 잠시 동안 준비해 온 PPT를 점검하는 듯했다. 강연 시간이 되자 사회자가 강사를 소개했고 강연 주제에 대해서도 간략히 설명했다. 편안한 양복 차림을 한 강사는 무대 오른편에 마련된 연단에 서서 "오랜만에 대중 강의를 하게 되니까 조금 긴장되네요."라고 인사했다. 곧이어 무대 중앙에 PPT 그림 자료가 하나씩 열렸는데 대형으로 준비한 이미지 때문에 강사는 상대적으로 아주 작아 보였다. 청중은 강사보다 스크린 자료에 시선을 맞추고 강사의 설명은 귀로만 듣는 듯했다. 강사는 홍대용과 유금, 이덕무와 박제가, 유득공과 박지원에 대한 설명을 곡진하게 이어 갔다. 나는 청나라 화가 나빙이 그린 박제가 초상화를 보면서, 당대 중국 최고 지식인 110여 명과 교유

할 정도로 학문과 글씨에 뛰어났던 박제가라는 인물에 대해 놀라움을 금치 못했고 많은 관심이 갔다.

그날 강연은 강사가 일본 후지즈카 지카시(藤塚鄰, 1879~1948)라는 학자가 소장했던 자료들을 추적해서 얻어낸 결과물 발표였다. 나는 대학원 첫 학기에 후지즈카라는 인물을 잠시 만났으나 가볍게 스쳐간 정도였기 때문에 강연의 중심에 그가 등장하자 적잖이 놀랐다. 후지즈카는 서울대 전신인 경성제대 교수였고, 추사 김정희 연구자이며, '세한도'를 우리나라에 아무런 대가 없이 돌려준 인물이다. 강사가 전하는 18세기 실학사상은 깊은 감동을 주었고 사상가에 대한 에피소드마다 웃음을 자아냈다.

강연 내내 강사는 우물쭈물하면서도 두서없이 편안하게 이야기를 풀어냈다. 전해 오는 메시지는 강렬했고 2시간 강연이 매우 짧게 느껴졌다. 한 시간만 더 들었으면 하는 아쉬움이 남았다. 강연이 끝나고 나서 청중과의 질의응답 시간을 가졌다. 개인의 질문에 답하는 강사의 말솜씨가 참 어눌했다.

돌아오는 지하철에서 PPT 장면이 머릿속에 조각조각 떠올라 마치 한 편의 역사 드라마를 본 기분이었다. 그 후 나는 한동안 그날 강연과 관련된 자료들을 좀 더 살펴볼 수 있었다. 요즘 틈틈이 이덕무를 읽고 있다.

너무 신비롭게 기획한 유창함보다 에센스만 염두에 두고 즉흥적으로 풀어내는 편안함이 오래 남는다. 시간이 흘러도 강사는 그저 내레이션 정도였던 그날 강연이 가끔씩 그립다. 그 눌변이 그립다.

붙박이 자리

한양대 정민 교수의 『내가 사랑하는 삶』을 읽는다. 청나라 주석수(朱錫綬)가 『유몽속영(幽夢續影)』에서 한 말이 마음에 들어서 책상 벽면에 붙여 놓았다.

> 고요히 앉아 보지 않고는 바쁨이 얼마나 신속하게 우리의 정신을 소모시키는지 알지 못한다. 이리저리 불려 다녀 보지 않고선 한가함이 얼마나 참되게 우리의 마음을 길러 주는지 알지 못한다.
>
> 不靜坐 不知忙之耗神者速, 不泛應 不知閑之養神者眞.

문득 바닷가의 물고기를 떠올려 본다. 수면 가까이에 서식하는 어류와 수심이 깊숙한 물에 살고 있는 물고기의 몸가짐은 어떻게 다를까. 수면 가까이에 있는 물고기는 대개 몸집이 작고 몸놀림이 날렵하며 동작이 재빠르다. 수면 아래로 내려갈수록 물고기 몸집도 크거니와 동작도 굼뜨다. 수면 가까이 사는 물고기는 수면의 일렁임에 따라서 그때그때 반응한다. 수면 저 아래에 사는 물고기는 수면에서 일어나는 일을 알 리가 없고 그에 따른 반응도 거의 없다.

흘러가는 물결 따라 잠시도 쉬지 않고 돌아치는 송사리의 고단함은 어떤 성과가 있을까? 물결이 흐르는 것에 개의치 않고 자리를 지키는 고래의 한가함은 어떤 손해가 있을까?

사람의 몸가짐을 보면서 그의 무게를 가늠한다. 시류에 따라다니며 즉각적으로 반응하는 사람이 있는가 하면 늘 제자리에서 외부 환경과 무관하게 자신의 삶을 사는 사람이 있다. 가만히 한자리에 앉아 있어도 마음이 심란할 때가 있고, 배낭 하나 둘러메고 길을 떠나서도 마음이 고요할 때가 있다. 그렇지만 대개는 몸 따라서 마음이 간다. 몸가짐이 고요하면 마음도 차분해진다. 몸가짐이 분주하면 마음도 덩달아 소용돌이친다. 제자리에서 한가하면 마음도 절로 차분해진다. 마치 병 속에 든 물과 같다. 병을 심하게 흔들면 물살이 일고 병을 가만히 두면 물이 잠잠해지는 것처럼.

몸가짐이 고요한 사람은 마음도 묵직하다. 온 사방에 비눗방울처럼 흩어졌던 마음들이 고요한 몸으로 들어와 안착한다. 지금 내 마음의 자리는 어디인가.

조심과 방심

한양대 정민 교수가 쓴 『조심』을 읽는다. 신문에 연재되는 '세설신어(世說新語)'를 책으로 묶은 것이다. 나는 오래전부터 비공개 블로그에 세설신어를 타자로 베껴 쓰고 있다. 신문에서 빼놓지 않고 읽었는데도 책으로 보면 새롭다.

그새 까마득하게 잊어버렸다. 책 표지에 적힌 '조심'이라는 단어의 뜻이 갸우뚱하다. 나는 그동안 '조심'이라는 단어를 주변을 두리번거리며 잘 살핀다는 뜻으로 사용해 왔다. 책에서는 조금 다르다. 한자를 찾아보니 '잡을 조(操)'에 '마음 심(心)'이다. '마음을 붙들다.' 정도가 될 듯하다. 마음은 어떤 경로로 흩어지게 될까.

지금으로부터 약 20여 년 전에 나는 KBS FM의 'FM 대행진'이라는 방송을 즐겨 들었다. 매일 아침 7시부터 9시까지 DJ 이숙영(일명 숙영 낭자) 씨가 진행하는 팝 프로그램이었다. 자유로운 영혼이 느껴지는 이숙영 씨가 2시간 동안 펼치는 긍정과 열정의 퍼포먼스였다. 이숙영 씨의 방송은 여러 고정 관념의 틀을 깼다. 작가가 쓴 원고보다는 이숙영 씨 본인의 감수성과 생각을 솔직하게 드러내서 청취자 입장에서는 속 시원한 청량제와 같았다. 누구도 흉내 낼 수 없는 옥구슬 같은 목소리와 애교가 뚝뚝 묻어나는 웃음소리, 문학적 감성이 물씬인 방송이 퍽 매력적이었다. 가끔씩 청취자보다 진행자가 음악에 더 도취한 듯한 멘트는 신선함과 대리 만족을 느끼게 하기에 충분했었다.

라디오 방송에서는 다양한 곡을 들려주기 위해 한 번 방송된 곡은 일정 기간 동안 잘 틀지 않는다. 그러나 이숙영 씨의 방송은 그런 고정 관념도 과감히 탈피했다. 당시 드라마와 영화 주제곡으로 반응이 좋았던 캐리 앤드 론의 'I.O.U'나 라이처스 브라더스의 'Unchained Melody'와 같은 곡은 일주일 내내 틀어 준 적도 있다.

그 방송의 백미는 '가요 보너스' 코너였다. 팝 프로그램이었는데도 하루 한 곡, 주옥같은 우리 노래를 선정해서 들려주었다. 두 시간 동안 팝이 흘러나오는 방송에서 우리 가요를 들을 때면 깊은 산속 옹달샘을 찾은 기분이 들었다. 출근길에 숙영 낭자의 방송을 들으며 아슬아슬한 수위가 느껴지는 멘트를 은근히 기대했고 마침

내 터뜨리면 혼자서 웃곤 했다.

'FM 대행진'은 수도권 방송이었다. 나는 결혼 후 지방에 살게 되면서 이숙영 씨의 방송을 들을 수 없어 많이 아쉬웠다. 그러던 어느 날 이숙영 씨에게 내 마음을 적어서 방송국으로 편지를 보냈다. 며칠 후 이숙영 씨로부터 우리 집으로 전화가 왔다. 친정인 서울에 올라오면 한번 만나자고 했다. 기대하지 않던 소식에 아주 반가웠다. 얼마 후 일부러 시간을 내서 친정에 갔다가 방송국에서 이숙영 씨를 만났다. 그동안 이숙영 씨의 방송을 듣고 그녀가 쓴 책을 몇 권 읽은 내게 실제로 만나 본 숙영 낭자는 책과 방송에서 느껴진 모습 그대로였다. 밝고 긍정적이며 솔직담백했다.

숙영 낭자와 나는 문학과 음악, 그리고 여성의 삶에 대해 이야기를 나눴다. 나보다 10년 정도 위인 인생 선배가 살아가는 모습은 이후에도 나에게 그림처럼 인식되었다. 가장 인상 깊었던 모습은 결혼 전과 다름없는 꿈과 열정, 자기 정체성을 품고 사는 태도였다. 내가 결혼 20여 년이 넘도록 한순간도 '나'를 잃지 않고 살려고 노력했던 것은 거의 이숙영 씨의 영향이다.

그날 이숙영 씨와 나눈 이야기 중에 유독 오랫동안 잊히지 않는 말이 있다. 무슨 이야기를 하다가 그녀는 자신의 취향을 말했다.

"나는 시선이 분분한 사람과는 마주 앉아 있고 싶지 않아요."

나도 그렇다. 상대방을 그윽하게 바라보며 이야기 나누기를 좋아한다.

'조심'이라는 말뜻을 새겨 읽으며 이숙영 씨가 말한 '시선'이 떠올랐다. 시선이 분분하면 마음도 따라서 분분하다. 시선을 따라서 마음이 새어 나간다는 생각이 든다. 외출해서 돌아왔을 때 그날 시선이 분분했던 날은 마음이 공허하다. 무언가를 넋 놓고 쳐다보는 사이에 방심, 마음이 새어 나갔기 때문이다. 때로 시선은 마음의 출구다. 마음을 붙들기 위해 먼저 시선을 붙들어야겠다.

내 친구 선임이

하얀 모래 위에 시냇물이 흐르고 파란 하늘 높이 흰 구름이 나리네 / 지난날 시냇가에 같이 놀던 친구는 냇물처럼 구름처럼 멀리 가고 없는데 / 다시 한 번 다시 한 번 보고 싶은 옛 친구

라디오에서 김세환이 부르는 '옛 친구'가 흐른다. 1절이다. 눈을 감고 가사를 생각하며 들으니 옛 친구의 얼굴이 떠오른다.

선임이는 중학교 1학년 때 우리 반 반장이었다. 아담한 키에 단정한 교복을 입었었고 유난히 까만 생머리는 늘 귀밑 1㎜였다. 얼굴은 동글납작하고 자그만 눈에 직사각형의 까만 뿔테 안경을 끼었다.

선임이는 모범생 소년 이미지였지만 성격은 천진난만한 개구쟁이였다. 쉬는 시간이면 묘기를 보여 준다며 친구들을 자기 자리로 불러 모으고 양쪽 윗눈썹을 왼쪽 한 번, 오른쪽 한 번씩 번갈아가며 올렸다 내렸다 했다. 우리들도 따라 하겠다며 표정을 찡그려 가며

시도했지만 아무도 선임이처럼 능수능란하게 하진 못했다. 나도 지금껏 오른쪽 눈썹만 위아래로 올렸다 내렸다만 할 줄 안다.

어느 날은 선생님께서 판서를 하고 계신 틈을 타, 뒤에서 내 등을 톡톡 쳤다. 뒤를 돌아봤더니 선임이가 한쪽 눈동자만 움직이는 묘기를 보였다. 너무 놀라서 흠칫한 소리를 냈더니 선생님께서 뒤를 돌아보시며 "무슨 일이야?" 하셨다. 그러자 선임이는 시치미를 뚝 떼고 필기에 열중했다.

중학교 1학년 때 음악 선생님은 50대 초중반쯤 되는 자그만 체구의 남자 선생님이었는데 무척 무서웠다. 음악 이론 숙제를 낸 다음 날 학생들에게 질문을 해서 대답하지 못하면 죽음이었다. 선생님 성함이 어명달이었는데, 선임이는 "어명이요, 달달달."을 외치며 선생님의 어명이니 달달달 외우자며 유쾌하게 웃으며 장난을 치고 다녔다. 가끔 학급에 진지한 이슈가 있을 땐 심각한 표정이 되기도 했다. 그렇지만 선임이는 대체로 어디서 누구에게든 구애되지 않고 거침이 없어 보였다. 맑고 순수한 천성에 유머 감각이 뛰어났고 사회성이 발달한 친구였다. 학급의 모든 친구 및 선생님들과 두루 친하게 지냈다. 특히 어명달 선생님께서 선임이를 예뻐하셨던 기억이 난다.

선임이네 집은 학교 근처 언덕 중턱에 있었다. 방과 후에 우리는 종종 선임이네 집으로 몰려가곤 했다. 인테리어가 고급 목재로 꾸며진 단독 주택이었다. 여러 번 놀러 갔지만 선임이 아빠는 뵌 적이 없고 조용한 성품의 엄마만 한 번쯤 뵌 것 같다. 선임이는 여동생과 남동생이 있었는데 선임이와 달리 말수가 적었다. 우리들이 집에 가면 동생들은 싱긋이 웃으며 각자의 방으로 사라졌다.

우리는 거실이며 선임이 방이며 가리지 않고 누워서 이야기를 나눴고 엎드려서 숙제도 했다. 선임이는 예쁜 문구 용품을 많이 갖고 있었는데 연필 뒤에 재미있는 모양의 지우개가 달린 것을 친구들에게 자주 나눠 줬다. 나도 선임이한테 연필 선물을 받으면 한동안 행복했었다.

그러던 어느 날 선임이가 외교관이던 아빠를 따라 호주로 이민을 떠났다. 중학교에 입학해 몇 달 안 돼서였던 것 같다. 정답게 지내기는 했지만 깊은 정이 안 들었는지 가볍게 헤어졌다. 선임이가 호주로 떠나고 여느 때처럼 학교생활을 하고 있을 때 시드니 로즈베이에서 학교로 편지가 왔다. 빨간색과 파란색이 빗살무늬로 장식된 해외 우편 봉투를 보자 선임이가 불현듯 떠올랐다. (생각난 김에 편지함에서 선임이의 편지를 꺼내서 다시 읽어 본다.) 큼지막하고 동글동글한 글씨체도 선임이를 닮았다.

선임이는 서울에서는 매일 놀았으면 했는데 막상 호주에서 수영, 테니스, 노래, 스케이트를 타며 놀기만 하니까 갈수록 재미가 없다고 했다. 하지만 자유영, 배영, 개구리헤엄, 다이빙을 할 수 있게 되어서 기쁘다고도 했다. 그리고 만화 캐릭터를 아주 잘 그려서 편지지 뒷면에 귀여운 사자, 토끼, 쥐를 그려 보냈다. 만화를 좋아했던 선임이는 저녁 6시가 되면 서울로 와서 만화를 보고 싶어 죽을 지경이라고 했다. "만화가 보고 싶어서 이 형님이 돌아가시겠다."면서 답장을 보낼 때 당시 방송했던 '오성과 한음'의 만화 그림 좀 꼭 그려서 보내 달라고 부탁했다. 그리고 31개월 후에 한국으로 돌아오니까 기다리라고 했다.

그 후에 서너 번 편지가 오고 가다가 고등학교에 진학하면서는 연락이 뜸해졌다. 선임이가 귀국해서 다시 편지를 보냈는데 그때 자장면이 먹고 싶다고 사 달라고 했던 기억이 어슴푸레하다. 어찌 된 일로 편지가 끊겼는지를 모르겠다.

노래 가사의 2절이다.

> 하얀 꽃잎 따라 벌 나비가 날으고 파란 잔디 위엔 꽃바람이 흐르네 / 지난날 뒷동산에 같이 놀던 친구는 어디론가 멀리 가서 소식 한번 없는데 / 그리워서 그리워서 잊지 못할 옛 친구

14살이던 중학생이 이제 50살이 되었다. 호주로 꽃바람처럼 흘러갔던 선임이가 그립다. 다시 만나면 선임이와 자장면을 먹고 싶다.

우보라야 천 리 간다

나는 평소에 원피스를 즐겨 입는다. 영화 '귀여운 여인(Pretty Woman)'에서 줄리아 로버츠가 입은 갈색 땡땡이 무늬 원피스는 내 로망이다. 그 영화는 로맨틱 코미디 영화를 좋아해서 내가 가장 재미있게 본 영화 중 하나다. 지적이며 절제 있는 남자가 천진하고 자기중심적인 여자에게 무차별 공격을 당할 때 통쾌하다. 티피오

(T.P.O)를 무시하고 내키는 대로 행동하는 줄리아 로버츠를 보면서 카타르시스를 느꼈다. 배경 음악인 록시트의 'It must have been love'를 들으면 두 주인공의 애틋한 엔딩 장면이 떠오른다. 테마곡을 참 잘 정했다. 전주부터 설렌다.

영화가 심각한 의미를 담고 있으면 나는 흐름을 잘 이해하지 못한다. 자꾸 옆 사람에게 물어볼 수도 없고 해서 그냥 본다. 몇 해 전 11월 그야말로 만추에 진지한 영화 한 편을 봤다. 그것도 혼자서. 바람이 차가운 날이었다. 코트에 목도리를 칭칭 감고 광화문 시네큐브로 갔다. 영화 '비지터(The Visitor)'를 보기 위해서였다. 이 영화를 보게 된 것은 대표 문구 때문이었다.

"그런 척한 거예요. 바쁜 척, 일하는 척했어요. 사실은 아무것도 안 해요."

주인공 월터 교수의 대사다.

아내와 사별한 60대 초반의 월터 교수는 20년 동안 똑같은 주제로 똑같은 시간에 똑같은 강의를 해 오고 있다. 사람들은 교수라는 그의 직업에다 각종 컨퍼런스에도 참여하는 등 바쁘게 사는 모습을 보고 성공한 인생이라고 생각한다. 그러나 정작 월터 교수는 집과 학교를 오가며 대학 교수라는 직업에 염증을 느끼는 무미건조한 일상을 보내고 있다. 월터 교수 표정은 늘 굳어 있고 시선은 멍하다. 누굴 만나든 논문을 쓰고 강의하느라 바쁘다고 말했지만 그저 바쁜 척, 일하는 척할 뿐이다.

그러던 어느 날, 뉴욕에서 한 컨퍼런스에 참석했다가 오랫동안 비워둔 자신의 뉴욕 집에 들르게 된다. (원래 아내와 살던 집이었지만 사별

후에는 학교 근처에서 혼자 지내고 있었다.) 그런데 이상하게도 안에 누군가 살고 있는 흔적이 있었다. 그는 젬베라는 타악기를 연주하는 거리 연주자 타렉이었다. 불법 거주에 가택 침입 죄인이지만 월터는 타렉이 새 집을 구할 동안 살도록 허락한다.

까무잡잡한 피부에 하얀 이를 드러내고 언제나 웃으며 활기차게 연주하는 젊은 청년 타렉에게 월터는 젬베를 배우기 시작한다. 권위적이고 완고하던 월터 교수의 마음이 서서히 열리고 그는 타렉과 함께 거리 연주에도 유쾌하게 합류한다. 어두운 회색빛이 감돌던 월터의 얼굴에 웃음꽃이 피어나기 시작한다. 나는 월터 교수가 타렉을 만나기 전과 후에 달라진 모습을 보면서 표정이 사람을 완전히 딴판으로 만들 수 있다는 걸 깨달았다. 표정은 가장 쉽고도 가장 어려운 성형이다. 월터 집의 방문객(visitor)이 월터의 닫힌 마음을 열게 해 준 것이다. 월터는 고백한다.

"그런 척한 거예요. 바쁜 척, 일하는 척했어요. 사실은 아무것도 안 해요."

시네큐브로 가면서 영화가 난해해 이해하지 못할까 봐 내심 걱정스러웠다. 다행히 단순한 줄거리였고 돌아오는 길에 월터 교수가 던진 독백을 오랫동안 음미했다.

지난 주말에 나는 공직 생활에서 퇴직한 지인과 북한산 둘레 길을 다녀왔다. 오랫동안 못 뵈었기 때문에 그를 만나러 가는 길이 무척 설렜다. 둘레 길을 걸으며 차를 마시는 기분으로 오순도순 이야기를 나누고 싶었다. 그러나 북한산 둘레 길 초입에서 내 기대는 무너졌다. 그는 나를 만나기 전에 이미 다른 선약을 마치고 서둘러

오는 길이었다. 그는 산책로에 들어서자 코스를 미리 정해 둔 듯 곧바로 앞서서 부지런히 걷기 시작했다. 혼자서 이야기를 독점하며 중간에 한두 번 나무 의자에 앉았다가 이내 벌떡 일어나서 걸었다. 그러다가 턴 지점에서 잠깐 시내 풍경을 바라보는가 싶더니 곧바로 되돌아왔다. 나는 속으로 '왜 저렇게 종종걸음에 속사포일까…….' 라고 생각했다. 그분은 헤어지면서 내게 이메일 주소를 물었다.

얼마 후 그로부터 메일이 왔다. 그분은 여행을 무척 즐겨서 국내외로 동에 번쩍, 서에 번쩍하며 다니고 있었다. 풍경 사진과 감상문을 읽어 보니 사유나 사색보다는 많은 장소를 구경하는 데 급급해 보였다. 지인을 보면서 몇 해 전에 본 영화 '비지터'가 떠올랐다.

10월의 마지막 날

순전히 가수 이용 때문이다.

나는 일 년에 한 번 공식 가출을 한다. 10월의 마지막 날에. 나의 일 년은 10월에 끝난다. 11월부터는 새해다. 10월의 마지막 날에 한 해를 마감하는 기차 여행을 떠난다. 내가 나에게 주는 포상 휴가다.

기차표를 예매해 놓고 마치 의식을 예비하듯 10월의 마지막 날을 기다린다. 이른 아침부터 괜스레 마음이 경건해진다. 새벽에 두 남자의 아침 식사를 간단히 차려 놓은 뒤 배낭을 메고 조용히 현관문을 나선다. 무슨 거사를 치르러 가는 심정이다.

아파트 엘리베이터에서 내려 지하철역까지 걸어가는데 사위가 고요하다. 새벽 정적이 흐른다. 아파트 도로 양쪽 가로수는 정지되어 있는 수채화다. 혼자 떠나는 여행을 '잘 다녀와.' 하고 말없이 환송한다. 적당한 두께의 검정색 패딩 점퍼를 입으면 작년 기억이 새삼스럽다. 항상 같은 점퍼를 입기 때문이다. 지하철에는 승객이 드문드문 앉았다. 선잠이 깬 듯한 표정들이 다들 순하고 착해 보인다. 우리 집에서 서울역까지는 약 30분 정도가 걸린다. 나도 그동안 눈을 감고 이어폰으로 음악을 듣는다.

서울역에 내리니 형형색색의 등산복을 입은 가을 여행객들로 붐빈다. 이미 단풍이다. 길눈이 어두워서 기차 출발 시간보다 여유 있게 나오니 서두를 필요가 없다. 경부선 기차를 타는 입구에서 빨간 카펫이 깔린 계단을 내려오면 여러 게이트가 있다. 역무원에게 차표를 보여 주고 타는 곳을 물었다. 나는 재차 확인하고자 한 명에게 더 물었다. 이제 게이트도 알아 놓았겠다, 느긋하게 여행객 구경을 한다.

아침 일찍 여행을 떠나는 사람들의 표정은 새벽안개 같다. 가벼운 옷차림에 배낭을 메거나, 캐리어를 끌고 삼삼오오 짝지어 걸어간다. 간이매점에서 주먹밥, 단팥밥, 샌드위치 같은 간단한 도시락을 사 들고 가는 사람도 보인다. 사람 구경을 한참 하다가 시선을 옮겨서 좀 전에 걸어 내려온 빨간 주단이 깔린 계단을 바라보았다. 앗! 계단 턱마다 어떤 문장들이 또박또박 쓰여 있지 않은가. 무슨 내용인지 궁금해서 다가가 보았다. 세 계단(3분단이다.)에는 각각 보석 같은 문구들이 엽서체로 쓰여 있었다.

그대 생각은 내 일상이 되었어요 / 내가 꿈꾸는 미래에 그대가 있어요 / 당신이 내겐 우주와도 같아요 / 이런 감정 처음이에요 / 첫눈에 반한다는 말을 믿게 됐어요 / 어제보다 더 당신을 사랑합니다 / 당신이 있어 세상은 아름다워요

그냥 당신이 많이 웃었으면 좋겠어요 / 언제나 당신 곁에 있을게요 / 당신은 평생 듣고 싶은 노래 같아요 / 오직 당신만을 위한 내가 될게요 / 당신은 내게 완벽한 사람이에요 / 이게 내 진심이에요

내 인생은 당신을 만나기 전과 후로 나뉘어요 / 매일 아침 그대가 있음에 감사해요 / 항상 감사할게요 우리들의 날들을 / 우린 우연이 아니라 운명이에요 / 잠시도 떨어지기 싫어요

아, 이 삭막한 메트로폴리탄 서울에 이런 아기자기함이라니! 문장마다 읽으며 절로 미소가 번졌다. 그러면서 속으로 '비행기 여행을 하는 사람은 이런 거 못 보겠지?' 하는 생각이 들었다.

나에게 이런 사람은 누구일까? 나도 누군가에게 이런 사람일까? 이런 상상을 하며 해바라기 노래인 '사랑의 시'를 흥얼거렸다. 이 끔찍하게 깜찍한 아이디어는 서울역장님 솜씨일까?

이런저런 여행의 애피타이저를 누리다 보니 어느새 기차 시간이 되었다. 무궁화호에 올라서 신문을 펼치니 진수성찬이 차려져 있다. 폴 서루 작가의 『여행자의 책』 소개다. 헤드라인이 마음에 들었다.

'떠나라, 그대. 행복한 고독 속으로.'

“관광객은 자신이 어디에 와 있는지 모르고, 여행자는 자신이 어디로 갈지를 모른다.”는 구절에 밑줄을 그었다. 나도 여행은 정처 없이 떠난다. “행복한 여행지란 ‘이곳에서 살고 싶다.’가 아닌 ‘이곳에서 죽어도 좋다.’라는 생각이 들어야 한다.”는 요지에도 힘주어 밑줄을 그었다. 얼마나 좋으면 죽어도 좋을까.

나는 여행지에 무게를 두지 않는다. 서울역에서 예매할 때 매표소 직원에게 가볍게 묻곤 한다. “당일 기차 여행으로 어디가 좋을까요?” 하면 친절한 매표소 언니가 안내해 주곤 한다. ‘어디’가 중요할까? 나는 ‘어떻게’ 느끼고 오느냐가 중요하다. 나는 불자는 아니지만 가을 여행은 사찰이 좋다. 다채로운 단풍이 든 산속에 고요하게 자리한 절집은 텅 빈 충만을 느끼게 한다.

이번 가을에 경북 김천 직지사에 다녀왔다. 직지사는 김천역에 내려서 버스를 갈아타고 20분 정도 가면 된다. 버스를 기다리는 사람들 표정이 순한 강아지 같다. 버스는 직지사가 종점이기 때문에 마음 놓고 창밖 풍경을 감상한다. 차창 밖 김천의 가을이 다소곳하고 순박하다. 화려하게 나대지 않는다. 계절의 풍경이 지역마다 다르게 보이는 것은 여행자의 마음이 다르기 때문 아닐까.

평일이라 그런지 종점에서 내리는 사람이 여남은 정도다. 직지사까지는 30분 정도 걸어서 들어가야 한다. 넓고 한적한 도로를 혼자서 걷는데 발 앞에 낙엽 한 장이 툭 떨어진다. 나는 주워서 책갈피에 꽂았다. 한참 걷다가 뒤로 돌아서니 탁 트인 시야에 단풍이 가득 물들었다. 나도 모르게 제자리에서 360도를 돌자 진경산수화가 펼쳐진다. 절로 입이 벌어지고 눈이 동그래진다. 나는 두 팔을 번쩍 들고 소리 없이 입모양으로만 만세를 불렀다.

직지사는 사찰 분위기가 나기보다는 민속 마을 같다. 땅바닥도 고르지 않고 군데군데에는 감나무가 서 있다. 법당도 여기저기 이웃집처럼 들어서 있다. 나지막한 법당 기와 틈새로 파란 잎이 피어 있다. 기와에 핀 초록은 정물화다. 발길 닿는 대로 걷다 보면 걸었던 길을 다시 걸을 때도 있다.

길가 벤치에 앉아서 준비해 간 김밥과 커피를 마시며 하늘을 보았다. 파란 하늘에 주황색 감이 선명하다. 이따금 단체 관람객이 나지막한 이야기를 나누며 지나간다. 작년에 눌와 출판사와 『일 줄이고 마음 고요히』 테마로 답사를 왔던 기억이 떠올랐다.

비가 추적추적 내리던 가을에 직지사에 도착하니 곱게 물든 나뭇잎들이 빗물에 촉촉이 젖어 있었다. 우산을 들고 법당으로 들어가서 홍선 주지 스님 강설을 들었다. 스님께서는 먼 길을 온 우리들에게 편하게 앉으라고 하셨다. 답사팀들은 다리도 뻗고 벽에 등을 기대기도 했다. 아침 일찍 버스를 3시간 정도 타고 와서인지 사람들이 조금 피곤해 보였다. 나도 법당 벽에 등을 기대고 다리를 앞으로 폈다. 저 앞에 서 계신 스님 음성이 나지막해서 잘 들리지가 않았다. 감기약을 먹어서였는지 조금 있다가 스르르 잠이 들었다. 주지 스님 설교가 편안했나 보다.

강설이 끝나고 스님은 원하는 사람에게 법명을 지어 주셨다. 답사팀은 한 줄로 서서 스님에게 법명을 받았다. 한 일행에게 '청람(靑覽)'이라고 지어 주셨는데 그분 얼굴을 보니 '청람'이라는 단어가 잘 어울렸다. '나도 받을걸…….' 하고 후회했다.

법당에서 나와 우리는 주지 스님 처소로 갔다. 절에 갈 때마다 '수행하는 곳입니다. 들어오지 마시오.'라는 푯말만 보다가 주지 스님 처소를 처음 구경하게 되었다. 스님 처소는 마루와 공부방, 욕실뿐이었다. 공부방은 벽 한 면에 불교 서적이 가득 꽂힌 책꽂이가 있었고 그 옆에는 좌식 나무 책상이 놓여 있었다. 스님 방은 고결해서 성스럽다기보다 여염집 같은 분위기였다. 욕실도 특별한 게 없었다.

한 가지, 주지 스님의 처소에서 최고의 공간을 발견했다. 마루 뒤쪽에 창호지 문을 여니까 좁다란 툇마루가 마련되어 있었고, 거기에는 한 사람이 앉을 수 있는 야트막한 접이식 등산용 의자 같은 게 놓여 있었다. '청람'이 먼저 앉아 있다가 내가 다가가니까 손짓을 하며 어서 와서 앉아 보라고 권했다. 의자에 앉으니 맞은편이 숲이다. 바람이 불어서 나뭇잎이 부딪치는 소리를 들으니 차 한 잔만 있으면 극락 따로 없겠다는 생각이 들었다. 스님의 특별석이다. 다른 일행들은 저쪽에서 정원을 구경하며 사진을 찍고 있었다.

잠시 후에 우리는 스님 처소를 나와서 여러 법당을 돌아보고 점심을 먹으러 공양간으로 향했다. 식사를 하면서 절밥이 그렇게 맛있는 줄 몰랐다. 옆에 앉은 일행과 나물 반찬이 맛있다는 이야기를 나눴다. 이후에도 직지사를 떠올리면 절밥이 먹고 싶어진다.

일정을 마치고 일행들이 버스로 걸어가는데 홍선 주지 스님이 버스 타는 데까지 동행했다. 버스에 올라서 창밖을 보니 저만치서 주지 스님이 작은 생수병을 들고 옅은 미소를 지으며 담담히 서 계셨다. 오랜만에 다녀온 직지사가 인상 깊어서 다시 한 번 오고 싶었다. 그래서 이번 여행지를 직지사로 정했다.

사찰 곳곳을 둘러본 후, 나는 대웅전 뒤편으로 가서 그늘에 등산용 방석을 깔고 앉았다. 주지 스님 툇마루처럼 맞은편이 숲이다. 벽에 등을 기대고 잠시 눈을 붙였다. 간간이 여행객이 내 앞으로 지나간다. 문득 서울에 계신 은사님이 떠올라 조금 전에 찍은 감나무 사진을 한 장 보냈다. 은사님으로부터 답장이 왔다. '부럽습니다.'라고. 나도 내가 부러웠다.

가만히 앉아 소슬한 바람을 맞으니 좀처럼 일어나고 싶지가 않다. 정말 죽어도 좋을 만큼 좋았다. 한참 후, 시계를 보고 자리에서 일어나 직지사를 걸어 나오다가 오른편에 있는 만덕전에 들렀다. 만덕전은 마치 학창 시절에 봤던 문화재 사진엽서에서 본 듯한 커다란 법당이다. 직지사 법당 가운데서 가장 클 것이다. 만덕전 앞마당은 학교 운동장만 하다. 만덕전으로 걸어가 뜰에 앉았다. 넓게 펼쳐진 마당 너머로 부드러운 산이 펼쳐졌다. 시선을 왼쪽에서 오른쪽으로 옮기며 단풍 산을 바라보았다. 병산(屛山)이었다.

서서히 어둠이 내리자 김천역으로 가서 서울행 무궁화호에 올랐다. 좌석에 가 보니 내 옆자리에 풍채 좋은 아저씨가 코를 심하게 골며 깊은 잠에 빠져 있었다. 기차 카페 칸에서 입석으로 가야겠다고 생각했다.

기차 카페 바닥에 널찍하게 빨간 카펫이 깔려 있었다. 기차 벽면에 기대앉는 자리가 상석이다. 마침 사람이 별로 없어서 벽 쪽에 자리를 잡았다. 여남은 명의 승객이 자유롭게 흩어져 앉아서 창밖을 보기도 하고 스마트폰을 보거나 책을 읽었다.

기차 안은 조용했다. 나는 이어폰으로 유튜브에서 장사익 선생의 '못 잊겠어요'라는 노래 동영상을 반복해서 시청했다. 노래 가사가 가슴에 와 닿는다. 그러는 사이 기차가 역을 지날 때마다 카페는 승객으로 들어차기 시작했다. 기차 양 사이드 바닥 쪽에서 히터가 가동되어 실내가 적당히 훈훈했다.

어느 역에서 탔는지 내 옆에 까만 가죽점퍼를 입은 외국 청년이 앉았다. 청년은 자기 스마트폰을 보다가 한 번씩 내가 보는 동영상을 건너다봤다. 눈이 마주치자 미소를 주고받았다. 이 청년, 영화 '비지터'의 타렉을 닮았다.

카페가 여행객으로 거의 찼을 때 차장이 차표 검사를 다녔다. 모자 테두리와 양쪽 소매 끝이 노란색과 연두색으로 둘러진 곤색 제복을 입은 역무원을 보니 여고 시절 경춘선이 떠올랐다. 그때 친구와 나는 이어폰을 하나씩 나누어 끼고 변진섭 테이프를 들었었다.

'근데 요즘 기차에서 차표 검사를 하나?'

승객들은 어쩐지 주눅 든 표정으로 차표를 꺼내 보였다. 차장의 뒷모습이 '무임승차로 걸리면 죽었어.' 하는 것처럼 느껴진다. 나는 몰래 그 현장을 휴대폰 카메라로 찍으며 웃었다. 옆에 앉은 외국 청년은 아까부터 자꾸 제 뒤를 돌아본다. 기차 아래쪽에서 나오는 히터에 가죽점퍼가 탈까 봐 걱정하는 눈치다.

"Don't worry about it. Heater is not hot."

걱정하지 말라고 하자 그제야 웃으며 안심하는 듯했다. 기차가 서울에 가까울수록 카페 안은 승객으로 꽉 찼다. 예전 비둘기호 같은 기차의 카페 풍경을 구경하다 보니 어느새 서울역이다.

일상의 찌꺼기로 과부하가 걸린 마음을 내려놓았다. 홀가분하다. 일상이 새롭게 느껴진다. 모두가 그대로인데 마음이 달라졌다. 집으로 돌아와서 수첩에 간단히 여행기를 적었다. 11월, 내일부터는 새해다.

2. 배움의 즐거움

獨讀篤

공주(工主), 나의 감격 시대!

나는 공주다. 공주(工主)는 공부(工夫)하는 주부(主婦)다. 결혼해서 여가 선용으로 12년째 몸담고 있는 국립한국방송통신대학교에서 그렇게 부른다.

결혼하면서 전업주부가 되고 보니 사회와 단절되어 어디에도 소속된 데 없이 유배지에 뚝 떨어진 기분이 들었다. 이대로 퇴보하는 것은 아닐까 생각하던 차에 지인이 방송대를 권유했다. 그리고 이듬해 바로 영문학과에 입학했다.

지금은 인터넷으로 공부하지만 내가 영문학 공부를 하던 1990년대는 방송 강의를 카세트테이프와 EBS 방송으로 청취했다. 지금도 서툰 살림이 신혼 때는 더 심각해서 살림살이와 영문학 공부를 병행하는 일이 만만치 않았다. 하는 수 없이 낮 시간에 부족했던 공부를 가족이 잠든 밤 혼자 다른 방으로 가 카세트테이프 강의를 들으면서 했다. 교과서와 참고서, 테이프를 틀어 놓고 노트에 필기해 가며 공부를 하다 보면 어느새 새벽이 밝아 오기도 했다.

학창 시절 문학을 좋아해서 영문학 공부가 어렵긴 해도 시간 가는 줄을 몰랐다. 지금도 김보원 교수님의 영국 소설 강의는 잊히지 않는다. 어느 작품이었는지는 가물가물하다. 주목 나무가 서 있는 외딴 숲의 밤 분위기를 설명하셨는데 어찌나 실감나게 묘사하시는지 그 으스스함에 오싹한 적이 있다. 특히 교수님은 남저음(男底音) 목청의 로맨틱 보이스여서 '김보원 넘버원!' 하면서 감미롭게 강의를 들었다. 학보에 실린 교수님 글을 읽어 보면 글을 잘 쓰시는데 학교에서 뵐 때면 외모도 준수하시다.

영어 음성학을 강의하신 안승신 교수님도 잊히지 않는다. 테이프로 듣는 교수님의 음성이 낭랑하고 어투가 예뻐서 강의를 듣다가 종종 교수님 흉내를 내곤 했다. 교수님 덕분에 설단 치조음 't' 발음을 정확히 낼 수 있게 됐다. 교수님은 다른 어려운 과목도 쉽게 설명하시는 탁월한 능력이 있는 분이었다.

공부가 이렇게 재미있는 줄 예전엔 미처 몰랐다. 방송대에서 영문학 공부를 시작하며 늘 책을 끼고 있자 남편은 "당신 대통령 되는 공부해?"라며 신기해했다.

학기가 지나면서 내게 맞는 공부법도 터득하게 되었다. 새로운 학기가 시작되면 수첩에 강의 청취 계획부터 세워 놓았다. 과목별로 다른 펜을 사용해 EBS 방송 강의 시간을 기록해 놓고 놓치지 않도록 주의했다. 카세트테이프 강의 과목은 한 과목을 5일 이내에 끝내기로 정해 놓았다. 그렇게 하면 한 학기 전 과목을 한두 달에 한 번씩 거의 들을 수 있었다. 오프라인 강의와 달리 온라인 강의는 같은 내용을 반복해서 들을 수 있으며, 이해가 잘 안 되는 부분은 잠시 멈춰 놓고 다른 자료를 통해 이해할 수 있다.

주부 시간을 융통성 있게 활용해 고급 강의를 듣는다는 자부심에 나는 거국적으로 몇 번이나 나라에 감사하곤 했다. '아, 우리나라에 이렇게 훌륭한 교육 기관이 있다니!' 하면서. 강의 청취 계획을 세우고 다시 수정하는 것을 반복하며 수첩과 친해졌고, 그때부터 기록하는 습관이 굳어졌다. 그래서인지 방송대 학우들은 자기

관리를 잘한다는 소문이 있다. 주위 동료들을 봐도 맞는 말인 것 같다.

만삭의 몸으로 영문학과 졸업 시험을 마치고 아이를 키우며 몇 해 쉬다가 다시 미디어영상학과에 입학했다. 미디어영상학과 수업은 본교 교수와 학과 특성상 현직에 있는 기자, 광고인, 아나운서가 함께 진행했다. 커뮤니케이션과 인간, 뉴스 취재와 기사 쓰기, 광고 카피와 PR 전략, 글쓰기 등에 대해 배웠다.

방송 강의 중에는 방송국에서 진행되는 프로그램을 분야별로 직접 찾아가서 심층 취재하는 시간도 많았다. 덕분에 각종 미디어를 대할 때 객관적이고 능동적인 관점을 가지게 되었다. 지금 돌아봐도 아주 생생한 수업이었다. 어느 한 분 미지근한 수업 없이 열정적으로 강의하신 걸로 기억한다.

그때 한 광고인의 자기 캐치프레이즈가 잊히질 않는다. 그것은 'PASSION & PRIDE'였다. 나도 따라 내 이름 이니셜을 따서 'Passion & Soft Renovation'이라고 정했었다. 미디어영상학 공부를 하면서 매혹적인 글쓰기와 광고 카피에 관심을 갖게 되었다.

생동감 있는 미디어영상학 공부를 마치고 다시 청소년교육과에 입학했다. 아이를 키우는 데 도움이 되는 공부라고 생각했다. 가정과 사회 환경이 교육에 미치는 영향, 교육과 인성의 관계, 그리고 발달 심리에 대한 이론들을 배우고 청소년 심리에 대해서도 수용적으로 생각하는 계기가 되었다. 청소년교육과에서 1년 동안 압축해 수업을 듣고 교육학과로 편입학했다.

교육학과는 남을 교육시키기 위해 공부하러 들어갔다가 자신이 교육적 인간이 되어 나오는 곳이라는 말이 있다. 교육학 공부는 나를 가장 크게 변화시켰다. 가볍게 생각할 과목이 한 과목도 없었다. 특히 조화태 교수님의 '교육고전의 이해'와 '교육철학', '교육사' 수업은 내 삶에 많은 영향을 주었다. 교육의 본질을 이해하고 나를 바로잡아 가는 시간이었다.

또한 전용오 교수님의 '상담심리', '교육심리', '성인학습 및 상담론' 수업은 그 분야에서 최고였다. 교수님은 화이트보드에 한글, 영어, 한자를 넘나드는 화려한 필체로 쉬운 예를 들어가며 어려운 심리 이론들을 위트 있게 설명하셨다. 나는 방송 강의를 듣다가 궁금한 점이 있거나 특별한 감상이 드는 대목에서는 정지 버튼을 누르고 교수님께 이메일을 드리곤 했다. 언제인가 화면에 보이는 교수님께서 타이를 너무 길게 맨 것 같아서 이메일에 그 내용을 써서 보냈다. 교수님께서는 다음 녹화 때는 꼭 참고하시겠다며 답장을 보내셨다.

전용오 교수님께서 마지막 수업 때 학생들에게 당부하신 말씀은 지금도 기억한다.

"여러분은 지금까지 배운 모든 상담 기법을 다 잊어버리세요. 그리고 이 세 가지를 기억하세요. 남을 대할 때나 상담을 할 때 공감, 일치, 수용이 가장 중요합니다."

교수님의 이 말씀은 이후 내가 누군가의 이야기를 들을 때나 일상에서 유용한 팁이 되었다.

방송대 교육학과에는 국가 공인 평생교육사 2급 자격증 취득 과목이 개설되어 있기 때문에 학생들 대부분이 매우 열심히 공부했다. 자격증을 취득하려면 전 과목 평균 점수가 80점이 되어야 하고, 한 달간 유관 기관에서 현장 실습을 통해 일정 기준의 평가를 받아야 한다. 자격증이 목적은 아니지만 이왕이면 자격증도 취득하고 졸업도 하면 일거양득이었다.

방송대 덕분에 교육학과 4학년 때 작은 행운도 경험했다. 신문에 세계 경영 연구원(IGM)에서 경력 단절 대졸 주부 대상, HRD(Human Resource Development, 기업에서 직원의 업무 능력 향상을 위해 교육과 훈련을 하는 활동) 전문가를 채용한다는 공고가 실렸다. HRD는 방송대 청소년교육과의 '인간자원개발론' 수업에서 배웠기 때문에 어느 정도 익숙했다.

결혼해서 근 20여 년간 전업주부로만 지냈기 때문에 큰 기대 없이 지원했는데 운 좋게 서류 심사에 합격하고 면접에서도 좋은 점수를 받았다. 최종 합격자 발표 후에 근무 형태에서 탄력 근무제가 수용되지 않아 부득이 합격을 반려했지만 신선하고 뿌듯한 경험이었다.

그리고 이듬해 바로 다시 문화교양학과에 입학했다. 수업에서는 고대와 현대의 다양한 동서양 문화에 대해 배웠다. 현대는 과거에서 이어져 내려오고 시대 흐름의 맥은 문화이다. 송찬섭 교수님의 '근현대 속의 한국' 수업에서 예나 지금이나 변함없는 문화의 장면들을 배울 때 미소가 지어졌고, 당시 암울했던 우리나라 상황에서는 내내 마음이 짠했다.

내가 개인적으로 느낀 학과 수업의 백미는 김경희 교수님의 '장자(莊子)'와 '동양철학산책' 수업이었다. 장자의 총 20강을 들으며 '스며드는 수업이란 이런 것이구나.'라고 생각했다. 강의하시는 교수님은 온데간데없고 장자 빙의를 만난 듯했다. 우물 안 개구리, 소요(逍遙), 변화의 화(化), 무용지용(無用之用), 조삼모사(朝三暮四), 양생(養生), 명경지수(明鏡止水) 등 현대에 쓰이는 격언의 유례를 장자 수업을 통해서 좀 더 구체적으로 이해하게 되었다. 졸업 논문도 '장자적 자유론'에 대해 썼다. 교수님의 수업 자료는 지금까지도 소중하게 간직하고 있다. 장자 수업을 통해서 인생을 바라보는 마음가짐이 전보다 여유로워졌고 안목은 확장되었다. 김경희 교수님께 깊이 감사드린다.

방송대를 다니고 있는 12년여 동안 한순간도 공부가 싫다거나 학교를 그만두고 싶은 적이 없었다. 그것은 나를 위한 공부이기 때문이다. 어제보다 나은 오늘을 실감할 때, 그것에 비할 보람은 없다. 정규 학교 때의 공부가 지식을 쌓기만 하는 것이라면 어른의 공부는 거기에 성찰을 더한다. 정보나 데이터의 양이 아닌 나의 일상과 연계된 질적인 공부다.

공부는 어른의 공부가 진짜다. 그 중심에 국립한국방송통신대학교가 있다. 나의 꿈은 평생 방송대 학생 신분을 유지하는 것이다.

글씨를 보면 사람을 안다

"어머! 글씨가 참 예쁘네요."

재수 없겠지만 나는 이런 칭찬을 종종 듣는다.

여자든 남자든 글씨를 잘 쓰는 사람을 보면 비주얼이 좋은 사람보다 더 눈길이 간다. 부럽고 존경스럽다. 조지훈은 글보다 글씨가 더 인격을 반영한다고 했다.

중국 당나라 때 관리를 등용하는 시험에서는 인물을 평가하는 기준으로 신[體貌], 언[言辯], 서[筆跡], 판[文理] 네 가지를 삼았다. 인물이나 언변이 실속과 반드시 일치하지는 않는다. 그러나 글씨체는 그 사람의 내공과 외공의 합작품이라는 생각이 든다. 필체가 좋은 사람은 다시 한 번 쳐다보게 된다. 진정한 품격의 면모가 느껴진다.

요즘에는 거의 컴퓨터나 스마트폰을 사용하기 때문에 손글씨를 쓸 일이 별로 없다. 고등학생인 아들이 노트를 필기한 걸 보면 답답하다. 필기가 귀찮아 빨리 해치우려고 깨알같이 쓴 데다가 서체도 엉망이다.

요즘에도 나는 간혹 편지를 보내고 받을 때가 있다. 편지를 받으면 글씨의 획을 자세히 보게 된다. 글씨만큼 그 사람 성품의 틈새까지도 반영하는 것은 드물다는 생각이 든다.

고등학교 때 나의 고문(古文) 선생님께서는 늘 한문 쓰기 숙제를 내셨다. 연세가 높은 남자 선생님이셨는데 엄격함과 유머러스함을 겸비해서 학생들에게 인기가 많았다. 선생님께서는 수업을 시작하기 전에 분단을 걸어 다니시며 숙제 검사를 하셨다. 1분단부터 숙제 검사를 하다가 종종 내 공책을 학급 전체 학생들에게 돌려 보게 하셨다. 선생님께서는 학생들에게 장난스레 으름장을 놓으며 "이거 보고 배워, 이거!" 하고 언성을 높이곤 하셨다. 반장이던 내 짝은 글씨에 샘이 많았다. 고문 시간이 시작되기 전에는 "어디 봐

봐!" 하고 내 공책을 낚아챘다.

가끔 편지 상자를 열고 학창 시절 친구들과 주고받았던 편지를 읽을 때가 있다. 내용도 영롱하거니와 다들 글씨를 참 잘 썼다.

내가 청소년기를 보낸 1980년대에는 '별이 빛나는 밤에'나 '밤을 잊은 그대에게'와 같은 심야 음악 방송에서는 청취자가 보낸 엽서 전시회를 열곤 했다. 전시회에 전시된 작품들의 창의성과 기발함은 놀라웠다. 개성 있는 예쁜 필체와 그림 솜씨로 엽서를 캔버스 삼아 전하고 싶은 내용을 담았다. 나도 단골 선수였다. 그런데 차츰 타자로 글을 쓰기 시작하면서 내 필체는 몰라보게 나빠졌다. 세월과 함께 빼앗긴 것 중에서 가장 슬픈 것이 서체다.

오늘 신문에는 서예가 이승만에 대한 글이 실렸다. 영주 부석사 안양루의 부석사(浮石寺) 편액과 강원도 고성의 청간정(淸澗亭), 미국 대사관저 족자의 화락(和樂)이 이승만 대통령의 글씨인데, 인간적 완숙미가 드러난다고 한다. 관서지인(觀書知人)이라고 했던가. 글씨는 내면의 표현이다.

서울 한신초등학교에서는 40여 년째 글씨 교육을 한다고 한다. 연필 쥐는 법부터 가르치고 글씨 대회도 연다. 학생들이 손글씨를 쓰니 참을성과 집중력이 길러지고 성격도 차분해지더란다. 두뇌 발달에도 도움이 될 뿐 아니라 인성 교육에도 많은 도움이 되고 있다고 한다. 당연하다. 글씨를 잘 쓰는 사람들의 공통점은 필기구를 꾹꾹 눌러서 천천히 쓴다는 것이다. 마음이 가다듬어지면 글씨도 안정된다.

좋은 글씨, 좋은 필체가 따로 있을까. 형태의 아름다움을 넘어

안정감이 느껴지는 글씨가 좋은 글씨라고 생각한다. 성급하고 불안하고 거친 내면은 필체의 획에서 그대로 드러난다. 서체부터 정돈해서 내면을 다듬어 가야겠다.

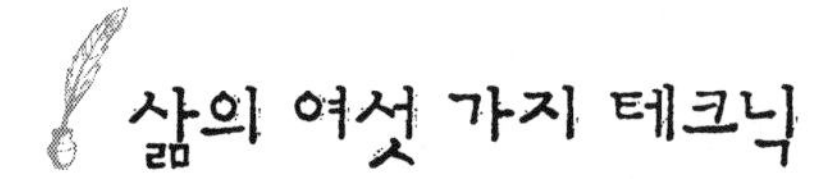

삶의 여섯 가지 테크닉

내 별명을 내가 지었다.

일상을 예술처럼 살고 싶어서 라이프 아티스트(Life Artist), 다방면에 교육적으로 윤색하자는 뜻에서 멀티 에듀케이터(Multi-Educator), 스스로 자신을 촉구하자는 뜻에서 셀프 퍼실리테이터(Self Facilitator), 꿈을 잃지 말자는 뜻에서 드림 러버(Dream Lover), 주부는 가정을 경영하는 최고 경영인이라는 뜻에서 홈 씨이오(Home CEO). 라이프 아티스트가 나머지를 아우른다.

일상을 예술처럼 살기 위한 테크닉 여섯 가지가 있다. 인간의 삶을 예술적 경지로 끌어올리는 생활 양식이다. 그것은예(禮, 예법), 악(樂, 음악), 사(射, 활쏘기), 어(御, 말 타기), 서(書, 글공부), 수(數, 셈하기)로 육예(六藝)다.

예(禮)는 몸가짐뿐 아니라 마음가짐도 포함한다. 음악과 활쏘기, 말 타기와 글공부, 셈하기가 잘 갖춰져도 예가 바르지 못하면 사상누각이다.

예(樂)는 깃발이다. 그 뒤에 악, 사, 어, 서, 수가 따른다. 삶이 행복하려면 관계 능력이 좋아야 한다. 관계에서 사람의 매력은 영향력이 크다. 매력이 오래 유지되려면 매너가 필수다. 그래서 'Manners maketh the man.'이라고 한다.

악(樂)은 음악이다. 공자는 노래집인 『시경』을 엮으며 배움의 첫 단계에 음악을 두었다. 『시경』을 공부하지 않으면 마치 담장을 마주하고 있는 것과 같아서 학업이 더 나아갈 수 없다고 했다. 모든 학문은 문화로 집결되고 문화의 꽃은 감성에서 싹튼다. 음악은 리듬과 조화, 감수성의 영역이다. 활쏘기나 말 타기, 글공부나 셈하기는 음악적 리듬을 내포한다. 리듬은 조화고 질서다. 리듬이 무시된 활동은 무질서고 불협화음이다. 삶은 하모니다. 그 중심에 음악이 있다.

사(射)는 활쏘기다. 하나의 활에 네 개의 화살을 끼움으로써 그것이 맞고 맞지 않음을 보며 마음을 바로잡고 있는지 여부를 살피는 것이다.

어(御)는 말을 모는 방법으로서 한 수레에 네 마리의 말을 모는 사람이 고삐를 잡고 수레를 잘 몰아 바른 길을 잃지 않도록 연마하는 것이다. 오늘날로 말하면 기기나 운송 수단의 운행, 운전을 의미한다. 마음을 바로잡아야 운용에 무리가 없다. 그로써 덕(德)을 연마한다고 보았다.

서(書)는 서체를 통해서 마음을 가늠하는 것이며, 수(數)는 셈하기로 산술과 천문, 지리, 역학 등 시속(時俗)을 따르는 것을 의미한다.

총체적으로 예, 악, 사, 어, 서, 수의 육예는 예의범절과 도덕성, 몸과 마음의 수양, 읽고 쓰고 셈하기를 포함한다. 삶에 필수적인

생활 양식이다.

『소학(小學)』의 교육 내용은 일상생활에서 필요한 기본예절과 육예가 핵심이다. 기본예절은 1차 교육으로 뿌리와 몸통 공부라 할 수 있고, 육예는 2차 교육으로 줄기와 가지, 잎 공부라 할 수 있다.

소학에서 기본예절은 쇄소응대진퇴(灑掃應對進退)이다. '쇄소'는 청소하는 것으로 아침 일찍 일어나서 방과 마루를 닦고, 뜰에 물을 뿌리며 흙을 쓸어내는 것이다. '응대'는 어른의 부름에 공손하게 응하는 것이다. '진퇴'는 자신의 위치에 맞도록 나아가고 물러남을 결정하는 것이며 집 밖으로 다닐 때는 신중하고 경건한 태도를 견지하는 것이다. 이러한 1, 2차 소학 공부를 통해서 성인의 자질을 갖추게 되는 것이다. 특히 육예(六藝)는 문화와 지혜를 기르는 공부다. 삶에서 매너와 음악, 시속을 따르는 유연성과 글쓰기, 셈하기를 갖춰 가는 것이야말로 일상적인 삶을 예술로 승화하는 길이 아닐까.

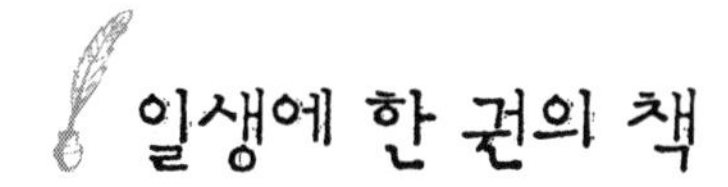

일생에 한 권의 책

#전반전

사람은 자신이 읽은 책처럼 살아간다는 말이 있다. 나의 청춘 시절에 가장 큰 영향을 끼친 책을 꼽는다면 안병욱 수필집이다. 당시 종로 서적에서 안병욱 교수님의 책을 거의 다 읽을 정도로 자주 구입했다.

감수성이 풍부한 시절에 어떤 문화의 영향을 받느냐는 평생의 가치관에 영향을 미친다. 어찌 살아야 할 바를 모를 때 철학이 있는 책은 삶의 길잡이 역할을 해 준다. 나는 교수님의 저서에 밑줄을 그어 가며 정독했다. 밑줄 그은 내용은 다시 A4 용지에 정서했다.

얼마쯤 시간이 흘러서 당시 교수님의 성북동 자택으로 편지를 드렸다. 몇 차례 내 편지를 받으시고 어떤 독자인지 궁금하시다면서 내가 다니는 직장 근처에서 한번 만나자는 연락을 하셨다. 나는 그때 행정 구역으로 서대문구 미근동에 있는 직장에 다녔는데, 안병욱 교수님을 뵙기로 했다니까 직장 선배 언니가 마치 자기 일처럼 기뻐하며 같이 가면 안 되겠냐고 했다. 선배 언니도 안병욱 교수님 저서를 즐겨서 읽었었다. 퇴근 후, 선배 언니와 나는 교수님을 뵙기로 한 찻집으로 갔다.

안병욱 교수님께서는 먼저 오셔서 기다리고 계셨다. 키가 크셨고 호남형에 음성도 당당하셨다. 책에서 느껴지는 대로 우뚝한 거목 같은 느낌을 받았다. 차를 마시며 책에 대해, 그리고 삶에 대해 정다운 이야기를 나눴다.

이후에도 나는 교수님의 자택으로 찾아뵈었고 이따금씩 찻집에서 뵙기도 했다. 교수님을 뵐 때마다 교수님의 책 내용을 A4 용지에 예쁘게 베껴 써서 꽂아 둔 클리어 파일을 전해드리곤 했다. 신문에서 교수님의 외부 강연 소식을 보면 찾아가서 듣고 강연이 끝나면 따로 인사를 드렸는데 그때마다 매우 반가워하셨던 기억이 난다.

교수님께 편지를 드리면 답장은 엽서로 왔다. 교수님께서는 삶에 지침이 되는 사자성어를 쓰시고 아래는 두세 줄 안부를 전해 오셨다. 나는 받은 엽서에 교수님 사진을 붙여서 코팅해 보관했다.

그렇게 몇 해가 지나고 나는 결혼을 하게 되었다. 남편과 함께 교수님 성북동 자택으로 찾아뵙고 인사를 드렸다. 그 후 신접살림을 서울에서 멀리 떨어진 지방에서 하게 되면서 교수님과 서서히 연락이 끊겼다.

몇 년이 지나 서울로 이사를 와서도 문득문득 교수님의 안부가 궁금했다. '한번 찾아뵈어야지…….' 했는데 어느 날 신문에서 교수님 별세 소식을 읽었다. 어렴풋이 '이어제'라는 당호를 쓰셨던 것 같은데 부고 소식을 읽고 안병욱 교수님을 한참 생각했다. 전화를 드리면 "여보세요." 하는 음성이 매우 활기찼던 교수님이 참 그리웠다. 교수님의 저서는 철없는 청춘에게 한 번뿐인 삶을 어떻게 살아야 할지 진지하게 고민하게 했다.

몇 해 전 강원도로 가족 여행을 가는 길에 뜻밖에 아주 반가운 곳을 발견했다. 양구에 있는 '김형석·안병욱 철학의 집'이었다. 안병욱 교수님의 자료실에서 내가 청춘 시절에 봐 온 자료들을 다시 보며 눈시울이 붉어졌다. 학교라는 울타리를 빠져나와 어찌 살아야 할지 모를 때 나는 교수님의 저서를 통해서 삶의 철학을 세우려고 노력했다.

최근 매스컴에서 김형석 교수님 강의를 두 번 정도 들은 적이 있다. 말씀마다 고개가 끄덕여져서 수첩에 기록해 두고 펴 본다. 안병욱 교수님과 아주 비슷하신 김형석 교수님을 뵈면서 오래오래 건강하시기를 기원했다.

#후반전

> 이런 사람이 있었다. 그는 처음과 끝이 한결같았다. 여든셋의 수를 누렸지만, 지음(知音)들이 앞서거니 뒤서거니 뜬 후 득의의 세월은 다시 오지 않았다. 만년에 그는 산속 집에서 지난날의 회억에 젖에 조용히 지냈다. 그렇게 그는 다시 세상에서 잊힌 사람이 되었다.
>
> 『삶을 바꾼 만남』 정민

'그'는 황상(黃裳, 1788~1870)이다. 다산이 강진 유배 시절 가르쳤던 제자 중에 가장 아끼고 사랑한 제자다.

어느 날 신문에서 정민 교수의 『삶을 바꾼 만남』 신간 소개를 읽었다. 위대한 정약용보다 우리에게 잘 알려지지 않은 황상이라는 인물에 대해 궁금했다. 어떤 제자였기에 600쪽에 이르는 한 권의 책에 담았을까. 저자의 여는 글을 읽고 페이지를 넘겨서 목차를 쭉 훑어 내려가는 동안 벌써부터 가슴이 뜨거웠다.

다산은 1801년 11월 강진의 조그만 주막집의 골방을 얻어 귀양살이를 시작했다. 말벗이라고는 주막집 주인인 노파뿐이었다. 다산은 하루 종일 방 안에서 써먹지도 못할 책을 읽고 글을 지으며 지냈다. 유배 시절에는 방바닥에 두 무릎을 딱 붙이고 공부에만 몰두해 복사뼈에 세 번이나 구멍이 뚫렸었다고 한다.

어느 날 다산은 주막집 주인의 제안으로 주막 한쪽에 사의재(四宜齋)라는 작은 서당을 열게 되었다. 사의재는 '생각은 담백하게, 외모는 장중하게, 말은 과묵하게, 동작은 무겁게'라는 뜻을 담고 있다.

학생은 주로 아전의 자식들이었다. 다산은 우선 교재로 천자문을 대신해 우리나라 시대와 정서에 맞는 『아학편(兒學編)』을 만들어 학생들을 가르쳤다. 그중에는 황상도 있었는데, 그가 어느 날 다산에게 물었다.

"저는 공부하는 데 세 가지 문제가 있습니다. 둔하고 꽉 막히고 답답합니다. 저 같은 아이도 공부할 수 있나요?"

그런 황상에게 다산은 이렇게 답했다.

"배우는 데 있어서 오히려 민첩하고 예리하고 재빠르면 자기 재주만 믿고 진중함을 잃게 되기 쉽다."

미욱한 둔재에게 일깨워 준 마음가짐이다. 그리고 공부하는 자세로서 부지런하고 부지런하고 또 부지런하라는 삼근계(三勤戒)를 내렸다. 황상은 스승의 가르침을 따라 부지런히 초서(鈔書)하고 익히고 또 외웠다.

책을 베껴 쓰는 초서 공부는 다산이 가장 강조한 공부법이다. 학질(말라리아)에 걸려서도 초서에 몰두하며 책을 손에서 놓지 않는 제자를 위해 '학질 끊는 노래'를 시로 지어 준 마음은 제자에 대한 사랑이 아니라 자식 사랑처럼 느껴졌다.

황상이 열여덟 살 되던 해에 장가를 들어 신혼의 단꿈에 빠졌다. 그가 공부에 소홀해지자 다산은 "내외가 따로 자라."는 편지를 보내고 한동안 고성사로 가서 지내라고 당부한다. 황상은 그 길로 양식을 싸들고 고성사로 올라가 공부에 매진했다. 때는 삼복더위였다.

얼마 뒤 제자는 공부한 내용과 새로 지은 시를 스승에게 보냈다. 스승은 답장으로 시에 대한 촌평과 소감을 쓴 뒤, 말미에 "제자 중에 너를 얻어 참 다행이다."라고 덧붙였다. 후에 황상이 득남 소식을 알리자 다산은 자신의 손자와 다를 바 없다며 이름까지 '천웅'으로 지어 주었다. 그 전에 황상에게 오래도록 아이가 없자 다산은 제자의 양기를 돋워 주려고 부자(附子)를 넣은 처방을 내렸었다. 그리고 얼마 뒤 회임 소식을 알려 온 것이다. (천웅은 부자의 다른 이름이다.)

다산은 유배 생활 8년 만에 다산 초당을 짓고 안정적으로 학문을 집대성해 나갔다. 사이사이에 아이들을 가르치고 화초를 돌보며 본격적으로 저술 활동에 집중했다. 사의재에서 배운 제자 중에 단연 두각을 나타냈던 이학래가 다산의 저술 활동을 도왔고 방대한 사상이 책으로 정리되었다. 이학래는 추사보다 다섯 살이나 아래였지만 추사 스스로 내 스승이라고 칭할 만큼 학문이 깊었다. 그러나 입신출세에 대한 과도한 집착으로 결국 다산에게 등을 돌렸고, 일흔이 된 해에도 과거 시험에 낙방하자 자살로 삶을 마감했다.

세월이 흘러서 다산은 해배가 되었다. 강진을 떠나 고향인 마재로 향하기 전, 작별 인사차 초당으로 찾아온 황상에게 배움에 노력을 게을리하지 말라는 당부를 했다.

스승이 마재로 돌아간 지 18년 후에 황상은 처음으로 다산을 찾아갔다. 노환으로 병이 깊은 스승을 이틀간 극진히 간호하고 집으로 돌아오는 길에 스승의 부음 소식을 전해 듣는다. 그는 그길로 마재로 돌아가 다산의 두 아들 학연, 학유와 함께 스승의 장례를 치르고, 정 씨와 황 씨 두 집안끼리 정황계(丁黃契)를 맺어 자손 대대로 우의를 이어갈 것을 다짐했다.

학연의 주선으로 황상과 추사의 교류가 시작되었고, 추사의 소개로 황상의 시가 세상에 알려지면서 황상은 당대 최고 문인으로 극찬을 받았다. 그는 『치원유고(巵園遺藁)』라는 문집을 남겼다. 황상은 만년에 강진 천태산 자락에 일속산방(一粟山房)을 지어 시를 짓고 초서 공부를 하며 손자들을 가르쳤다.

다산이 강진에서 유배 시절을 보낸 18년 동안 학업을 청한 제자는 수십 명이었다. 대부분의 제자가 3~4년, 혹은 7~8년 만에 물러났으며, 막판에는 욕을 하고 등을 돌린 자도 있었다. 그렇지만 유독 황상만은 스승의 가르침을 평생 가슴에 새기고 한결같이 받들었다.

어떤 만남은 사람을 변화시키고 인생을 바꿔 놓는다. 황상의 삶을 바꾼 만남은 다산이다. 삶에서 이런 만남을 가지려면 어떤 마음가짐이 필요할까. 만남에서 귀한 것이 신의다. 다산을 만났을지언정 황상에게 신의가 없었다면 삶을 바꿀 수 있었을까. 제자를 감동하게 하는 스승도 훌륭하지만 스승을 감동하게 하는 제자는 더욱 훌륭하다.

황상은 둔하고 꽉 막히고 답답한 성정 덕분에 중간에 다른 마음을 먹지 않고 스승의 가르침대로 우직하게 걸어갈 수 있었다. 책에서 황상이 등장하는 대목마다 역사극의 한 장면을 보는 것처럼 상황이 머릿속에 선명하게 그려지곤 했다.

맨 뒷장을 읽고 책을 덮으며 나도 속으로 이렇게 생각했다.

'우리 역사 속에 이런 사람이 있었네.'

변화(變化)의 '화(化)'는 갑골문에 의하면 서 있는 사람의 옆모습과

거꾸로 뒤집혀 있는 사람의 모습을 결합하여 만든 상형 문자다. 전에 있던 나와 완전히 다른 사람으로 뒤바뀌어 변하는 것을 의미한다. 눈을 비비고 다시 봐야 할 만큼 예전의 내가 아니다. 황상의 삶은 다산을 만나기 전과 후에 그렇게 변화했다.

많은 책을 읽는 것도 좋겠지만 일생에 지침이 되는 한두 권의 책은 삶을 바꾼다. 인생 후반전에 만난 황상은 늘 내 가슴속에 깊이 간직되어 있다. 성장을 향한 지독한 일관성에 매료된다.

전경(figure)과 배경(ground)

나는 혼자 있기를 좋아한다. 휴일마다 음악을 들으며 도봉산을 4~5시간 정도 산책한다. 늘 앉는 자리에서 고요히 하늘을 바라본다. 하늘의 백미는 구름이다. 가만히 바라보면 구름은 단층이 아니다. 복층이다. 앞의 구름은 쉬지 않고 형태를 달리하며 흘러가는데 뒤의 구름은 한 형태를 오래 유지하며 움직임도 거의 없다.

어릴 적 하굣길에 친구들과 구름을 가리키며 양을 닮았네, 예수님을 닮았네 하면서 신기해했던 기억이 난다. 그런데 친구와 잠깐 마주보며 구름 이야기를 하다가 다시 하늘을 보면 어느새 양과 예수님이 감쪽같이 흩어져서 사라지고 없었다. 아마도 앞의 구름이었나 보다. 뒤에서 형태 없이 밋밋하게 있었을 구름은 미처 못 봤을 것이다.

세상이 빠르게 변하는 것은 전경(前景) 변신이다. 관심과 평가 대상은 언제나 전경 구름이다. 오늘 시류와 트렌드라며 호들갑을 떨다가 내일이면 새로운 시류와 트렌드에 야단법석이다.

어릴 적에 전경 구름에 들떠 있었다면 차츰 배경(背景) 구름을 바라본다. 그것은 두드러지지 않고 일정한 형태에 얽매이지 않으며 부화뇌동하지 않는다. 은인(隱人) 중에 진인(眞人)이 있고, 진인은 드러내지 않는다고 했던가. 배경 구름이 그렇다.

오래전 신문에서 어느 묵직한 기사를 읽은 적이 있다. 영남대 전기공학과 박주현 교수에 관한 기사다. 학자는 강의와 저서, 논문으로 평가받는다. 박주현 교수는 2000년부터 SCI급 논문을 170여 편이나 썼고 대학 평가 기관 QS의 '2011년 수학 분야 세계 대학 평가'에서 영남대를 서울대와 나란히 150위 안에 올려놓았다. 대학을 옮겨 보면 어떠냐는 말에 그는 "서울에 있거나 지방에 있거나 학자가 연구하는 것은 똑같다. 연구는 학교 이름으로 하는 것이 아니다."라고 말했다. '좋은 포도주는 간판을 필요로 하지 않는다(Good wine needs no bush).'는 말이 슬며시 떠올랐다.

살아온 시간이 쌓일수록 진리 중의 진리가 '보이는 것이 전부가 아니다.'이다. 시각 정보는 오류가 많다. 말하자면 시각 정보는 말단이고 인식 정보는 첨단이다. 전면에 나선 간판만 보고 속을 때가 한두 번이 아니다. 명불허전의 함정이다. 살아 보면 뚝배기보다 장맛일 때가 많다. 적지 않은 경우 뚝배기와 장맛이 반비례할 때도 있다.

생물이든 무생물이든 내용이 확장되면 형식은 간소화되는 걸까?

가끔 서울 거리를 걷다 보면 눈에 보이는 것들이 지나치게 화려하고 복잡하고 시끄러울 때 '일속산방(一粟山房)'이 떠오른다. 일속산방은 '좁쌀만 한 집'이란 뜻이다. 다산 정약용이 강진 유배 시절에 가장 사랑한 제자 황상의 산방이다. 황상은 다산에게 글을 배우고 문장을 배워 『치원유고』, 『임술기』 등 우아한 작품을 남겼으며 추사 김정희에게 각별히 인정받은 인물이다. 소치(小癡) 허련(許鍊)이 그린 '일속산방도'를 마음속에 그려 보면서 좁쌀 한 톨만 한 산방에서 펼쳐졌을 그의 내면세계를 상상하다 보면 슬며시 미소가 지어진다.

전에 전경으로 떠올랐던 것이 이제는 배경이 되고, 전에 배경을 못 보던 마음이 이제는 그것을 전경으로 보게 된다. 퇴적암을 세로로 나누어 단면을 살펴보면 무수히 많은 퇴적층을 볼 수가 있다. 각 단층은 무게별로 가벼운 것은 위에 뜨고 무거울수록 밑으로 가라앉는다.

삶도 그렇다. 자기 무게와 같은 단층에 있는 것들을 보게 된다. 세상이 왜 이리 경박하냐고, 왜 이리 쓸 만한 사람이 없냐고 투덜대다가 조금씩 자신의 무게가 무거워지면 그 무게의 것들을 보게 된다. 묵직해서 위에서는 절대로 볼 수 없었던 것들이 아래 가라앉아 있다. 내공 깊은 것들의 모습이 궁금해져서 내 무게를 더욱 무겁게 가지고 싶다.

오늘도 앞의 구름은 시시각각 현란한 자태를 뽐내고, 뒤의 구름은 미미하고 수수하다. 나는 일부러 고개를 옆으로 기울여서 앞쪽 구름에 가려진 뒤쪽 구름을 바라본다. 바람에 흩어지지 않는 배경 구름을.

목욕탕의 마릴린 먼로

장자 수업 첫 시간에 교수님께서 '왜 고전을 읽어야 하는가'를 설명하시며 마릴린 먼로와 『율리시스』에 대해 말씀하셨다. 제임스 조이스의 『율리시스』는 권위 있는 영문학자가 읽기에도 몹시 난해한 문학 고전이다.

'마릴린 먼로가 『율리시스』를 읽다(1952년)'라는 사진을 두고 실제로 읽었을까 하는 의구심이 제법 있었나 보다. 사진 속 마릴린 먼로는 수영복 차림으로 나무등치에 앉아 독서에 몰입하고 있다. 그녀는 자신의 영화 홍보를 위해 미국을 순회할 때도 도스토옙스키나 프로이트 등 고전을 자주 읽었고, 어느 촬영장에는 릴케의 시집을 들고 나타났다고도 한다.

내가 다니는 목욕탕에는 옷을 벗고 입는 곳 중앙에 널찍한 나무 평상이 놓여 있다. 손님들은 거기에서 음료수도 마시고 간단한 간식을 먹으며 이야기를 나누거나 사우나를 하다가 잠시 나와서 쉬기도 한다. 목욕탕을 갈 때마다 그 나무 평상 위에서 샤워 타월로 몸을 감싸고 고전을 읽는 여인이 있다. 목욕탕의 마릴린 먼로다. 한번은 내가 옷을 벗고 그녀가 읽는 책을 힐끔 쳐다보며 "실례지만 무슨 책이에요?" 하고 물었다. 내 또래로 보이는 그 여인은 밝은 얼굴로 나를 쳐다보더니 얼른 책 표지를 보여 주면서 다산에 관한 책이라고 했다. "책을 많이 읽으시나 봐요." 했더니 한 달에 50~60권을 읽는데 주로 고전을 본다고 했다.

그녀는 대학에서 미술을 전공했고 지금은 박사 과정을 밟고 있다고 했다. 또 자신은 책에 비해 분량이 얼마 되지 않는 석사 논문을 쓰면서도 참고 문헌을 읽느라 너무 고생했는데, 두꺼운 인문서를 쓰는 작가들은 그 책을 쓰기 위해 얼마나 많은 문헌 자료를 연구하겠느냐면서 존경스럽다고 말했다.

고전은 왜 읽을까. 중국 후한(後漢)의 허신(許愼, 30~124)이 편찬한 자전(字典)인 『설문해자(說文解字)』에서 '고(古)'와 '전(典)'의 풀이가 재미있다. 古는 열 개[十]의 입[口]에서 온 글자로 이전 시대의 말을 기억하는 것이다. 典은 책[冊]이 책상[兀] 위에 놓여 있는 것에서 온 글자로 높이 받들어 올려둔 것이다. 동아시아의 '고전(古典)'은 영어 클래식(classic)의 번역어로 사용되면서 상용화되었다. '클래식'은 일류의, 최고 수준의, 모범적인 평가를 받은 책이나 예술 작품을 말한다. 나아가 책뿐만 아니라 회화든 음악이든 연극이든 인간의 심리적 위기에 진정한 정신적 힘을 주는 예술을 일반적으로 클래식이라 부른다(이마미치 도모노부의 『단테 신곡 강의』 중에서).

세계에서 노벨상 수상자를 가장 많이 배출한 미국 시카고대학교는 1920년대 로버트 허친스 총장이 취임하면서 위대한 고전 100권을 달달 외울 정도가 아니면 졸업시키지 않는다는 시카고 플랜을 도입했다. 그 결과 1929년부터 2000년까지 노벨상 수상자를 68명 탄생시킨 굴지의 교육 기관이 됐다. 또한 미국의 명문 교양 중심 대학(liberal arts college)인 세인트존스칼리지는 고전 100권을 읽고 토론하는 수업이 4년 커리큘럼의 전부다.

얼마 전에 책장을 정리하면서 인문서 위주로 번호를 매겼다. 시대를 앞서 살다 간 역사 속 인물의 삶이 현재 내 삶에 녹아 있다. 삶의 한 모퉁이에서 선택의 기로에 설 때 고전을 읽는다. 고전(古典)은 현전(現前)이다. 고전이야말로 실용서다. 다음엔 나도 목욕탕에 고전을 들고 가야겠다.

회복 탄력성의 전제

말복이 코앞이다. 연일 불볕더위다. 기상청은 대구를 비롯한 몇 군데 지역에 폭염 특보와 폭염 경보를 발령했다. 요즘 산에 오르면 턱에서 굵은 땀방울이 뚝뚝 떨어진다. 상의가 거의 다 젖는다. 나는 산 중턱에 있는 사찰 뜰에 앉아 땀을 식히며 겉옷을 난간에 걸어 놓는다. 된더위에 닭, 오리, 돼지가 50만 마리 넘게 죽었다는 보도가 들려온다.

저녁 늦게 지인으로부터 문자가 왔다. 대구에 출장을 다녀왔는데 가마솥더위여서 서울에 있는 집에 돌아와 기절했다가 방금 깼다고 한다. 나도 결혼해서 대구에 잠시 살며 그곳의 가마솥더위를 경험한 적이 있다. 내가 살던 곳은 주변에 산이 없고 아파트만 빽빽이 들어섰기 때문에 대책 없이 더위를 견뎌야 했다. 서울 더위와 대구 더위는 차원이 다르다. 문자를 받고 그 더위를 가늠하면서도 장난스레 "견디니까 면역력이야." 했더니 "너나 견디세요." 한다.

학창 시절 국어 시간에 배운 '인생은 장미꽃을 뿌려 놓은 탄탄대로가 아니다.'라는 말이 생각날 때가 있다. 삶은 문제와 해결의 연속이다. 비약한다면 삶은 극복의 과정이다. 미국의 커뮤니케이션 이론가인 폴 스톨츠는 역경 지수(AQ, Adversity Quotient)가 높을수록 회복 탄력성이 높다고 한다. 역경 지수란 역경을 극복하고 견디는 능력이고 회복 탄력성은 문제 해결 능력이다. 스톨츠 박사는 역경이야말로 사람의 가치를 높여 주는 최고의 스승이라고 한다.

우리 정서에서 예를 찾는다면 '개천에서 난 용이 진짜 용'이라는 말이다. 개천은 실패와 역경의 장이다. TV 프로그램 '생활의 달인'을 보면서 나는 속으로 그들이 '실패의 달인'이라는 생각을 한다. 달인의 경지에 도달할 만한 기술을 연마하기까지 그들은 수없이 실패를 반복했다.

가치 있는 인생은 남을 감동시키는 데 있다. 사람은 똑같은 성공 사례를 들을 때 탄탄대로를 지나온 사람의 이야기보다는 굴곡진 역경 스토리에 더 감동한다. 역경 스토리의 주인공은 다른 이에게 멘토가 되기도 한다. 반면 그가 성공할 수밖에 없는 상황에서 일궈낸 업적은 당연하다. 누구나 할 수 있는 일이다. 삶의 문제에는 변수가 작용하기 때문에 반들반들한 견본은 다른 이의 삶에 연관성을 갖기가 어렵다. 관상용이다.

지난여름 우리나라를 국빈 방문한 시진핑 중국 국가 수석의 토굴사관(土窟四關)이 인상 깊다. 시진핑은 16세에 부총리인 아버지의 실각으로 황토 고원의 양자허 소굴로 쫓겨나서 7년 동안 하방(下放, 지식인을 시골이나 공장으로 보내는 일) 생활을 했다. 15㎡(3평) 남짓한 토굴에서 시진핑이 넘어야 했던 네 가지 관문은 벼룩과의 사투, 거친 잡곡밥, 고된 작업량, 실사구시의 사상 개조였다. 부총리의 장남으로 온실 속에서 곱게 살다가 갑작스레 열악한 토굴에서 7년 동안 가혹한 시련을 견뎌야 했다.

『논어』에는 "태어나면서 아는 자는 최상이고, 배워서 아는 자는 그 다음이고, 어려움을 겪으면서 배우는 자는 또한 그 다음이나, 어려움을 겪으면서 배우지 아니하는 백성은 최하가 된다(生而知之者上也, 學而知之者次也, 困而學之又其次也, 困而不學民斯爲下矣)."는 말이 있다. 태어나면서부터 알고 실천하는 자가 제일이고, 배워서 실천하는 자가 그 다음이다. 그렇지만 어려운 상황에서 포기하고 배우지 않는 것은 최하다. 사람이 자기 의지로 배울 수 있는 기회는 학(學)과 곤(困)이다. 역경을 이겨낸 사람에게는 남다른 깊이와 의연함이 느껴진다.

중국은 시진핑이 하방 생활을 한 량자허 토굴을 '하방 기념관'으로 꾸며 놓았다고 한다. 건국 기념일에는 하루 평균 3,000여 명의 관광객이 몰리고 공무원 중에는 거기서 기(氣)를 받으면 승진한다는 속설을 믿고 찾는 경우도 있다고 한다.

미국의 로키 산맥에는 해발 3,000m 높이의 수목 한계선이 있다고 한다. 그 지대의 나무들은 매서운 바람으로 인해서 곧게 자라지 못하고 무릎을 꿇은 모습으로 자란다고 한다. 모진 역경에도 생존을 위해서 무서운 인내를 발휘하는 것이다. 세계적으로 가장 공명이 훌륭한 명품 바이올린이 바로 그 무릎을 꿇고 자란 나무로 만들어진다고 한다.

채근담 수성(修省)편의 첫 장은 회복 탄력성의 전제를 밑받침한다.

정금미옥(精金美玉) 같은 인품이 만들어지려면 반드시 열화(烈火) 속을 거치고 거쳐야 단련된다.

欲做精金美玉的人品定從烈火中煅來.

나의 르네상스 코스

평일에 정독도서관-삼청동-인사동-종로서점 나들이를 다녀오곤 한다. 나의 르네상스 코스다. 도서관에서 조용히 책을 보고 싶을 때는 정독도서관에 간다. 학교 때보다 성인이 되고 나서 더 자주 찾는다. 안국역에 내려서 풍문여고 정문부터 정독도서관으로 가는 길에 감고당길이 있다. 르네상스 코스의 애피타이저다.

감고당(感古堂)은 조선 왕조에서 두 왕비를 배출한 역사적 가치가 높은 건물이며, 조선 시대 제19대 숙종이 계비인 인현왕후(1667~1701)의 친정을 위해 지어 준 집이다. 인현왕후의 부친인 민유중이 살았고, 인현왕후가 장희빈과의 갈등 속에서 폐위된 후 복위될 때까지 약 5년 여 동안 감고당에서 거처했다. 이후 대대로 민씨가 살았으며 명성황후(1851~1895)가 8살에 이사하여 왕비로 책봉되기 전까지 감고당에서 머물렀다. 감고당이라는 당호는 1761년 영조가 인현왕후의 효성을 기려 '감고당'이라는 편액을 하사하면서부터 비롯되었다. 지금은 경기도 여주로 이전·복원했고 원래 자리에는 표지석만 남아 있다.

감고당길은 주말이면 북촌 한옥 마을을 찾는 관광객들로 자주 붐빈다. 조선 시대에는 청계천 북쪽 일대를 가리켜 북촌이라 했고, 그 남쪽 일대를 남촌이라고 불렀다. 북촌이 권세 있는 양반들이 주로 모여 살았고, 남산 기슭을 중심으로 한 남촌은 양반의 자손이긴 하나 몰락한 사람들, 과거에 급제하지 못한 불우한 선비들이 모여 살았다. 이후 일제 강점기에는 이 남촌 지역을 중심으로 일본인들이 많이 모여 살았고, 북촌은 조선인들이 거주하는 지역이 되기도 했다. 감고당길을 따라 걸으면서 아름다운 벽화와 거리 예술가의 공연, 창의적인 공예가들의 작품을 감상하다 보면 정독도서관에 이른다.

정독도서관에 조금 못 미쳐서 '성삼문(1418~1456)이 살던 곳'이라는 작은 비석이 세워져 있다. 성삼문은 집현전 학사 출신으로 세종의 훈민정음 창제에 크게 기여했으며 세종의 총애를 받던 인물이다. 1455년 수양대군이 단종을 내쫓고 왕위에 오르자 단종의 복위를 계획하다가 능지처참을 당했다. 사육신의 한 사람으로 매화나 대나무와 같은 강직한 군자를 흠모해 호가 매죽헌(梅竹軒)이다.

정독도서관은 서울시가 서울 시민의 평생교육에 이바지할 목적으로 1976년에 경기고등학교를 인수해서 1977년에 개관했다. 경기고등학교 터는 근대 조선의 개화파였던 김옥균과 서재필, 박제순의 집터이기도 하다. 도서관 언덕에는 조선 시대 궁중의 화초를 키우던 장원서가 있었다고 전해지며, 도서관 정원은 겸재 정선이 인왕제색도를 그리기 위해서 인왕산을 바라봤던 지점이다.

이렇듯 유서가 깊은 정독도서관에 들어서면 시간이 과거에서 멈춘 듯 소박하기 이를 데 없는 정원과 벤치가 눈에 들어온다. 구획이나 규격이 정해진 바 없이 편안하게 놓여 있다. 등나무 벤치에는 어린아이를 데리고 온 엄마가 책을 읽기도 하고, 더러는 잠시 누워서 책으로 얼굴을 덮고 낮잠을 청하는 모습도 보인다. 강의 소식을 알리는 플래카드가 비스듬한 각도로 걸려 있다. 정독도서관에서는 절로 긴장이 풀리고 걸음 속도도 느려진다.

3동에 있는 자율 학습실을 가기 전에 1동, 2동 벽면에 붙어 있는 각종 게시물을 읽는다. 외국 도서관에 가 본 적은 없지만 우리나라 도서관이 주는 교육 복지 혜택이 매우 우수하다는 생각이 든다. 어디 내놓아도 손색없는 탄탄한 강의가 줄지어 있다. 배우려는 마음만 있다면 교통비만 갖고도 양질의 강의를 들을 수 있는 도서관이 지천이다.

말 그대로 자율적인 독서를 위해서 자율 학습실에 들어서면 적당히 낡은 책상과 의자에 앉아서 책을 보는 이들의 표정이 맑아 보인다. 취업 준비나 중요한 시험공부를 하는 치열함이 아닌 안락함과 여유로움이 좋다. 나는 책을 읽기도 하고 음악을 들으며 창밖을 내다보기도 한다. 도심 한가운데서 과거의 한적한 때를 누린다.

정독도서관을 감싸고 있는 삼청동은 사철 아름다운 동네다. 삼청동의 유래는 두 가지다. 첫째는 도교의 신인 태청(太淸), 상청(上淸), 옥청(玉淸) 삼위를 모신 삼청전이 있는 데서 유래했다. 둘째는 산과 물과 인심이 맑아 삼청동이라고 한다. 삼청동의 백미는 북촌 한옥 마을이다. 한양의 중심부인 경복궁과 창덕궁 사이에 위치해 있다. 지리적으로 좋은 환경을 갖추고 있는 북촌은 권문세가들의 주거지로 자리매김했다.

한옥 마을을 걷다 보면 1970년대 나의 초등학교 시절이 떠오른다. 나무 대문에 쇠로 장식한 동그란 문양과 창문에 보안으로 덧댄 쇠창살, 담 꼭대기에 유리 조각을 꽂은 모습을 볼 때는 어렸을 때 생각이 난다. 대문을 오르는 폭이 좁은 계단과 궁서체로 쓰인 문패도 정겹다. 대문 밖에는 소박한 꽃밭들이 있는데 어린 시절에 봤던 과꽃이나 어린 꽃이 심어져 있다. 한옥들 사이로 바닥이 고르지 않은 좁은 콘크리트 골목길에서는 동네 친구들과 공기놀이, 고무줄놀이, 술래잡기, 다양한 흙 놀이를 하던 때가 생각난다. 고맙고 따뜻한 추억이다.

한옥 마을을 내려와 삼청동 길을 걷노라면 정갈한 화랑과 북 카페, 아기자기한 소품 가게를 구경하는 재미가 있다. 삼청동에 가면 사람이 환경의 지배를 크게 받는다는 생각이 든다. 지나가는 사람의 표정이나 걸음걸이, 차림새가 신선하다. 무표정하거나 냉랭한 모습을 거의 찾아볼 수가 없다. 모두들 나긋나긋한 미소를 머금고 있다. 밝은 색상의 옷차림에 가벼운 발걸음으로 걷는 이들의 모습만 그려도 수채화가 된다.

다시 안국역 방향으로 걸어와서 풍문여고 앞 횡단보도를 건너면 인사동이다. 1919년 3월 1일 독립 운동의 시작지다. 이율곡과 조광조가 시대를 달리하며 거주했던 곳이기도 하다. 인사동은 고미술품과 고서적, 화랑과 전통찻집이 밀집해 있고 전통 의복과 소품, 다구를 파는 상점과 필방에도 볼거리가 많다. 걷다 보면 모르고 있던 우리 전통 문화를 만날 때도 많다. 비좁은 골목마다 이국적인 소품을 파는 노점도 있다. 한국의 전통 속에 이국적 정서가 조그맣게 둥지를 튼 모습이다. 삼청동보다 더 붐빈다. 잠시 쉬어 가고 싶을 때는 전통찻집에 들어가 온돌방에서 무릎 담요를 덮고 차를 마시며 아늑한 정원을 바라보는 정취를 즐겨도 좋다.

인사동을 지나서 종각역에 오면 지하에 정다운 서점이 있다. 반디앤루니스다. 서점 이름이 참 예쁘다. 반딧불이(bandi)와 달빛(luni)의 합성어다. 차윤(車胤)과 손강(孫康)의 형설지공(螢雪之功)이라는 고사성어의 의미를 담고 있다.

중국 진(晉) 나라의 차윤이라는 소년은 집안 형편이 어려워 밤에 등불을 켤 기름을 살 돈이 없었다. 그래서 여름이면 수십 마리의 반딧불이를 명주 주머니에 담고서 그 불빛에 책을 비추어 읽었다. 같은 시대 손강이라는 소년이 살던 지역은 눈이 많이 내렸다. 손강 역시 집안 형편이 어려워 호롱불을 밝힐 기름이 떨어지자 겨울밤에 창으로 몸을 내밀어 눈빛을 이용해 책을 읽었다고 한다.

반디앤루니스는 이런 고사성어와 잘 어울린다. 클래식한 브라운 색조의 나무로 된 서점 입구가 세련되고 정갈하다. 실내 공간도 지나치게 넓지 않은데다 서적이 섹션별로 체계적으로 분류되어 있어서 책을 찾기에 편리하다. 서울에서 가장 예쁜 서점이다.

지하로 연결된 곳에 또 하나의 서점이 있다. 영풍문고다. 교보문고가 새 단장을 한 이후 가장 오랜 정이 든 곳이다. 다양한 장르의 책들을 구경하고 나면 아래층 팬시 코너로 간다. 나의 아지트다. 카페에서 책을 읽을 수도 있고 다양한 문구류를 구경하는 재미도 있다. 창의적인 스토리를 담은 예쁜 카드와 재치 있는 이름을 달고 있는 공책들, 그리고 귀여운 캐릭터가 그려진 수첩과 필기구가 가득하다. '공부는 실수를 낳고 찍기는 기적을 낳는다'와 같은 재치 있는 문구도 있고, 조미료를 패러디한 '공부의 맛 다시 봐', 무서운 교관 앞에 사병들이 줄지어 서 있는 그림에 '성적 떨어졌을 땐 이빨 보이지 않습니다'라고 적힌 문구에서 웃음이 절로 나온다. 그중에 '지금 놀면 평생 논다'라는 문구를 사진 찍어서 고등학생인 아들에게 보냈다. 위층 서점도 아래층 문구 코너도 지나치게 붐비지 않아서 서점 분위기를 즐기기에 맞춤하다.

지하도를 나와서 광화문을 향해 걷다 보면 교보문고가 나온다. 그곳에 가면 맨 먼저 고개를 들고 교보빌딩 현수막을 보게 된다. 지금 교보빌딩에는 메리 올리버의 『휘파람 부는 사람』의 서문이 걸려 있다.

'이 우주가 우리에게 준 두 가지 선물. 사랑하는 힘과 질문하는 능력.'

교보빌딩 현수막을 볼 때마다 붓은 무기가 될 수 있지만 총은 붓 역할을 할 수 없다는 문구가 떠오른다. 우리나라 서점의 자랑스러운 문화다. 교보문고는 새로 단장을 한 지가 오래 됐지만 아직 구서재(九書齋)나 삼환재(三患齋)를 제대로 음미하지 못했다. 구서재는 간서치라고 불리는 이덕무의 서재 이름이고 삼환재는 조선의 선비인 채지홍의 서재 이름이다. 조용히 책을 읽고 싶지만 새로 단장한 후 사람이 너무 붐비고 구조가 복잡해서 옛날 교보문고가 그립다. 사람이 공간을 만들고 공간은 사람을 바꾼다. 서점은 책만 파는 곳이 아니다. 사유하는 곳이다.

최근 신문에서 일본의 흥미로운 시골 책방 소식을 읽었다. 이 책방은 이와타 도루라는 사장과 아르바이트 직원 몇 명이 운영하는 40평 규모의 동네 책방이다. 서점의 대형화와 온라인화의 시대 흐름 속에서도 이와타 사장의 '일만선서(一萬選書)' 서비스가 입소문을 타 주문이 쇄도하고 있다는 소식이다. 대기 고객만 200명이 넘는단다. 일만선서란 말 그대로 1만 엔(약 10만 원)을 내면 그 금액 내에서 고객에게 가장 잘 맞는 책들을 선정해 집으로 보내 주는 서비스다.

이와타 사장은 중학교 시절부터 도서관의 거의 모든 책을 섭렵한 독서광이며 치밀한 분석력과 장인 정신을 겸비하고 있다. 주문이 오면 그는 이메일로 고객에 대한 정보를 상세하게 조사한다. 고객의 나이, 직업, 가족 구성, 최근 읽은 책과 지금까지 살아오는 동안 경험한 내용에 대해서도 구체적으로 묻는다. 그러고 나서 고객에게 맞는 책을 보내 준다. 그는 '무엇이 잘 팔릴까?'를 고민하며 서가를 채우기보다는 '무엇을 읽어야 할까?'를 먼저 고민한다고 한다. 베스트셀러가 아니라 10년 후에도 계속 가치를 갖는 글과 책을 갈망하고 있다. 이와타 서점에 관한 기사를 읽으며 서점은 문화의 발상지라는 생각이 들었다.

안국역에 내려서 종로서점까지의 경로는 산티아고가 부럽지 않는 나만의 순례길이다. 이렇게 마음을 채우고 나서 집으로 오는 지하철을 탈 겸 명동역까지 걷는다. 경쾌하고 신선한 도심 한복판을 지나다 보면 역동적인 기운이 느껴진다. 나의 르네상스 코스는 온고지신(溫故知新)의 스펙트럼을 포괄하는 실크로드다.

다시 읽고 싶은 국어책

우리 아들은 튀김 닭을 좋아한다. 색색의 소스와 곁들여서 맛있게 먹는다. 집으로 배달을 시키는 날이면 나는 아예 안 먹거나 고작 한 조각 정도만 먹는다. 젊은 시절에는 인스턴트 음식이 맛있었는데 나이가 들수록 발효 음식이 좋아진다.

인스턴트 음식은 즉석에서 만들어 입맛에 착 달라붙는다. 발효 음식은 맛이 맹숭맹숭하고 말이나 글로 표현하기에 애매하다. 인스턴트 음식은 그 향이 식욕을 돋우고 색감도 화려하다. 발효 음식은 냄새가 쿰쿰한 데다 빛깔도 우중충하다. 인스턴트 음식이 한껏 모양을 내고 사람을 유혹한다면 발효 음식은 대체 무엇을 믿고 그리 배짱인지 꿈쩍도 않는다. 인스턴트 음식이 다채롭게 꾸민 양옥집이라면 발효 음식은 멀쑥한 초가와 같다. 그런데 이상하게도 차츰 으리으리한 주방에서 내온 인스턴트 음식에 물리고 아랫목 한쪽에서 고요히 발효해 온 멋대가리 없는 발효 음식이 좋아진다. 사람도 나이 따라 발효되어서 그럴까?

당시에 쓸모없는 덕분에 오래 살아남는 것, 그것이 무용지용의 문학이다. 그중 내게 발효 음식과 같은 것이 바로 학창 시절 국어책이다. 먹고 나서 배설하면 그뿐인 인스턴트 음식과 달리 학창 시절 국어책에서 만났던 문학 작품은 세월이 흐를수록 몸과 마음에 근육이 되어 준다. 문학은 소모품이 아니라 비품이다. 밖으로 소모되는 것이 아니라 내면에 저장되고 비축된다. 학창 시절 국어책에서 배운 문학 작품은 평생에 종잣돈이 되어서 세월이 흐를수록 이자가 붙는다. 얼마큼 이자가 늘고 있을 때까지는 감지하지 못한다. 소모품에 서서히 한계가 오는 지점에서야 태동을 느낀다.

문학이 출산하는 것들은 무엇일까.

첫째가 품위다. 인간에게 가장 귀한 것이 품격이다. 인간은 자존감이 본능이다. 자존감을 훼손당할 때 모든 것을 잃는다. 반대로 자존감을 존중받을 때 모든 것을 얻는다. 인간의 품격은 자존감에 있다. 문학의 큰 주제는 인간의 고귀함이다. 그 출발은 바로 나의 고귀함이다. 문학은 어느 순간이나 어느 상황에서도 자신을 훼손하지 않도록 의식을 일깨워 준다.

둘째는 여유다. 문학에 유서가 깊은 사람은 대체로 언어와 행동에서 바위 같은 여유가 느껴진다. 인생의 총 본산인 문학 작품을 광대하게 만난 사람에게 눈앞의 시간은 하루살이의 찰나에 불과하다. 스쳐 지나고 말 순간이므로 미처 감지하지도 못한다. 잗달지 않고 대범하다.

셋째가 거리다. 근시안이 아닌 원시다. 입에 단 곶감에 마음을 빼앗기기보다 당장에 입에 쓰더라도 멀리 보고 나에게 이로운 것을 취하게 한다. 인생을 바투 보기보다 거리를 두고 관조하며 한발 물러나 본질을 보게 한다.

넷째가 긍정이다. 생명력이 긴 것들의 본질은 인간의 행복을 위해 존재한다. 문학의 역사성은 인간의 행복을 돕는 데 있다. 행복을 위한 첫걸음은 긍정이다. 인간과 세상을 보는 시각이 긍정적으로 변화하면 자기 운명도 수용하게 된다. 수용하고 개선하기 위해 노력하는 것과 부정하고 벗어나기 위해 애쓰는 것은 출발부터 다르다. 전자가 겸허한 마음이면 후자는 역심이다.

문학은 당장에 통증을 멎게 하는 진통제는 아니다. 먼발치에서 서서히 발효해 인생에 통찰과 안목을 길러 준다. 인생은 죽는 날까지 불완전하며 그 틈을 메워 가는 게 또 인생이다. 눈앞의 문제에 일희일비하지 않는 의연함을 기르게도 해 준다.

가을이다. 이맘때 길가에 수북이 쌓인 낙엽을 보면 여고 시절 국어 시간에 배운 이효석의 '낙엽을 태우며'라는 작품이 떠오른다. '가을은 생활의 계절이다! 나는 화단의 뒷자리를 깊게 파고 다 타 버린 낙엽의 재를—죽어 버린 꿈의 시체를—땅속에 깊이 파묻고 엄연한 생활의 자세로 돌아서지 않으면 안 된다.'는 구절을 떠올리며 한 해가 저물어 가는 지점에서 나도 생활인의 자세를 다시 가다듬는다.

모든 생명체는 씨앗에서 시작한다. 문학의 씨앗이 되어 주는 것이 학창 시절 국어책이다. 세월은 씨앗에 물이 되고 햇빛이 되고 산소가 된다. 그때는 잘 몰랐다. 이제 와서 돌이켜 보니 학창 시절 국어책에 실렸던 주옥같은 문학 작품은 삶의 어느 순간에, 어느 계절에 슬그머니 나를 찾아온다. 그리곤 삶에 겸허하도록 한다. 언젠가 헌책방에 가서 학창 시절 국어책을 다시 읽고 싶다.

고개를 들면 철이 든다

"요즘 가수는 다들 화려하게 데뷔하잖아요. 그러고 나서 인생을 배워. 그런데 저는 인생을 배우고 나서 가수가 됐어요. 내가 세상을 모르면 아무리 지껄여도 안 들어요."

장사익 님은 널리 알다시피 선린상고를 졸업하고 25년간 보험 회사, 딸기 장사, 가구 외판원, 경리과장, 카센터 직원 등 15가지 직업을 전전했다. 45세에 가수로 데뷔한 지 2년 만인 1996년 세종문화회관 대극장을 매진시킨 것을 시작으로 그간 11차례나 매진 공연을 기록했다.

그분의 공연을 처음 본 것은 여러 해 전, 혼자 간 세종문화회관에서였다. 눈이 시리도록 하얀 세모시 두루마기와 말쑥하게 이발한 머리는 장사익 님의 트레이드마크다. 그날도 바로 그런 모습으로 무대에 등장해서 좌석을 가득 메운 객석을 향해 "왜덜 이리 찾아오신대유." 하는 구수한 충청도 사투리로 관객을 환영했다. 그러고는 '님은 먼 곳에'를 구성지게 한 곡 뽑는다. 편안한 어깨춤을 추기도 하고 한 손을 허공에 휘휘 젓기도 하며 노래하는 모습이 마치 하얀 나비가 나는 듯하다. 어떤 대목에서는 부러 감정을 과잉으로 실어 부르다가 이내 머쓱해하며 웃는 표정에서 익살과 해학이 느껴진다. 한국적 정서를 그분만의 유일한 방식으로 표출하는 노래를 들을 때마다 그에게는 경쟁자가 없으니 단연 독보적 행로를 걷는다는 생각이 든다.

장사익 님을 떠올리면 언젠가 신문에서 읽은 그분의 기사가 생각난다. 장사익 님은 2000년 2월에 나고야에서 이나가키 마사토 교수를 위한 콘서트를 열었다. 일본 주쿄(中京)대학교의 이나가키 교수는 일본에서 우리 전통 가락을 공부하는 '놀이판'을 이끌어 왔으며, 그의 소원은 나고야에서 장사익 콘서트를 여는 것이었다. 애석하게도 앓던 병이 깊어져 이승에서의 삶이 얼마 남지 않게 되자 놀이판 회원들이 장사익 선생 초청 공연을 주선한 것이다.

공연 당일, 리허설이라도 보고 싶었던 이나가키 교수는 병이 깊어져 리허설이 다 끝난 뒤에야 겨우 지팡이를 짚고 공연장에 도착했다. 그 모습을 본 장사익 님은 방금 끝낸 리허설을 다시 시작했다. 오직 한 사람을 위한 공연이었다. 이나가키 교수는 리허설과 함께 본 공연까지 다 관람하고 나서 닷새 후에 세상을 떠났다고 한다.

몇 해 전 내가 사는 동네 작은 음악당에도 장사익 님이 오신 적이 있다. 판소리와 민요, 창과 풍물패 등 주로 우리 소리 공연이 펼쳐졌다. 장사익 님은 무대에 올라서 공연 내내 다른 국악인들을 낮은 자세로 섬기는 듯한 태도를 보여 주었다. 삶의 도리를 배우고 나서 재능을 배운 이의 모습이다.

2014년 3월, 장사익 님은 신문에 짧은 글 한 편을 실었다. 제목은 '고개를 들면 철이 든다네'였다. 여기서 철은 계절이기도 하고 성숙이기도 하다. 노상 휴대 전화와 컴퓨터만 쳐다보느라 고개를 숙이고 있는 현대인에게 고개를 들어 자연을 바라보라는 메시지를 주는 글이었다. 기계에서 문명의 지식만 배우기보다 자연에서 더 큰 지혜를 배울 수 있다는 내용이다.

고개를 들면 철이 든다니 나도 가을에 고개를 들어 하늘을 본다. 수줍게 웃는 그의 얼굴에 부채살같이 퍼지는 주름이 가을 햇살처럼 눈부시다.

스승 감별법

아침 준비를 하며 라디오를 듣는데 진행자가 재미있는 글을 읽어 준다. '스승 감별법'이란다. 어? 혹한다. 잠시 식사 준비를 멈추고 라디오에 귀를 기울였다.

우치다 다츠루에 의하면 사제 관계를 형성하는 말에는 세 가지가 있다고 한다.

모르겠습니다. 가르쳐 주세요. 부탁드립니다.

지금 젊은이들이 사제 관계를 잘 맺지 못하는 것은 이 세 가지 말을 제대로 하지 못하기 때문이란다.

'모르겠습니다'는 내가 모르는 것과 못하는 것을 말로 표현하는 것이다. 그것이 첫 번째 넘어야 할 벽이다. '가르쳐 주세요'는 답을 알고 있을 것 같은 스승을 찾는 능력을 말한다. '부탁드립니다'는 내가 아무리 알고 싶어도, 가르칠 사람이 아무리 지식이 있어도, 그 사람이 가르쳐 주고 싶다는 마음이 들지 않으면 소용이 없다. 그러니 가르쳐 주고 싶은 마음이 들게 하는 태도를 갖춰야 한다는 것이다. 셋 다

학생이 갖춰야 할 태도에 포커스를 두고 있다. 그런 자세를 갖췄다면 어떤 스승에게 물어야 할까. 바로 스승 감별법이다.

인간은 두 번 태어난다. 한 번은 부모로부터 육신이 태어나고, 한 번은 스승으로부터 영혼이 태어난다. 스승이라고 해서 반드시 학교에만 존재하는 것은 아니다. 멘토라고 해도 좋겠다. 직장 상사일 수도 있고 친구나 지인일 수도 있다.

우치다 다츠루에 의하면 누구에게나 통용되는 객관적 멘토의 조건은 없다. 다만 한 가지 감별법이 있다면 그 사람 곁에 다가섰을 때 뭔가 설렌다는 것이다. 왠지 모르게 체온이 올라가고 좀 배가 고픈 것 같기도 하단다. 다시 말해 생명 활동이 활발해지는 것이다. 아무리 위대한 사람이라도 그 사람 곁에 갔을 때 몸이 경직되거나 마음이 닫히거나 말이 안 나온다면 그런 사람은 스승으로 삼지 않는 것이 좋다고 한다. 나를 살아 있다고 느끼게 만드는 스승이어야 한다. 사제 간이든 친구 간이든 관계의 핵심은 생명력이다. 듣고 보니 고개가 끄덕여지고 슬그머니 떠오르는 스승이 있다.

방송대 입학과 졸업을 반복하는 동안 신·편입생 오리엔테이션에는 반드시 참석했다. 학과 교수님들의 말씀을 통해 과목 이해나 학습 방향을 가늠하기 위해서다. 새로운 학과 공부를 시작할 때 전체 밑그림 역할을 해 주기 때문에 공부하는 데 큰 도움이 된다. 교수님의 설명을 들으면 강한 소속감이 생겼고 공부하는 마음가짐도 새롭게 하게 되었다.

방송대는 원격 강의 비중이 높아서 사제 간이 소원할 것 같지만 오히려 그 반대다. 젊은 세대도 많지만 중장년층 학생이 많기 때문에 오히려 교수님과 연배 차이가 적어서 소통이 원활하고 스승과 제자라는 역할 구분이 타 대학에 비해서 유연하다. 사석에서는 더욱 그렇다. 방송대는 Korea National Open University라는 영어 이름에서 느껴지듯이 다양한 연령층의 학생이 공부하는 열린 대학이다. Open University답게 교수님들은 학생들에게 항상 열려 있다. 그렇기 때문에 '모르겠습니다, 가르쳐 주세요, 부탁드립니다.' 하고 다가가기가 쉽다.

나는 내가 전공한 학과 교수님뿐 아니라 타 학과 교수님께도 많은 가르침을 받았다. 그 가운데 잊을 수 없는 분이 청소년교육과 오리엔테이션에서 뵌 김영인 교수님이다.

교육학에는 비계(飛階) 설정이라는 개념이 있다. 비계는 건축에서 높은 건물을 지을 때 디디고 서기 위해 다리처럼 걸쳐 놓는 보조 장치다. 교육학에서 비계 설정이란 학습자의 수행을 돕기 위해 교수자가 임의로 틀을 제공하고 학습자가 익숙해지면 도움을 줄여 가는 것을 말한다. 교수자는 보조 장치인 비계를 설정하고 학생은 스스로 공부한다. 학생이 학습 계획을 세우고 진행하며 결과에 대해서도 책임진다. 주입식 학습이 아니기 때문에 자발성과 창의력, 책임감, 자기 주도성이 길러진다. 스승은 학생을 격려하고 동기 부여를 하면서 영감을 준다. 김영인 교수님은 내게 그런 스승이시다.

언젠가 중간시험을 마치고 교수님과 학교 근처에서 점심 식사를 한 적이 있다. 중간시험은 B4 크기 답안지에 논술형으로 적는 시험이라 암기력과 이해력이 필요하다. 나이가 드니 암기력이 떨어져서 반복해 읽고 쓰고 외워도 시험 보는 데 어려움이 많다. 막상 8

절지에 한두 문제만 적힌 답안지를 받으면 머리가 하얘진다. 50분 동안 8절지 답안지를 앞뒤로 채우려면 한 군데서만 막혀도 이어서 쓰기가 힘들다.

어려운 중간시험을 마치고 교수님께서는 수고한 제자를 점심식사에 초대하셨다. 교수님께서는 식사하시며 "시험은 잘 봤어요?" 하셨다. 나는 시험을 대비해서 얼마나 힘들게 공부했는지를 마치 부모님 앞에서 칭찬받고 싶어 하는 어린아이처럼 열심히 설명했다. 연습장이 뚫릴 만큼 열심히 쓰고 읽기를 반복했고, 문제가 원하는 답을 완벽하게 써서 제출했다고도 자랑스럽게 말씀드렸다. 그리고 주관식 시험이 얼마나 부담스럽고, 답안지를 받았을 때 얼마나 가슴이 떨리는지 교수님들도 역할을 바꿔서 한번 해 보셔야 한다고 말씀드렸다. 시험을 보고 난 직후라서 나는 몸과 마음이 지쳐 시험 스트레스를 생생하게 중계했다.

교수님께서는 조용히 들으신 후에 공부의 의미와 평생교육의 자세에 대해 말씀하셨다. 방송대 졸업 후 학점의 의미와 학창 시절 독서의 중요성, 그리고 학과와 관련된 폭넓은 공부와 자기 성찰의 필요성 등에 대해 들려주셨다. 평가에 연연하면 공부가 협해진다고 하시면서 멀리 보고 느리게 공부하라고 당부하셨다.

교수님 말씀을 듣고 나는 시험공부 유세를 한 것이 무안해졌다. 나를 완성해 간다는 자발성으로 공부했지만 진정한 공부의 의미보다는 정보나 자료를 양적으로 저장하고 좋은 평가를 받기 위한 공부였다는 반성이 되었다.

그 후로 공부하는 마음가짐이 조금씩 달라졌다. 집이나 도서관에서 교재만 보는 게 아니라 신문도 읽고 차도 마시고 열람실에서 다양한 책도 빌려 보면서 좀 더 여유롭고 풍요로운 학교생활을 즐기게 되었다. 교수님의 말씀이 없었다면 교재에만 눈을 고정하고 성적과 졸업만 목표로 공부했을 것이다.

교수님은 나의 방송대 생활 내내 고마운 멘토가 되어 주셨다. 보직을 맡아서 바쁘신 가운데도 제자가 상의하고 싶은 문제가 있다면 흔쾌히 시간을 내 주셨다. 어떻게 하라고 방법을 일러 주시거나 어느 것을 선택하라고 방향을 제시하는 대신에 제자의 이야기를 충실히 들으며 칭찬과 격려를 아끼지 않으셨다. 근황을 적어서 메일을 드리면 때때로 좋은 생각을 글로 써서 다른 사람과 나누면 어떻겠냐는 제안도 하셨다. 그렇지만 나는 글을 쓰며 보내는 시간보다 책을 읽고 강의를 듣는 시간이 더 행복했다.

어느 날 교수님께서 조금 정색을 하시고 자신이 배운 것을 사회를 위해서도 쓰기 바란다고 당부하셨다. 생각해 보니 국립 대학교에서 오랜 기간 동안 저렴한 학비로 양질의 교육 혜택을 받았다. 공공재로서로 교육 신세를 졌으니 사회에 환원할 의무도 있겠다는 생각이 들었다.

나는 초등학교에서 재능 기부로 인성 예절 수업을 3학기 동안 진행하기로 했다. 그때 교수님께서는 학생을 지도하는 데 도움이 되는 말씀을 들려주셨고 나는 그 내용을 수첩에 적고 다니며 아이들을 지도할 때마다 실천하려고 노력했다. 덕분에 초등학교에서 교장 선생님을 비롯해 학부모, 학생들과 즐거운 시간을 보냈다.

대학원에 들어온 지금도 교수님께 꾸준히 연락을 드리고 있다.

제자에게 기쁜 일이 생기면 교수님이 더 기뻐해 주신다.

아침 라디오에서 스승 감별법을 들으며 내게 생명 활동을 왕성하게 해 주시는 스승이 계시다는 점이 행복하고 감사했다.

교수님께서 오리엔테이션 때 학생들에게 당부하신 말씀을 기억하고 있다.

"공부하는 사람은 늘 자신을 성찰하고 배움을 즐거운 마음으로 해야 한다. 그리고 초심을 잃지 말아야 한다."

필독(筆讀), 손으로 읽기

어느 날 TV에서 김형석 교수님의 강의를 듣게 되었다. 96세의 노 철학자가 들려주는 인생 이야기가 가슴에 와 닿았다. 그중 성공이란 사람들에게 박수를 받고 인기를 얻는 게 아니라 존경받는 삶이라는 대목에 크게 공감했다. 그리고 행복하기 위해서는 성장하는 삶을 살아야 한다고 하셨다. 뭐니 뭐니 해도 즐거움 중에 으뜸은 성장하는 기쁨이다.

『논어』 학이편에도 있지 않은가. 배우고 제때에 익히니 기쁘지 아니한가(學而時習之不亦說乎). 여기서 기쁜 것은 머리로 배운 학(學)보다는 몸으로 익힌 습(習) 때문이다. 머리로 아는 것은 바깥에 기준을 두어 남과 양적으로 경쟁하는 배움이다. 몸으로 아는 것은 체화, 즉 내적인 성장이다. 배움이 기쁨이 되려면 내적인 변화가 이루어져야 한다. 책을 읽거나 공부하는 것은 사고력의 업그레이드를 위해서다.

내적인 변화, 즉 사고력의 업그레이드에 단서가 되는 것이 어휘력이다. 신문에 서울대에 합격한 학생들의 어휘 공부법이 소개되었다. 헤드라인이 눈길을 끈다.

'어휘력은 상위권으로 가는 가장 확실한 공부 밑천이다!'

서울대에 합격한 학생들이 최상위권을 유지할 수 있었던 비결은 어휘력이고 그것이 모든 공부의 기본이라는 것이다.

그렇지만 어휘력이 단순히 상위 학교에 합격하기 위한 공부 밑천이라면 어휘의 힘을 좀 겸손하게 생각한 것이다. 일본 및 외국 항공사에서 16년 동안 VIP 승객에게 객실 서비스를 제공해 온 승무원의 글에 따르면 그들 대부분이 고전을 읽으며 책 구석구석에 메모를 남기는 모습을 자주 보였다고 한다.

어휘는 소울(soul)의 집이다. 그리고 사상과 사고를 담는 기본 단위다. 어휘로 인해 사고가 확장되고 그로 인해서 가치관이 변화하며 행동이 성숙하고 삶의 격이 올라간다. 그가 사용하는 언어를 보고 그 사람을 어느 정도로 대접할지를 결정한다는 말이 있다. 언어는 내면의 표현이기 때문에 사람을 총체적으로 이해할 수 있는 단서다. 대화나 글에서 그가 사용하는 어휘를 보면 그의 격을 알 수 있다. 어휘가 달라지면 사람이 달라지고 사람이 달라지면 어휘가 달라진다. 이것이 어휘의 위력이고 비밀이다.

어휘력을 기르기 위해서 내가 즐겨하는 방법은 필독(筆讀)이다. 즉 쓰면서 읽기다. 나는 햇수로 10년 넘게 신문 칼럼과 책을 비공개 블로그에 베껴 쓰고 있다. 생각을 많이 요구하는 칼럼의 경우에는 한 문장이나 한 단락을 미리 읽고 내용을 소화한 후에 그 부분을 다시 타자로 베끼고 있다. 글을 눈으로만 읽는 것과 베껴 쓰면서 읽는 것과는 깊이에서 큰 차이가 있다. 눈으로만 읽으면 글을 덮는 순간 메시지가 연기처럼 사라지는데 베껴 쓰면서 읽으면 여운이 오래 남는다. 내용이 스며들어서 나의 사고가 변화하고 행동이 변한다. 전체 글에서 내게 꼭 필요한 부분은 밑줄을 긋고 그 내용은 다시 수첩에 적는다. 마음에 담고 싶은 문장은 여러 번 반복해서 쓴다. 타자로 베껴 쓴 약 2,800여 편의 칼럼이 보관된 블로그는 나의 서재면서 전자 도서관이다. 그중에서도 엑기스만 따로 뽑아 필사한 17권의 수첩은 내 보물 창고다.

수첩에는 책이나 신문에 실린 글만 적지 않는다. 카페에서 사람과 만나 나눈 이야기나 그가 들려준 이야기, 인상적인 손님에 대해서도 묘사를 해 둔다. 음악회나 강연회에서 아쉬운 부분이나 발표자의 태도, 참석자의 모습도 꼼꼼히 적어 둔다. 버릴 부분이든 취할 부분이든 다 나를 다듬는 데 참고가 된다. 행복하기 위해 성장하고 성장하기 위해 익히며 익히기 위해 적는다.

나는 적는다. 고로 성장한다.

교육은 자연의 법칙을 따른다

2014년 삼성 그룹 토크 콘서트 '열정樂서'에 첫 강연자로 나선 삼성 그룹 양향자 상무의 강연 제목은 '내가 알아서 할게'였다. 보통은 어른의 잔소리가 듣기 싫을 때 퉁명스럽게 내뱉는 말이지만 양 상무는 이 말이 자신과의 약속을 의미한 것이라고 소개했다.

양 상무가 중학교 3학년 때, 아버지께서는 "이제 내가 오래 못 살 것 같으니 동생들 뒷바라지를 잘해 달라."고 말씀했다고 한다. 그때 양 상무는 "내가 알아서 할게요."라고 대답했다.

그녀는 여상 졸업 후 삼성 전자에 입사해 적극적으로 공부에 임했고, 사내(社內) 대학에서 학사 학위를 취득한 후 일반 대학원에서 석사 학위를 받았다. '열정樂서' 강연장에서 양 상무는 청춘들에게 공부든 게임이든 자신이 알아서 하겠다는 자세가 중요하다고 강조했다.

프로이트의 제자인 에릭슨은 그의 저서 『유년기와 사회』에서 인간의 성격 발달 단계를 연령에 따라서 8단계로 구분했다. 0세에서 1세까지는 신뢰감과 불신감이 대립하는 시기다. 이 시기에 부모로부터 충분한 사랑을 받아서 신뢰감이 구축되면 희망이라는 덕성이 길러진다. 2세에서 3세까지는 자율성과 수치감이 대립하는 시기다. 이 시기에 대소변을 가리는 등 자신의 일을 스스로 수행하기 시작하면서 자율성이 생기면 의지력이라는 덕성이 길러진다. 4세에서 5세까지는 주도성과 죄책감이 대립하는 시기다. 이 시기에는 운동 능력과 지적 능력이 생기면서 놀이나 간단한 배움 활동에서 자기 주도적으로 무엇인가 할 수 있다는 자신감을 얻는다. 이때 길러진 주도성이 목적의식이라는 덕목을 갖도록 해 준다. 남이 시키는 대로만 잘하는 아이는 성장해서 사소한 일에서 죄책감을 느끼기 쉽다. 판단 기준이 밖에 있기 때문이다. 자기 스스로 판단해서 행동하는 주도성을 습득하게 하는 것이 중요하다.

초등학교 시절에 해당하는 연령에는 근면성과 열등감이 대립하게 된다. 이 시기 아이들은 자신에게 주어진 일에 좀 더 노력을 기울이게 되며 그런 경험을 통해서 유능감이라는 덕목이 길러진다.

청소년기에 해당하는 시기에는 자아 정체성과 역할 혼돈이 대립하게 된다. 이 시기의 '자아 정체성' 개념이 에릭슨 이론의 핵심이다. 이때 자아 정체성이 잘 구축되면 이후 자기 인생에 대한 충실도가 높아진다. 그렇다면 자아 정체성은 어떻게 알 수 있는가. 그 사람의 각종 가치관이나 인생의 장기적인 계획, 목표를 보면 알 수 있다.

다음으로 성인 초기에 해당하는 20~30대에는 친밀감과 고립감이 대립한다. 이 시기는 직장과 결혼을 통해 다양한 인간관계에서 심리적 유대감과 친밀감이 길러지고 사랑이라는 덕목이 형성되는 시기다.

성인 중기에 해당하는 40~50대는 생산성과 침체감이 대립한다. 사회 활동이 더욱 활발해지면서 자기 인생의 생산성이 높아지는 시기로서 이 발달 단계를 잘 지나면 배려라는 덕목이 길러진다.

마지막 8단계인 60대 이후는 자아 통합감과 절망감이 대립한다.

자신의 삶을 돌아보고 의미 부여를 통한 수용적인 자세를 보이며 자아 통합을 이루어 가는 가운데 지혜라는 덕목이 쌓여 간다. 그렇지 못할 경우 절망감에 빠지게 된다.

에릭슨의 성격 발달 8단계 이론은 상호 의존적이다. 다음 단계의 성취는 이전 단계의 대립이 어떤 식으로 해결되었는지에 달려 있다. 이전 단계가 긍정적으로 형성되지 못할 경우에는 다음 단계의 수행에도 차질이 생기거나 지체된다. 이후 단계에서 부분적으로 회복될지라도 인생 전반에 걸쳐서 잠재적으로 부정적 영향을 끼친다.

아이를 키우는 것은 마치 농사를 짓는 일과 같다. 지나치게 개입하면서 의도대로 키우려고 하면 아이는 제 모습대로 자라기가 어렵다. 인생 선배로서 최소한의 제언 정도면 좋다. 판단과 결정은 아이 몫이다. 아이 인생은 아이가 산다. 농부는 곡식에 적당한 비료와 물만 준다. 자라는 건 곡식 몫이다. 부모도 아이에게 믿음과 격려만 주면 된다. 자라는 건 아이 몫이다.

오래전에 가르침의 귀재라는 줄리어드 음대 강효 교수의 다큐멘터리를 인상 깊게 봤다. 강효 교수가 학생을 가르치는 데는 특이한 사항이 있었다. 연구실에 들어와 그 앞에서 학생들이 한 명씩 연주를 할 때마다 강효 교수 표정이 일품이었다. '대견하다, 자랑스럽구나.' 하는 표정이었다.

학생은 교수 앞에서 발표할 때는 긴장하고 떨려서 제 기량을 제대로 발휘하지 못하는 경우가 많다. 그러나 강효 교수의 학생은 연주를 하는 동안 끊임없이 교수와 눈을 맞춰 가며 편안하게 연주를 계속한다. 그는 제자의 연주가 끝나면 온화한 표정으로 먼저 칭찬한다. 그리고 보완해야 할 점을 학생에게 묻는다. 그러면 교수는 노트를 해 주고 학생은 부족한 부분을 다시 연습해 온다.

다큐멘터리 말미에 나온 그의 한마디가 오래 기억에 남는다.

"학생을 가르칠 때는 무엇을 이야기하느냐도 중요하지만 무엇을 이야기하지 않느냐가 어떤 경우에는 더 중요하다."

아이는 키우는 게 아니라 스스로 큰다. 부모 속도가 아니라 자기 속도로 자란다. 장 루슬로의 말에서 자연의 속도를 배운다.

> 더 빨리 흐르라고 강물의 등을 떠밀지 말라. 풀과 돌, 새와 바람, 그리고 대지 위의 모든 것들처럼 강물은 나름대로 최선을 다하고 있는 것이다.

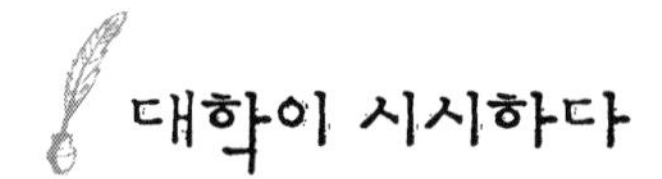

대학이 시시하다

며칠 전, 남편과 퇴근 후에 시내 공연장에서 음악회를 보기로 했다. 약속 시간이 한참 지났지만 남편은 나타나지 않고 전화도 받지 않았다. 한동안 기다리다가 여자 화장실 앞에서 남편을 만났다. 어떻게 된 일이냐고 물었더니 휴대 전화를 회사에 두고 오는 바람에 내 번호를 몰라서 전화를 못 하고 있었단다. 아내 번호를 못 외운다는 말에 발끈해서 잠시 말다툼을 했다.

하지만 시간이 지나니 그럴 수도 있겠다는 생각이 든다. 나는 현금으로 장을 보거나 백화점에서 물건을 살 때 소득 공제를 받기 위해서 남편 전화번호를 불러 줄 때가 있지만 남편은 내 번호를 입에 올릴 일이 없을 테니 외우지 못할 수도 있겠다는 생각이 든 것이다.

올해 89세인 친정 엄마는 웬만한 전화번호를 모두 외우신다. 그리고 나는 휴대 전화에 전화번호를 잘 등록하지 않는다. 대신 이메일함에 기록한다. 휴대 전화를 사용할 일이 별로 없기도 하고 기계에 의존하는 태도를 의식적으로 피하기 위해서다. 친한 사람 번호는 당연히 외우고 연락을 자주 하지 않는 이로부터 문자가 오거나 소식을 전할 일이 있을 때에는 메일함에서 확인하는 정도다.

인간이 살아가는 데 가장 중요한 능력이 뭘까. 나는 사고력이라고 생각한다. 기계에 비유한다면 중앙 처리 장치(CPU, Central Processing Unit)다. 요즘 대학가에서 인문학 관련 학과의 통폐합과 일부 강좌 폐지, 정원 축소 등에 대한 이야기를 들을 때마다 인생의 본류와 지류에 대한 인식이 아쉽다. 지나치게 눈앞의 결과만 생각하는 것은 아닐까 해서다.

인간의 사고력은 인생의 CPU, 즉 중앙에서 삶을 관장하는 무게 중심이다. 참을 수 없는 존재의 가벼움을 느낄 때는 사고력이 부족한 상황과 마주쳤을 때다. 인생의 전반부가 물질적 가치에 치중한다면 후반부로 갈수록 정신적 가치에 무게가 실린다. 나는 그 전환점이 평균 40세라고 생각한다. 학문적 성취나 사회적 커리어가 사회적 개인에 영향을 미치는 기간은 대략 40세 정도로 느껴진다.

그 이후는 개인전·내면전이다. 『논어』에서 마흔이 불혹이라고 하는 이유도 그 시기쯤 되면 외물에 현혹되는 마음이 잦아들기 때문이 아니었을까.

더욱이 은퇴 연령이 점점 낮아지면서 든든한 동아줄이 썩은 동아줄이 되는 기간이 단축되는 상황이다. 이러한 시대적 상황임에도 교육의 정수인 대학에서 인문학 부재 교육은 평균 수명 100세 시대에 평균 수명 40세 시대 교육이다. 대학이 자청해서 퇴보의 길을 선택하고 있다. 소탐대실하면서 대학 스스로 지성의 전당에서 내려오고 있다. 그렇게 되면 앞으로 학문에 뜻을 둔 학생은 줄고 단지 기억력 좋은 사람이 소위 사회에서 잘 나가는 대학에 늘어나게 된다. IT 시대에는 사고력이 빠진, 암기력만 좋은 학생은 별로 소용이 없다.

요즘 대학 교육을 보면 학창 시절에 한때 선망했던 학교조차도 별로 가고 싶은 마음이 없다. 대학이 시시하다. 지성의 전당 교육이 근시안적이고 얕다. 대학 교육은 전체를 배우고 나서 부분 교육으로 가야 한다. 교양 교육으로 기반을 다지고 전문인 교육으로 들어가야 한다. 인체에서 해마가 어디 있는지, 심장이 어디 있는지, 콩팥이 어디 있는지 인체 해부도를 놓고 먼저 전체를 파악한 후에 각 기관을 배워야 한다. 우리 대학 교육은 조각부터 배운다. 그리고 그걸로 끝이다.

인체 각 기관이 모두 연결되어 있듯이 인생도 다양한 사고관이 정신을 타고 줄줄이 연결되어 있다. 인문학은 핏줄이다. 그런 인문학이 대학에서는 홀대받고 장외에서는 성행하고 있다. 구청이나 백화점 문화 센터, 기타 공공 기관에서는 인문 교양 강좌가 활발하다. 기업 협찬으로 굵직한 프로젝트들도 정기적으로 열리고 있다. 좋은 현상이라고 생각한다. 단지 인문학은 단기간에 가볍게 맛보는 것만은 아니다. 여럿이 먹는 달콤한 디저트라기보다 때로 홀로 먹는 거친 주식(主食)이다.

더러는 인문학이 현학적이며 그들만의 리그라 오해를 산다. 짧고 쉬운 글이 넘쳐나는 세상에 길고 복잡한 글은 그렇게 오해받을 수도 있다. 그 둘의 차이는 여러 가지로 생각할 수 있겠지만 나는 여운과 사고력 그리고 영향력에 있다고 생각한다. 짧고 쉬운 글은 읽을 때는 공감해도 여운이 그때뿐이다. 사고의 여지가 없다. 내게 영향을 주지 못하기 때문에 변화를 유도하기 힘들다. 그래서 번거로워도 내용이 길고 어려운 글을 찾게 된다. 인문 서적을 읽으면 짧고 쉽게 쓰인 글과 어렵고 길게 쓰인 글이 나의 변화에 미치는 영향의 정도를 경험할 수 있다. 그렇지만 많은 인문학자들이 인문학 대중화를 위해 쉽게 풀어서 쓰기 위한 노력을 하고 있다. 나는 가장 허세가 없고 야박한 학문이 인문학이라고 생각한다. 쓰고 따끔하다. 삶과 직결된다. 대목마다 내 이야기 같다.

대학 교육의 뿌리는 인문학이어야 한다. 건축물에 비유하자면 인문은 토대다. 그 위에서 단과 학문이 가지를 펼치고 꽃을 피우고 열매를 맺어야 한다. 평균 수명 100세 시대란다. 교육은 백년대계다. 뭐가 그리 급할까.

정주영 회장의 신문 대학

정주영 회장은 신문 대학 출신이다. 다음은 그에 관한 일화 중 하나이다.

박정희 대통령이 경부고속도로 건설에 관한 의견을 듣기 위해서 정주영 회장을 청와대로 불렀다. 대통령이 "소학교밖에 안 나온 분이 어떻게 우리나라 최고 명문을 나온 직원들을 잘 다루십니까?" 하고 물었다. 그러자 정주영 회장이 답했다.

"제가 왜 소학교밖에 안 나왔습니까? 저도 대학을 나왔습니다. 신문 대학을 나왔지요. 저는 소학교 시절부터 지금까지 신문을 누구보다 열심히 읽었습니다. 첫 페이지부터 마지막 페이지까지 글자 하나 빼놓지 않고 신문을 열심히 읽은 사람은 아마 저밖에 없을 겁니다. 정치, 사회, 문화면은 물론이고 광고까지 다 읽었지요. 신문에는 문필가, 철학자, 경제학자, 종교학자 같은 유명 인사들의 글이 매일 실리잖습니까. 그분들이 다 나의 스승입니다. 실력으로 따지자면 명문 대학보다 신문 대학이 한 수 위지요."

나는 가정에서 4개의 신문을 구독한다. 남편과 아이가 출근과 등교를 하고 나면 오전 8시. 그때부터 오후 2시까지는 나를 위한 시간이다. 라디오를 켜 놓고 차 한잔을 하며 아침 신문을 꼼꼼히 읽는다. 신문을 뒤에서부터 한 장씩 펼치며 이름이 익숙한 기자의 글이 올라왔는지도 살펴본다. 기자마다 다른 주제와 독특한 문체를 구경하는 재미가 있다.

마음에 드는 기사나 칼럼은 따로 오려서 컴퓨터 옆에 놓는다. 한 편씩 블로그에 타자로 쳐서 나만의 필사(筆寫)를 시작한다. 눈으로 먼저 한 문장을 음미하며 읽고 다시 베껴 쓴다. 기억할 내용이나 귀한 구절은 중요도에 따라서 다른 색의 펜으로 밑줄을 그어 둔다. 밑줄 그은 내용은 따로 수첩에 적어 둔다. 나만의 초서(鈔書) 작업이다. 놓치고 싶지 않은 문장은 몇 번이고 반복해서 쓴다. 체화하고 실천하기 위해서다.

신문은 박물관이며 백과사전이다. 전 세계의 시대 문화와 지식이 다채롭게 갖춰져 있다. 거대 담론부터 사회 관계망 서비스(SNS), 가십(gossip) 기사까지 총망라한다. 사사로이 접하기 어려운 외국 정치인, 유명 인사, 예술인의 동정까지 한곳에 앉아서 알 수 있다.

여러 신문을 읽다 보면 유독 관심이 가는 분야가 눈에 들어온다. 나에게는 그것이 인문 고전이다. 나는 학교 때 역사 과목을 별로 좋아하지 않았다. 시험을 대비하려고 역사적인 사건과 배경, 연도, 인물을 단순히 암기하는 데 흥미가 없었다. 그러나 신문에 담긴 역사 칼럼은 완전히 달랐다. 나의 삶과 직접 맞닿았다. 그 후부터 고전에 관한 내용을 집중해서 읽는다. 글을 읽다가 특별히 관심이 가는 인물이나 궁금한 사건이 있으면 서점에 가서 관련 도서를 읽어 보고 사건의 배경이 된 곳을 직접 찾아가 보기도 한다. 탐방을 하면서 역사적 사건과 인물의 삶이 현재 나의 삶에 주는 메시지를 생각해 보고 내 삶에 적용하려고 한다.

나는 언젠가 신문에서 예산 추사 김정희 고택과 강진 다산 초당에 대해서 읽은 뒤 그곳이 궁금했다. 추사 고택 기둥에 적혀 있다는 반일정좌(半日靜坐)와 반일독서(半日讀書)를 직접 보고 싶었다. 바쁘게 살고는 있지만 생산성보다는 소모적인 나의 일상에서 잠시 고요하게 독서하는 시간을 돌아볼 필요가 있다고 생각했다.

강진 다산 초당을 오르며 노후에는 건강도 제대로 따라 주지 않은 열악한 유배 상황에서조차 학문의 길을 유유히 걸어간 다산을 떠올리며 나의 살아가는 마음가짐과 태도에 대해서 생각했다. 읽고 생각하면서 나를 새롭게 다듬어 간다. 일체유독조(一切唯讀造)쯤이 될까.

원기찬 삼성 카드 대표는 신문에 대해서 이렇게 말한 적이 있다.

"매일 아침 최소 20분 이상 신문을 읽으세요. 도덕성이나 인간미가 없는 사람에게는 열정이나 도전 의식도 의미가 없어요. 부도덕한 사람은 단기적으로는 누군가를 속여 성공할 수 있을지 몰라요. 그러나 장기적으로는 결코 승산이 없어요. 결국 조직에 해를 끼칩니다. 신문을 매일 읽는 것도 취업에 도움이 됩니다. 인터넷의 가장 안 좋은 점이 '보고 싶은 것'만 골라 보느라 '봐야 할 것'을 놓치는 것입니다. 매일 신문을 통해 세상을 관찰하다 보면 그 어떤 멘토나 컨설턴트보다 다양한 진로 탐색의 비법을 제공받을 수 있습니다."

신문은 내가 대학원에서 전공을 선택하는 데 멘토가 되었다. 나는 대학원에서 역사와 문학, 철학을 아우르는 전통 문화 콘텐츠를 전공했다. 신문에서 읽은 역사와 전통 문화에 대한 내용이 대학원 수업에서 등장할 때마다 반가웠다.

틈이 날 때마다 책장에 나란히 꽂혀 있는 신문 스크랩북을 하나씩 꺼내서 읽어 본다. 자주 읽고 늘 떠올려 보기 때문에 오래된 기사라도 익숙하다. 나에게 신문은 대학 그 이상이다.

뜬금없는 이야기지만 4~5년 전에 우리 앞집이 새로 이사를 왔다. 처음에는 신문을 안 보다가 요즘 아침에 신문을 가지러 나가 보면 그 집 앞에도 4~5개의 신문이 배달되어 있다. 흐뭇하다.

스펙 소개서 유감

사랑하는 조카가 대입 자기소개서를 써서 고모인 내게 이메일로 보내 왔다. 검토하는 데 참고하라며 조카의 학교 선배가 쓴 자기소개서 두 통을 동봉했다.

첫 번째 선배의 자기소개서다. 우선 나는 평생에 걸쳐서도 성취하기 힘든 눈부신 스펙의 나열이다. 수학에서 공부한 단원 명(名)부터 난해하다. 자소서에 소개된 수업 내용은 우리말인데도 무슨 말인지 전혀 이해할 수가 없었다. 이어서 학생이 전공하고 싶은 학과 관련 시상식과 스터디에서 얻은 점수, 석차가 제시되어 있다. 각 이슈마다 마무리에는 꼭 세계가 또는 미국이 인정한다는 멘션이 포함되어 있다. 환경 복원 심포지엄, 생명 평화 포럼, 과학 프로젝트 대회나 국제 올림피아드의 주제 및 학생이 참고했다는 논문의 주제가 박사급 수준이다. 교내 동아리를 끌고 간 과정은 회사 경영의 경지다. 활동 증빙 서류를 가늠할 수 있는 특기 사항을 읽다 아연실색했다. 성취와 실적의 종결판이며 임팩트 있는 각종 대회 참여와 토론 및 발표의 수상 경력, SAT, 미국 AP 시험 점수가 만점에 가깝다. 곧 노벨상 수상자가 될 것 같다.

다음은 두 번째 선배의 자기소개서다. 첫 번째 선배에 비해 수그러든 스펙 덕분에 현란한 나는 고공비행에서 착륙한 기분이 들었다. 그러나 이 학생의 자기소개서 내용도 만만치가 않다. 경제와 인간의 행동 양식, 그리고 심리의 연관성에 대한 소견에서 고등학생이 사용한 AP 미시·거시 경제, 의회 정치의 태동, 플라톤의 국가론과 마키아벨리 군주론에 나타난 인간 심리 연구와 같은 용어나 논리, 문맥이 참으로 경이롭다. 교외 활동에서 느낀 어려운 이웃과 소외된 계층에 대한 책임 의식, 전통 문화의 중요성, 그리고 봉사와 배려를 배경으로 한 교내 활동에서 학생이 느끼고 깨달은 점은 정말 감동적이다. 끝으로 각종 국제 대회 수상 경력으로 마무리를 하고 있다. 이런 학생들이 많아진다면 머지않아 완전한 세계 평화가 올 것이다. 자소서를 읽으며 이렇게 똑똑하고 따뜻한 학생들을 대학이 잘 가르쳐야 할 텐데 싶은 생각이 들었다.

그런데 두 학생의 자기소개서를 읽으며 마음이 좀 차가워진다. 갓 스무 살이 된 아이들이 성능 좋은 부품처럼 느껴지기 때문이다. 개별 학문을 기계에, 단편적인 지식을 부품에 비유해 본다. 먼저 그 기계가 왜 필요하며 어디에 어떻게 사용되는지를 충분히 이해하고 나서 부품에 대한 설명으로 들어가야 하지 않을까. 스펙, 말 그대로 부품 설명서 같다.

올해로 탄생 100주년을 맞는 황순원 선생의 양평 소나기 마을이

연일 전국에서 몰려온 인파로 붐빈다는 소식이다. 학창 시절에 누구나 한 번쯤은 황순원의 『소나기』를 읽으며 순정한 감성을 느꼈을 것이다. 어른이 된 뒤에도 학창 시절에 읽은 소나기를 떠올리면 감성이 순화된다.

그 『소나기』가 탄생한 시대적 배경이 의외다. 6·25 동란의 휴전 협정이 조인된 것이 1953년 7월인데 소나기가 탄생한 것은 그해 4월이다. 자욱한 전쟁의 포화 속에서 맑고 순수한 단편이 탄생한 것이다. 황순원 선생의 문학적 테마인 인간애와 인간중심주의의 극단이다.

인간애와 인간중심주의는 비단 문학의 테마일까. 모든 학문의 중심이 인본주의다. 바로 인간을 위하는 마음이다. 학문의 쓰임새는 인간을 위해 존재하고 단편적인 지식은 사용 도구다. 대학(大學), 말 그대로 큰 학문에 입문하는 첫 단계. 인생에서 중요하게 생각하는 개인의 가치관과 사회, 그리고 세상을 바라보는 시각을 점검하고 다짐하는 단계다. 내가 공부하고 싶은 분야가 인간과 사회, 인류를 위해 어떤 도움이 될 지를 고민해야 하는 시점이다. 그 시점에 고민하지 않는 습관은 이후 인생에서도 마찬가지다. 성인이 된 후에도 인생에서 어떤 가치를 추구해야 하는지, 무엇을 고민해야 하는지, 왜 고민해야 하는지를 모르고 자신이 고민하지 않는다는 것조차 인식하지 못한다. 고민을 해야 인생 방향이 보인다.

스펙은 항해에 비유하자면 노(櫓)다. 고급 노만 켜켜이 쌓여 있으면 뭐하나. 무엇에 쓰는 물건인지, 어디에 어떻게 써야 효율적인지를 모른다면 말이다. 목적이 우선이고 목표는 다음이다. 스펙은 대학 입학 단계에서 요구할 사항이 아니다.

근사(近思)한 로컬(local)

"목련꽃 핀 밤, 달빛 아래서 차를 마셔 보세요."

지난 봄, 나의 대학원 스승께서 차학 연구 시간에 말씀하셨다. 문득 강릉 선교장에 조지훈의 승무가 그려졌다. 처연한 그리움이 느껴지는 '그 저녁 무렵부터 새벽이 오기까지'의 해금 연주가 흐느끼듯 흐르는 가운데 고독한 승무가 펼쳐지는 것이다. 그 여승은 고등학교 국어책 '탈고 안 될 전설'에 나오는 불암사 여승이거나 수덕사 여승일 것이다. 유난히 흰 얼굴과 원만한 턱이 박사 고깔에 고이 감춰지고 두 볼에 흐르는 빛이 달에 빛나고 있다.

나이가 들수록 막연한 글로벌보다 구체적인 로컬이 좋아진다. 남의 집 소문난 잔치보다 나의 리추얼이 좋다.

작년 여름휴가로 강원도에 다녀왔다. 양구에 있는 박수근 미술관은 '빨래터 아낙네'와 '아기를 업은 여인' 화풍처럼 소박하고 향토적이다. 너른 잔디 한가운데는 박수근 화백이 다리를 가슴 넓이로 벌린 채 두 팔로 다리를 감싸며 양손을 포개고 앉아 있는 조각상이 있다. 마치 노동을 마치고 잠시 한숨을 돌리며 있는 듯하다.

이해인 시문학관에서 다시 읽는 수녀님의 시는 새삼 맑은 동심이 우러난다. 작품 앞에 한참 서서 내용을 음미했다. 고요한 신흥

사와 시원한 낙산사, 역사깊은 백담사 경내를 걷고 한계령과 울산바위를 올랐다.

휴가 마지막 날에는 무궁화호를 타고 정선 5일장에 다녀왔다. 정선 5일장은 내가 생각했던 것보다 규모가 컸고 장터 정리 정돈이 반듯해서 구경하고 장보기에 편리했다. 주민들이 재배해서 내온 다양한 나물과 약초, 토산품들이 즐비했다.

장을 구경하고 나서 장터에 마련된 음식점에서 콧등치기 국수도 먹었다. 장을 구경하러 온 관광객들이 국수를 맛있게 먹는다. 음식점 마당 한가운데서는 정선의 어르신들이 전통 국악 공연을 하셨다. 어르신들 얼굴에 패인 주름살에서 고된 삶이 느껴졌했다.

마당 공연을 보고 나오는데 정선문화예술회관에서 '신들의 소리'라는 정선 아리랑 극 공연을 한다. 우리 부부는 현장에서 표를 끊었다.

정선 아리랑 극은 고려 말을 배경으로 아리와 여랑의 사랑을 그린 창극이다. 기울어 가는 고려보다 조선의 건국을 도모하는 조준의 음모에 의해 아리는 아우라지 강에 몸을 던지게 되고 여랑도 조준 일당에 의해 죽임을 당한다. 아리와 여랑의 억울한 혼이 정선 아리랑으로 다시 태어난다는 줄거리다.

여주인공 아리 역을 맡은 앳된 최진실 배우의 강원도 사투리가 구성지다. 나중에 알았는데 고향이 강원도라고 한다. 창극에서 '동네 사람들'로 분한 배우는 실제 정선 동네 사람들이라고 한다. 프로 배우가 아닌데도 연기력이 대단했다. 연기력이라기보다 자연스러웠다. 주연과 조연의 구분 없이 모든 배우의 연기가 일품이었다.

공연이 끝나자 관객들은 모두 자리에서 일어나 기립 박수를 보냈다. 공연장을 나오자 8월 삼복더위에 배우들이 두꺼운 무대 의상을 입은 채 출구 쪽에 나란히 서서 관객들에게 일일이 밝게 인사를 한다. 두껍게 분장한 얼굴 위로 굵은 땀방울이 쉴 새 없이 흐른다.

나는 그동안 대도시에 이름이 걸린 극장의 외국 초청 공연만이 최고인 줄 알았다. 유명 극장에서 이름이 익숙한 공연 소식이 들려오면 의무처럼 다녀오곤 했다. 이번에 정선장에서 별 기대 없이 보게 된 우리 전통 공연인 정선 아리랑 극에 색다른 감동을 받았다.

서울에 와서 정선 군수께 공연 감상 이메일을 보냈다. 서울은 세계를, 지역은 서울을 따르려 하면 영원히 아류일 수밖에 없다. 유일성이 유일한 경쟁력이 아닐까. 유일하면 비교 대상이 없다. 그런 면에서 '신들의 소리' 정선 아리랑 극은 정선만의 역사적 배경을 스토리텔링화해서 배우들의 훌륭한 연기로 전통을 잘 살려낸 공연이었다.

나는 동양 전통이 좋아서 우리 전통 문화 콘텐츠를 배우기 위해 대학원에서 공부했다. 우리 전통 문화 콘텐츠는 공격과 정복 대신 공존과 수용, 조화로움을 지향한다. 우리 문화는 무대 개념보다는 마당 개념이다. 분리와 긴장, 상하 관계보다는 화합과 이완, 수평 관계다. 제 음(音)이나 동작을 정확히 구사하는 컴피티션(competition)보다는 관객이나 상황에 따라서 유연한 오디션(audition)에 가깝다. 법식(法式) 위에 인간이다. 정확함보다 한 수 위가 너그러움과 여유다. 인간과 자연에 대한 전통적 의식이 문화 형식에도 담겨 있다.

그것은 동양 철학 사조의 하나인 음양오행 사상에 집약되어 있다.

동양의 과학은 자연에서 태어난다. 자연 현상은 음과 양으로 이루어진다. 음과 양의 두 기(氣)가 상호 작용하는 가운데 우주의 기초를 이루는 오행이 생긴다. 오행은 우주 만물을 이루는 다섯 가지 원소로 목(木), 금(金), 화(火), 수(水), 토(土)이며 인체를 포함한 자연의 질서다. 또한 오행은 제각각 오색(五色), 오덕(五德), 오행(五行), 오미(五味)를 지닌다.

오색(五色)	청(靑)	적(赤)	황(黃)	백(白)	흑(黑)
오덕(五德)	인(仁)	예(禮)	신(信)	의(義)	지(智)
오행(五行)	목(木)	화(火)	토(土)	금(金)	수(水)
오미(五味)	산(酸)	고(苦)	감(甘)	신(辛)	함(鹹)

근사(近思)는 높고 먼 이상보다 자기에게 가까운 것을 먼저 생각하는 것이다. 자기 체질에 맞는 가치는 대개 자기 가까이에 있다. 글로벌이 멀고 막연하다면 로컬은 가깝고 손에 잡힌다. 살수록 로컬이 근사하다.

독서에 빠진 바보

등화가친(燈火可親)의 계절이다. 서늘한 가을밤은 등불을 가까이하여 글 읽기에 좋은 시절이다. 등화가친은 중국 당대(唐代) 4대 시인 중 하나인 한유(韓愈)가 지은 시 '부독서성남시(符讀書城南詩)'에 나온다. 한유가 18세 된 아들 부(符)에게 독서를 권하는 시를 지었다. 내용의 끝부분은 이렇다.

> 때는 가을 되어 장마도 그치고 서늘한 바람 들판에 불어온다. 점점 등불을 가까이 할 만하고 책 펼칠 만하게 되었으니 어찌 아침저녁으로 생각하지 않으리. 너를 위해 세월을 아껴야 하리라.
>
> 時秋積雨霽 新凉入郊墟. 燈火秒可親 簡編可卷舒. 豈不旦夕念 爲爾惜居諸.

한유는 시를 통해 어렸을 때는 비슷비슷하던 아이들이 나중에 하나는 말을 보는 졸개가 되고 하나는 재상이 되는 것, 누구는 군자가 되고 누구는 소인이 되는 것이 글을 읽고 익히는 데 달렸다고 강조한다.

등화가친의 계절에 독서에 흠뻑 빠졌던 옛사람이 떠오른다. 간서치(看書痴) 이덕무(李德懋, 1741~1793)다. '간서치(看書痴)'는 책을 읽는 데만 열중하거나 책만 읽어서 세상 물정에 어두운 사람을 비유적으로 이르는 말이다. 또한 조선 후기 실학자인 이덕무의 별칭이다. 이덕무가 젊은 시절 자신에 대해 쓴 『간서치전(看書痴傳)』에 다음과 같은 내용의 글이 나온다.

목멱산(남산의 옛 이름) 아래 어리석은 사람이 살고 있었다. 말은 어눌했고 성품은 게으르고 졸렬해서 세상 물정을 잘 알지 못했다. 바둑이나 장기는 더더욱 몰랐다. 이를 두고서 사람들이 욕을 해도 따지거나 변명하지 않았다. 오로지 책만 보는 것을 즐거움으로 삼아서 추위나 더위, 배고픔이나 아픈 것도 전연 알지 못했다. 어릴 때부터 스물한 살이 되기까지 손에서 옛 책을 놓지 않았다. 그의 방은 매우 작았지만 동쪽, 남쪽, 서쪽으로 창이 있어서 볕이 드는 방향을 따라 밝은 곳에서 책을 보았다. 지금까지 보지 못했던 책을 보면 문득 기뻐서 웃었는데, 집안사람들은 그가 웃는 것을 보고 기이한 책을 얻은 줄 알았다. 사람들은 그를 두고서 간서치, 즉 책만 읽는 바보라고 불렀다.

이덕무는 독서에 네 가지 유익함이 있다고 했다. 첫째, 배고픈 것을 잊게 해 준다. 둘째, 추위를 잊게 해 준다. 셋째, 근심과 번뇌를 잊게 해 준다. 넷째, 기침을 낫게 한다. 기운이 통하여 막힌 것을 뚫어 주기 때문이다. 그가 말한 독서의 네 가지 유익은 그가 얼마나 가난한 삶을 살았는지를 말해 준다.

그는 서얼 출신으로 지독하게 가난했다. 책을 많이 읽는다 해도 딱히 써먹을 일이 있는 것도 아니었다. 그러한 신분적 제약에도 불구하고 늘 남에게 책을 빌려서 읽었고 평생 동안 읽은 책이 거의 2만 권이 넘었다. 가난한 환경 때문에 남을 위해 책을 베껴 써 주는 품을 팔면서도 책을 읽었고 그렇게 베껴 쓴 책이 수백 권에 달했다. 그가 폭넓은 독서와 사물에 대한 통찰력으로 쓴 방대한 저술은 압도적이다. 산문집 『이목구심서(耳目口心書)』는 당시 박지원과 박제가가 자신의 글에 여러 번 인용한 책이다. 또한 선비와 부녀자, 그리고 아동의 예절과 수신에 관한 교훈서인 『사소절(士小節)』에서는 가난 속에서도 올곧게 살다가 간 선비의 모습을 가늠할 수가 있다. 이덕무는 자신의 호 가운데 청장관(青莊館)을 썼다. 청장은 맑고 깨끗한 물에 살면서 다가오는 먹이만을 먹는 청렴한 새다. 청장은 이덕무의 성품을 상징한 것이라고 하겠다.

이런 이덕무를 정조는 무척 아꼈다. 그의 나이 서른아홉 살 때 정조는 그를 규장각의 검서관(檢書官)으로 발탁했다. 이덕무는 규장각에서 문서 정리와 자료 조사를 하고 책을 교정하는 일을 맡았다. 그가 관직에 있던 15년 동안 정조는 모두 520여 차례의 하사품을 내렸고 그가 세상을 뜨자 그의 아들에게 아버지의 벼슬을 그대로 물려받게 했다. 훗날 이덕무의 학문적 토대는 정약용, 김정희의 학문에 큰 영향을 미치게 되었다.

공자는 "배우기만 하고 생각하지 않으면 답답하고, 생각하기만 하고 배우지 않으면 위태롭다(學而不思則罔思而不學則殆)."고 했다. 인생에서 배우고 생각하는 것의 중요성을 일깨우는 가르침이다. 배우고 생각하는 것을 동시에 충족시키는 것이 독서다. 한유가 아들에게 당부한 독서의 의미다.

바빠서 책을 읽을 시간이 없다는 세상이다. 책을 읽는 일보다 바쁜 일이 무엇일까. 책을 읽지 않는다면 달리 어디서 살아갈 지혜를 구할까. 간서치와 같은 우직한 독서로 내면을 가다듬기 좋은 가을이다.

비법과 매뉴얼

비법과 매뉴얼은 어떻게 다를까? 우선 매뉴얼 덕분에 생활이 편리할 때가 많다.

EBS 프로그램 중에 다시 보고 싶은 내용이 있어서 홈페이지에서 여러 번 시도했다으나 잘 되지 않았다. EBS 방송국에 전화를 걸어서 원격 지원 서비스를 받기로 했다. 상담원은 "매뉴얼대로 진행하겠습니다." 하면서 원격 서비스를 시작했다. 컴퓨터 화면에서 원격으로 마우스 화살표가 몇 번 기계적으로 작동하더니 순식간에 서비스가 완료되었다. 상담원은 친절하게도 내가 보고 싶던 프로그램의 플레이 버튼까지 눌러 주고 "감상 잘하세요." 하며 서비스를 마쳤다. 나는 매뉴얼이 신통했다.

얼마 전부터 나는 거실에서 108배를 한다. 체중이 늘어서 고민이었는데 마침 예쁜 여배우가 체중 감량과 몸매를 유지하는 데 효과적이라고 소개해서 따라 하기로 했다. 처음에는 108배를 내 마음대로 하다가 정확한 동작을 알기 위해서 인터넷을 검색했다. 인터넷에는 108배 매뉴얼이 순서대로 사진과 함께 자세하고 쉽게 설명되어 있었다. 컴퓨터 화면으로 매뉴얼을 봐 가며 한 동작 한 동작 그대로 따라 하기를 몇 번 반복했다. 이제는 나 혼자 정확한 동작을 할 수 있게 되었다. 매뉴얼 덕분이다.

비법은 무엇일까? 오래전에 성공을 위한 처세 비법이라고 소개한 자기 계발서를 두고 한 교수가 강의 중에 "그런 책에 뭐 새로운 거 있습디까?"라고 말씀하셨다. 맞다. 새로운 거 없었다. 내용을 읽어 보면 다 아는 이야기다. 거기엔 태어나서 처음 듣는 기발한 노하우가 없다. 평소 듣던 이야기다. 다만 실천하지 못하고 있을 뿐이다.

일상에서 공부 비법이나 설득 비법, 마케팅 비법 등 다양한 상황에서 '비법'이라는 말을 들을 때마다 비법을 '매뉴얼'로 바꿔 써야 하지 않을까 하는 생각이 든다. 일단 남이 아는 비법은 더 이상 비법이 아니다. 비법은 고유성이고 매뉴얼은 보편성이다. 비법은 개인성이고 매뉴얼은 대중성이다. 비법은 맞춤형이고 매뉴얼은 확산형이다. 비법은 자율성이고 매뉴얼은 타율성이다. 기업이나 단체, 개인이 단체 메일로 보내오는 제목에 '비법'이라는 말이 사용되면 식상하다. 물론 그중에는 특정 분야에서 많은 시간을 할애해 오랜 기간 연구 끝에 '비법'을 뽑아낸 것도 있을 수 있다. 하지만 대부분 상식적인 내용이다.

학창 시절에 시험을 앞두면 학과마다 시간 대비 효율적으로 공부해서 좋은 성적을 받는 비결이라며 요약본이 돌아다니곤 한다. 혹해서 읽어 보면 그것은 100% 작성한 사람만의 '비법'이다. 내가 공부 내용을 이해하고 수용하는 데 조금도 와 닿지 않는다. 남이 입었을 때 예쁜 옷이 내가 입었을 때도 똑같은 분위기가 나지 않는 것처럼 우등생이 소개하는 비법을 따라 한다고 해서 누구나 우등생이 되는 것은 아니다. 그 비법은 그 학생에게만 해당된다. 자신이 공부하면서 자기 맞춤형으로 스스로 터득한 것이기 때문이다.

비법이 만들어지는 것은 개인이 어떤 일에 공들인 시간의 양에 비례한다. 한 가지 일을 꾸준히 반복하다 보면 자기한테 맞는 방법이 터득되기 마련이다. 그게 비법이다. 자기 자리를 깊게 파들어가다 보면 어느 순간 샘물을 발견하는 일과 같다. 자기 노력 없이 남이 찾은 비법을 기웃거린다면 괜한 시간 낭비다. 특히 공부 비법은 더욱 그렇다. 자기 자리에서 엉덩이 붙이고 앉아 스스로 탐구하고 궁리할 때 자연히 돋아난다. 스터디에서 여럿이 공부해도 따로 혼자 공부하는 시간이 필요하듯이 자기에게 맞는 비법은 바깥에서 홀로 궁리하는 가운데 싹튼다. 거기다 자신의 경험과 시행착오를 거쳐서 완성된다.

어느 날 나는 신문에서 승효상 건축가가 꼽은 '내 마음의 명문장'을 읽은 적이 있다. 그는 에드워드 사이드의 『권력과 지성인』 중 '진정한 지식인의 태도는 바깥에서 머무르며(stay out), 홀로 됨(stay alone)을 즐기는 것이다.'라는 문장을 소개했다. 건축가의 창의력과 비법도 여기서 나오지 않을까.

비단 건축가와 학생의 비법뿐일까. 세상에 어느 분야든 숙달된 고수의 비법은 혼자서 깊이 궁리한 끝에 얻은 자기만의 비법이 아닐까. 남의 비법이 나에게 오면 매뉴얼이 된다.

예(禮)는 어른의 몫

몇 해 전 우리 앞집에 젊은 부부가 새로 이사를 왔다. 뱃속에 아기를 임신한 것을 보니 결혼한 지 얼마 되지 않은 모양이었다. 임신한 사실도 나중에 새댁의 친정 엄마 되는 이를 통해서 알았다. 새댁은 임신을 했어도 얼굴이나 차림새가 영락없는 미혼처럼 느껴졌다. 티 없이 해맑은 피부에 긴 생머리를 하나로 묶은 모습이 청순하고 예뻤다. 나는 어느새 고등학생의 엄마가 되었지만 이제 막 임신한 새댁을 보니 나의 신혼 시절이 엊그제처럼 느껴졌다.

그런데 이 새댁은 도통 인사할 줄을 모른다. 엘리베이터나 복도에서 사람을 만나도 아는 체도 안 한다. 이쪽에서 먼저 밝게 인사를 건네도 그랬다. 얼마 동안 그 새댁이 매우 무례하게 느껴졌다. 다음에 만나면 어떻게 대할까도 궁리를 했다. 어느 때는 인사를 안 하는 새댁과 마주치기 싫어서 내가 외출하려고 할 때 그 집에서 누군가 나오는 소리가 들리면 일부러 기다렸다가 현관문을 나섰다.

시간이 지나면서 마음이 달라졌다. 내가 어른 대접을 받고 싶어 하는구나 하는 생각이 들었다. 예는 아랫사람이 스스로 우러나서 행할 때 아름다운 법인데 도리라고 우겼다는 생각이 들었다.

어느 날 대학원 수업을 마치고 저녁 9시쯤에 지하철을 탔다. 삼복더위였고 늦은 시간이라서 승객들 대부분이 피로해 보였다. 나도 지친 상태로 서서 오는데 지하철이 우리 집에 가까워지자 야간 자율 학습을 마친 남자 고등학생 7~8명이 떼를 지어 탔다. 여름방학 중에도 학교에 나가서 그 시간까지 공부하느라 힘들었을 텐데도 청춘들은 에너지가 넘쳤다. 무슨 이야기를 그렇게 재미있게 하는지 표정은 호기심에 가득 찼고 가끔씩 진지했다. 그들의 문화를 잘 몰라서 구체적인 내용은 알아들을 수 없었지만 아이들이 사용하는 용어나 옷차림, 머리 모양, 태도 등이 정말 건강하고 순수하게 보였다. 마치 나의 고등학교 시절에 남고생을 보는 듯했다.

잠시 후, 한 남학생이 무리 속에서 조금 떨어져 나와 누군가와 통화를 했다. 가만히 들어 보니 존댓말을 썼다. 밤 10시가 넘어서 존댓말로 통화하는 분이면 부모님이겠구나 싶어서 나도 모르게 주의가 기울어졌다. 통화 내용이 궁금했다. 그 학생은 몇 마디 통화 중에 "네, 중요한 게 아니라서 집에 가서 말씀드리려고 했어요." 하고 전화를 끊었다. 짧은 통화지만 존댓말로 통화하는 태도가 공손하고 착해 보였다. 전화를 끊기에 얼른 휴대 전화 화면을 슬쩍 보니 '엄마'라고 등록되어 있다. 우리 집 정거장에서 내릴 때까지 학생들을 슬쩍슬쩍 그러나 주의 깊게 관찰하면서 아이들이 잘 크고 있다는 생각이 들었다. 그 학교 선생님들이 훌륭하신 분들인 것 같다는 생각도 했다.

교육에서는 칭찬이 지적보다 낫다고 한다. 잘한다고 칭찬하면 더 잘한다. 못한다고 질책하면 자책한다. 긍정적 피드백은 즉시, 구체적으로 하는 게 좋다. 나는 학생들 교복에서 본 학교 마크를 기억했다가 다음 날 아침 수업이 시작되기 전에 해당 학교로 전화를 걸었다. 교무실에서 전화를 받은 선생님께서는 친절하게 생활지도부실로 통화를 연결해 주셨다. 잠시 기다리자 생활지도부 선생님께서 "여보세요." 하고 인사하는 목소리와 함께 음악 소리가 크게 들렸다. 여름방학이었고 수업 시작하기 전이라서 음악을 듣고 계셨던 모양이다. 그쪽 분위기가 상당히 활기차게 느껴졌다.

선생님께서는 음악을 줄이신 뒤 30분 정도 통화를 나눴다. 나는 어제 지하철에서 느꼈던 학생들 모습을 상세하게 말씀드렸고 교육과 인성에 대해서도 서로 즐겁게 이야기를 나눴다. 음성으로 보아 40대 중후반 정도로 가늠되는 남자 선생님이셨는데 긍정적이고 편안한 심성을 가진 분이었다. 통화를 하면서 속으로 '그 스승에 그 제자였구나.' 하는 생각을 했다. 선생님께서는 나중에 그 학교 학생들이 폐가 되는 행동을 하더라도 널리 양해해 주었으면 좋겠다고 하셨다.

내 아이가 커 가는 것을 보며 내가 그 나이였을 때를 떠올린다. 나도 부모님께 불손하게 말대꾸할 때가 있었고 부모님 속을 상하게 해 드린 일이 많았다. 돌이켜 보면 커 가는 과정이었다. 그 순간 그 행동만을 가지고 아이를 부정적으로 평가하거나 지나치게 꾸짖을 필요는 없다. 어른도 자기감정 제어가 안 되는데 아이들은 오죽할까.

뒤에 흐르는 물은 앞에서 흘러 간 물이다. 아이들은 어른을 보며 자란다. 인성 교육을 말할 때 단골 소재가 밥상머리 교육이다. 밥상머리 교육은 어른의 본보기 교육이 아닐까. 보고 배운다는 말이 있다. 가르침(教)은 본받음(爻)에서 비롯된다.

앞집 새댁이 아기를 낳아서 이제 어린이집에 다니고 있다. 사내아이인데 엄마를 닮아서 무척 예쁘다. 새댁은 여전히 인사를 잘 안 한다. 엘리베이터에서 반갑게 아는 체를 하면 아이한테 미루듯 기어들어가는 목소리로 "인사드려야지." 한다. 새댁을 오래 지켜보니 수줍음이 많다. 아이도 엄마를 닮아서 수줍음이 많다. 인사를 잘 못한다. 그 모습이 둘 다 참 귀엽다. 나는 예를 내세워 어른 대접을 받으려고 했던 것 같다. '예'란 어른이 먼저 아랫사람을 배려하는 마음이어야 하지 아닐까.

3. 마음 쓰는 법

獨讀篇

관점의 업데이트

맹자(B.C. 372~B.C. 289)는 공자 사후 100년 뒤에 태어났다. 전국 시대 인물이며 아성(亞聖)으로 불리는 공자의 계승자고 인간 본성을 연구한 심리학의 대가다. 맹자 철학을 공부하다가 큰 몸[大體]과 작은 몸[小體]이라는 표현에 마음이 갔다. 맹자는 우리 몸을 큰 몸인 마음과 작은 몸인 신체로 구성되어 있다고 본다.

맹자의 제자인 공도자(公都子)가 물었다.

"다 같은 사람인데 왜 어떤 사람은 대인(大人)이 되고 어떤 사람은 소인(小人)이 됩니까?"

맹자가 대답했다.

"큰 몸[大體]을 따르는 자는 대인(大人)이 되고, 작은 몸[小體]을 따르는 자는 소인(小人)이 된다."

다시 공도자가 말했다.

"다 같은 사람인데 왜 어떤 사람은 큰 몸을 따르고 어떤 사람은 작은 몸을 따르는 것입니까?"

맹자가 대답했다.

"눈과 귀와 같은 감각 기관은 사유 능력이 없어서 외부 사물에 의해 가려진다[蔽]. 감각 기관이 외부 기관과 접촉하면 그것에 이끌려 갈 뿐이다. 그러나 마음이라는 기관은 사유의 능력을 가지고 있다. 사유하면 합당함을 얻고 사유하지 않으면 얻지 못한다. 이것은 하늘이 내게 부여한 것이다. 먼저 큰 것을 확립하면 작은 것이

침탈해서 들어올 수가 없다. 이로써 대인이 되는 것이다."

『맹자』 고자(告子)편에 나온다. 맹자의 수양과 배움의 목표는 마음을 보존하고 기르는 데 있다.

21세기는 변화와 혁신이라는 말이 일상화되었다. 갑골문에 나타난 변화의 '화(化)'자는 서 있는 사람의 옆모습을 본뜬 형상과 거꾸로 뒤집혀 있는 사람의 형상을 결합해서 만든 상형 문자다. 완전히 뒤바뀌어 변하는 것을 의미한다. 장자에 따르면 변화란 곤(鯤, 물고기의 새끼)이 변하여 붕새가 되는 것이다. '화(化)'란 그 전에 동일성을 완전히 상실하고 전혀 다른 새로운 사물이 되는 것이다. 물고기에서 새로 변화된 것이 단지 물고기가 아닌 다른 것으로 바뀐 것에 그치는 게 아니라 더욱 확장된 세계로 나아감을 의미한다. 붕새의 비행을 위해서는 큰 날개를 실어 줄 두터운 공기층이 필요하다. 그 공기층은 붕새에게 외적 조건으로 주어지는 것만이 아니라 붕새 자신의 상승 노력을 통해서 형성된다. 혁신의 '혁(革)'은 털이 있는 가죽인 피(皮)에서 털을 제거하고 가공 처리한 것을 말한다. 묵은 것을 완전히 바꾸어 새롭게 함으로써 전보다 효율성을 높이는 것이다. 여기서 변화와 혁신의 주체는 물고기와 가죽인 당사자다.

세상을 변화시키고 혁신하려면 인간이 변해야 한다. 인간의 무엇이 변해야 할까. 바로 큰 몸[大體]인 마음이 변화하고 혁신해야 한다. 인간 행동의 작동 기제는 마음이다. 몸은 마음에 종속된다. 마음이 가는 데에 몸이 따라간다. 그중에서도 마음의 중심인 관점을 업데이트해 나가야 한다.

맹자는 마음을 기르는 데에는 신체적 욕구를 줄이는 것보다 좋은 것이 없다고 한다. 소체(小體)인 감각 기관에 따라서 사는 것을 경계하여 이르는 말이다. 눈으로 보고 귀로 듣는 감각 기관에 따라서 사니까 합당한 사유 능력은 자꾸만 퇴보한다. 인간적인 삶의 본질인 마음보다는 우선 와 닿는 기분 좋은 감각에 따라 행동한다. 마음을 기르는 데 퇴보한 결과는 물질적 풍요 속에서도 우리가 느끼는 행복감이 매우 낮은 것으로 나타나고 있다. 물질적 풍요는 몸의 영역이고 행복감은 마음의 영역이다. 먼저 마음이 왜곡되면 물리적 조건이 충족되어도 행복이 오래 가지 않는다. 가짜 행복이기 때문이다. 내용물이 부실한데 포장지 두께만 쌓는 격이다. 껍데기는 바람 한번 일렁이면 훅 하고 사라진다.

그렇다면 관점을 업데이트한다는 것은 무엇일까. 변화와 혁신의 주체인 인간의 사유 능력을 길러 가는 것이다. 그렇다면 어떻게 해야 할까. 인문학적 소양을 키워 가는 것이다. 인문학은 인간 세상의 이치와 인간의 심리를 들여다보는 학문이다. 인간 세상의 법칙은 자연의 법칙을 거스를 수 없다. 자연의 법칙은 순리의 법칙이다. 세상의 이치와 인간 심리에 무엇이 순리인지를 이해하는 게 인문학이다. 물질적인 풍요 속에 살면서도 정신의 공허함을 느끼는 것은 인문 정신의 부재 때문이다. 세상 이치와 인간 심리 기제를 제대로 이해하지 못하기 때문이다.

인문학은 왜 외면당할까. 두 가지 이유에서다.

첫째는 속도전이다. 마음을 기르는 데 걸리는 자숙(自熟)의 시간보다 감각적인 결과가 빠르고 즉각적이기 때문이다. 큰 유익은 공들인 시간에 비례한다. 배움이 마라톤이라면 인문학은 기초 체력이다. 젊을 때는 인문학의 변별력을 잘 모른다. 나이가 들수록 빛을 발한다. 오십 줄에 들어서서 새삼 나의 청소년기인 중고등학교 시절 인문 교육에 감사하게 된다.

나는 고등학교 3년 내내 국어 담임선생님을 만났다. 고등학교 1학년 때 담임선생님께서는 1년 동안 우리에게 사자성어를 따로 가르치셨다. 아침 조례 시간에 10~15개 정도의 사자성어와 배경을 충분히 설명해 주시고 종례 시간에 시험을 봤다. 청소년기에 인문 교육을 시험 대비용이 아닌 순전한 마음으로 체감하며 익힌 덕분에 이후 일상에서도 인문 정신을 자연스럽게 이어 올 수 있었다. 고등학교 3년 동안 국어선생님께 배운 현대·고전 문학 수업의 향기가 나이가 들수록 가깝게 다가온다. 그때 뿌린 씨앗을 이제야 조금씩 수확하고 있다.

둘째는 눈에 보이지 않기 때문이다. 교육 철학자인 이홍우 전 서울대 교수는『교육의 목적과 난점』에서 이렇게 말했다.

"공부는 해 보지 않고서는 왜 해야 하는지를 알 수 없다."

배움은 세상을 보는 안목과 식견을 기르는 일인데 그 안목과 식견을 갖추지 않고서는 그게 뭔지 알 수 없다고 설명한다. 관점이 업데이트되는 것을 무슨 수로 보여 준단 말인가. 자신만이 느낄 수 있다.

2014년 프란치스코 교황이 우리나라를 방문한 이후 그의 어록을 모은 신간『그대를 나는 이해합니다』의 키워드는 '기쁨'이다. 교황은 어느 강론에서 "성인(聖人) 중에는 우울한 얼굴이 없다. 항상 기쁨을 누리라."고 했다. 우울한 얼굴을 버리고 기쁨을 누리는 일이 거저 될 리 없다. 교황이 말한 성인의 경지는 내적 수양을 통한 관점의 업데이트 결과일 것이다.

인문학은 육신의 눈으로 보면 뜬구름이요, 마음의 눈으로 보면 인생의 요체다. 삶에 회의가 반복될 때 관점의 지점을 점검하고 마음의 선택을 되짚어 본다. 요즘 회자되는 인성 교육도 인문 교육을 통한 관점의 업데이트가 아닐까.

감성의 형이상학

나는 과일을 좋아하지 않는다. 특히 씨가 많은 과일은 잘 안 먹는다. 수박과 참외는 특유의 향기도 불편하다. 남편은 모든 과일을 좋아하는데 내가 잘 사지 않기 때문에 자주 먹지 못한다. 장을 보러 가면 남편은 여러 과일을 부러운 듯 쳐다보고 나는 딴청을 피우거나 무관심하다. 지인들은 여자가 과일을 싫어하는 사람도 있느냐고 의아해한다. 그것은 어릴 때 맛없는 과일을 먹은 기억 때문이다. 사과가 달지 않고 신맛만 강했었다. 수박은 덜 익어서 하얀 씨앗이 채 모양도 갖추지 않았었고 과육에서는 비린 듯한 향이 났었다. 나만의 과일 트라우마다.

그런데 여름에 꼭 사는 과일이 있다. 황도와 백도다. 그것은 과일 본연의 맛을 배신하지 않는다. 샀을 때 실패 확률이 거의 없다. 과일이 잘 익으면 그만큼 맛있는 것도 없다. 수분이 풍부해서 한

입 베어 물면 다디단 과즙이 뚝뚝 흐른다. 과육 반, 과즙 반이다. 복숭아의 향긋함과 부드러운 과육을 먹을 때 나는 모든 감각이 깨어서 복숭아와 혼연일체가 된다. 다 먹고 나면 단단한 씨앗이 깔끔하게 분리된다.

나는 매주 수요일에 2시간씩 철학 수업을 듣는다. 황도와 백도 같은 수업이다. 젊은 교수님의 역동적이고 진취적인 강의도 좋지만 인생을 얼마큼 살아오신 분의 강의는 학문적인 깊이와 함께 삶의 연륜이 묻어나서 더욱 좋다. 철학 교수님은 머지않아 정년을 앞두신 분이다. 흰 머리카락은 염색하지 않으셨고 옷은 한 계절에 한 벌만 입으신다. 여름 내내 곤색 체크무늬 남방셔츠에 검정색 바지 차림이다. 교수님의 여름 교복이다.

교수님은 수업 준비를 별도로 해 오시지 않는다. 원서를 읽다가 그때그때 느낌으로 떠오르는 사례를 들어서 설명하신다. 주로 자연에 비유해서 인간과 사회, 세상의 원리를 말씀하신다. 원서 내용과 교수님의 비유가 주는 메시지가 삶과 맞닿아 있다. 원서가 견고한 씨앗이라면 비유는 유연한 과육 같다.

나는 책의 여백에 다양한 감흥을 충실히 기록하며 강의를 듣는다. 교수님 수업은 고정된 틀이 없이 물처럼 흘러간다. 철학 수업이 다소 딱딱하고 어려울 수 있는데 강의실 분위기는 언제나 부드럽고 편안하다. 교수님의 위트에 학생들은 해맑게 웃기도 하고 스스럼없이 질문도 한다. 품이 넓은 할아버지와 귀여운 손자들 같다. 사제 간에 찰진 끈기가 느껴진다. 쉬는 시간에 학생이 건네는 과일이나 과자를 드시는 모습이 마치 어린아이 같다. 교수님을 뵌 지겨우 석 달째 접어드는데 마치 오래전부터 알고 지냈던 분처럼 느껴진다. 2시간 수업이 늘 짧고 아쉽다. 수업이 끝나고 집으로 돌아오는 길은 행복이 가득하다. 수업이 없는 날 교수님께 메일을 드리면 굳이 답장이 필요하지 않은 내용에도 항상 따뜻한 답장을 보내신다. 철학 수업이 있는 수요일이 항상 기다려진다.

어느 날 친구로부터 전화가 왔다. 저녁에 시내에서 문학적 글쓰기 강연이 있는데 함께 가지 않겠냐고 했다. 친구와 강연장에 도착하니 많은 직장인이 퇴근 후에 참석했다. 강연 시간이 되자 말쑥한 차림에 빈틈없는 표정을 한 중년 후반의 강연자가 무대에 섰다. 미리 준비해 온 강의 페이퍼를 들고 과학과 객관, 관념과 원리, 현상과 개념 등과 같은 학술 용어로 문학적 글쓰기를 분석했다. 보충 설명이 필요하다고 판단한 곳에서는 영어로 부연 설명을 곁들였다. 강의자는 2시간 내내 진지하고 비장한 얼굴로 청중과 교감 없이 자신이 준비해 온 페이퍼대로 일방적 강의를 이어 갔다. 과학을 근거로 감성을 이성으로 조절하는 글쓰기를 알려 주려는 의도 같다.

문학적 글쓰기를 과학으로 분석하는 진지하고 엄숙한 장면을 보면서 오래전에 재미있게 봤던 드라마 '별에서 온 그대'의 도민준 대사가 떠올랐다. 하버드 출신 도민준은 스킨십의 심리학이란 수업에서 학생들에게 "사랑은 스킨십의 장난질이며 호르몬의 눈속임일 뿐, 거기에 속아 넘어가서는 안 됩니다."라고 단호히 말하며 사랑을 과학으로 분석한다. 그리고 얼마 후 이성적인 도민준은 옆집 사는 감성적인 천송이와 사랑에 빠진다. 천송이를 향한 도민준의 사랑이 더 깊어 보였다.

문학의 테마는 사랑이다. 스토리 진행이나 주제 접근 방식은 철학이나 과학, 역사적 방식으로 다양해도 궁극은 사랑이다. 책을 덮고 나면 미소가 지어지고 건조했던 마음에 촉촉한 감성이 쌓인다. 인간과 세상에 대한 사랑은 과학적 분석을 초월한다.

흔히 이성에는 '냉철한'이라는 형용사가 붙고 감성에는 '따뜻한'이라는 형용사가 붙는다. 살아 있는 인간은 본디 감성적인 동물이다. 따뜻함은 생명의 원리고 차가움은 죽음의 원리다. 생명은 따뜻한 자궁에서 잉태한다. 신생아는 따뜻하고 생명을 다한 생물체는 차갑다.

나는 때때로 고개가 갸웃해진다. 왜 우리는 이성을 신봉할까. 이성 강박증 같다. 차가운 지성은 높이 사고 따스한 감성은 폄하할 때가 있다. 이성으로 무장한 이의 표정은 싸늘하다. 감성이 없는 이성은 건조하고 이성이 없는 감성은 힘이 없다. 이성은 감성이 방향성을 잃지 않도록 지혜를 돕고 감성은 이성에 인간적 생명력을 불어넣는다. 차갑고 딱딱한 이성을 너무 내세우면 씨앗이 드러난 과일 같다. 잘 익은 과일은 씨앗을 드러내지 않는다. 숨어 있다. 씨앗은 과육을 위해 존재한다.

결

공자께서 말씀하셨다.

> 유익한 것에도 세 종류의 벗이 있고 해로운 것에도 세 종류의 벗이 있다. 정직한 이를 벗 삼고, 성실한 이를 벗 삼고, 문견이 많은 이를 벗 삼으면 유익하고, 편벽된 이를 벗 삼고, 잘 굽히는 이를 벗 삼고, 말 잘하는 이를 벗 삼으면 해롭다.
>
> 孔子曰益者三友 損者三友. 友直, 友諒, 友多聞, 益矣. 友便辟, 友善柔, 友便佞, 損矣.

『논어』의 계씨편을 읽다가 사귐의 이치에 대해 생각해 본다. 사람의 내면에는 다양한 형질의 마음이 들어 있다. 누구를 만나느냐에 따라서 나의 착한 마음이 드러나기도 하고 악한 마음이 드러나기도 한다. 마음은 귀신기가 있어서 상대방의 내면을 분석하기도 전에 감(感)이 먼저 작동한다. 내 마음이 그 앞에서 선하고 아름답게 표출되면 그는 선하고 아름다운 이일 가능성이 높다. 그런 이를 벗으로 삼으면 나의 선한 심성이 계발된다. 그래서 한 사람의 평가가 엇갈릴 때가 있다. 어떤 이는 그에 대해 긍정적인 인상을 말할 때가 있고 어떤 이는 부정적인 인상을 말할 때가 있다. 사람은 상대적이다.

인생은 태어나서 죽을 때까지 선택의 연속이다. 인사가 만사라는 말이 있듯이 뭐니 뭐니 해도 사람을 선택하는 일만큼 중요한 일은 드물다. 대학 때 동양 철학 산책 시간에 장자(莊子) 양생주(養生主)편 포정(包丁)의 우화를 배우면서 사람의 결에 대해 생각한 적이 있다. '양생'은 삶 또는 생명을 기른다는 뜻이고 '주'는 주인 되는 것, 핵심을 뜻한다. '양생주'는 양생에서 가장 주된 것을 의미한다. 백정인 포정이 문혜군(文惠君)을 위해 소를 도축하는데 가죽과 뼈를 갈라내는 소리가 마치 은나라 탕임금이 기우제를 지낼 때 사용한 춤곡인 상림(桑林)의 무악(舞樂)처럼 들렸고 칼질에 조금도 실수가 없었다. 이에 문혜군이 신기해서 그의 칼질에 대해 묻자 포정은 이렇게 대답한다.

"제가 처음 소를 잡을 때는 눈에 보이는 것이란 모두 소뿐이었습니다. 3년이 지나자 소의 외형은 눈에 띄질 않게 되었으며 소의 몸이 가진 결을 따라 움직이게 된 것이지요. 가죽과 뼈, 살 사이의 빈틈으로 칼을 놀려 수천 마리 소를 잡았습니다만 칼날은 숫돌에서 막 갈아낸 것과 똑같습니다. 요즘 저는 정신으로 소를 대하고 있고 눈으로는 보지 않습니다. 눈의 작용이 멎으니 정신의 자연스러운 작용만 있습니다."

포정이 처음 소를 잡을 때는 칼날이 소의 뼈나 인대에 부딪혀 칼날이 상하는 바람에 숫돌에 여러 번 갈았을 것이다. 차츰 눈으로 소의 형태를 보기보다는 마음으로 결을 보게 되면서 칼날이 상하지 않고 날렵하게 소를 잡게 되었다.

포정이 소의 결을 보는데 3년이라는 세월이 걸린 것처럼 인생도 살아온 세월이 쌓여 가면서 사람의 외형을 보기보다 마음의 결이 보인다. 상대방의 좋은 결은 나에게 전염된다. 결이 고운 사람은 힐링이다. 주변을 편안하게 만든다. 결이 고운 사람을 만날 수 있는 가장 좋은 방법은 먼저 나의 결을 고르는 것이리라.

청춘 시절 고마운 스승께서는 나에게 절차탁마(切嗟琢磨)라는 사자성어를 적어 주신 적이 있다. 『시경』 위풍(衛風) 기욱편(淇澳篇)의 유래가 아름답다.

> 아름다운 광채가 있는 군자는 자른 듯, 갈아 놓은 듯, 다듬은 듯, 문지른 듯하여 엄숙하고 우아하며 빛이 나고 의젓하다.
>
> 有匪君子, 如切如磋, 如琢如磨, 瑟兮僩兮, 赫兮咺兮.

자기 결을 다듬으라는 가르침일 것이다. 사람 보는 눈도 결을 볼 줄 아는 눈을 기르는 것이리라.

양묘회신(良苗懷新)

도연명의 시 '계묘년 초봄 옛집을 그리며(癸卯歲始春懷古田舍)'를 읽어 본다. 첫 1, 2구는 이렇다.

> 스승께서 가르침 남기셨으니 도를 근심할 뿐 가난은 근심 말라 하셨네.
>
> 先師有遺訓 憂道不憂貧.

살아가는 것은 자신의 길[道]을 발견하고 그 길을 묵묵히 걸어가는 것이다. 한자 '도(道)'는 '辶(걸어갈 착)'과 '首(머리 수)'의 합성어다. 즉 사람이 걸어갈 때 머리가 향해 있는 방향으로 길을 가리킨다. 아무런 길이 아니라 걸어가면 좋은 길, 또는 걸어가야 하는 길이라는 규범적 의미를 가진다.

전남 순천에 있는 송광사에 다녀왔다. 송광사는 16명의 국사(國師)를 배출한 사찰에 걸맞게 그 자체로 묵직한 불교 역사다. 평일에 비까지 내리니 인적이 드물어 고요히 경내를 걸을 수 있었다.

우산을 쓰고 승보전 앞에 섰다. 외벽을 둘러싸고 그려진 심우도(尋牛圖)를 찬찬히 들여다본다. 심우도는 사찰 법당 외벽에 벽화로 그려지는 선화(禪畵)의 일종이다. 자신의 본연지성(本然之性)을 발견하고 깨달음에 이르는 과정을 소를 찾는 것에 비유하여 그린다. 보통 10단계의 장면으로 구성되기 때문에 십우도(十牛圖)라 부르기도 한다.

발길을 잠시 돌려서 송광사 불일암으로 가는 무소유 길을 걷는다. 하늘에 닿을 듯 쭉쭉 뻗어 있는 고요한 대나무 숲은 비가 와서 더욱 푸르다. 좁은 오솔길을 따라서 오르다 보니 한적한 길목에 법정 스님 글이 새겨져 있다.

'무소유란 아무 것도 갖지 않는 것이 아니라 불필요한 것을 갖지 않는 것이다.'

책에서 읽었을 때와 사뭇 다른 느낌으로 다가온다. 잠시 걸음을 멈춰서 마음 매무새를 다듬게 된다.

조금 더 올라가니 나지막한 불일암 입구에 '묵언'이라 쓰인 글귀가 눈에 들어온다. 마음이 경건해진다. 불일암 안으로 조금 걸어

들어가면 소박하고 조용한 두 채의 암자가 있다. 역시 '정진 중 묵언'이라 쓰여 있다. 불일암 한쪽에는 방문객을 위한 차가 소담하게 마련되어 있다. 차 한 잔을 들고 나이테가 오랜 세월을 말해 주는 나무 테이블에 앉았다. 스님의 책에 유난히 자주 등장하는 후박나무가 단출히 보인다. 군더더기를 누더기처럼 켜켜이 입고 사는 일상과 대비된다. 절로 마음이 고요해진다. 본연지성은 본디 고요한 물과 같다. 잔잔한 호수에 돌을 던지면 파문이 일듯 우리의 본성도 그렇다.

고전에서는 외적 자극이 없어 고요한 상태를 미발(未發)이라 한다. 반대로 외적 자극에 대한 반응으로 작용을 일으킨 상태를 이발(已發)이라 한다. 스스로 고요한 것에 외적 자극이 주어지면 반응을 일으키면서 탁해진다. 마음이 소란하고 우왕좌왕하는 것은 외적 자극이 넘치기 때문이다. 본질에 필요한 것인지 불필요한 것인지 생각 없이 살아왔다. 무분별한 욕망이다.

도연명의 시를 이어서 읽는다. 절창으로 꼽는 7, 8구는 이렇다.

> 너른 들엔 먼 바람이 엇갈려 불고 좋은 싹은 새 기운을 머금었구나.
>
> 平疇交遠風 良苗亦懷新.

너른 들판에는 바람이 엇갈려 불어오고 새 기운을 머금은 새싹들은 파도처럼 일렁인다. 바라보고만 있어도 생명력이 넘쳐흐른다. 농부는 싹을 잘 키우기 위해 땅을 갈고 잡풀을 뽑을 것이다.

바야흐로 3월이다. 걷기 좋은 계절이다. 사람이 걸어 다니는 길

[道]과 마음으로 따라야 할 길[道]은 음이 같다. 어린 싹이 땅 위로 올라오는 모습을 상형한 글자가 생(生)이다. 새싹에 새 기운이 가득한 양묘회신(良苗懷新) 3월의 봄 길을 걸어 보자. 심우도의 동자가 본성에 비유되는 소를 찾기 위해 길을 나서는 것과 같이 걷기는 행선(行禪)과 같다.

길을 걷다 보면 자신이 가야할 길이 조금씩 명확해진다. 내가 걸어가야 할 삶의 길을 방치해 뽀얗게 먼지 쌓인 길을 닦고 군더더기를 걷어내자. 군더더기는 산만함이며 휩쓸림이다. 마음이 고요해져야 길이 보인다. 자신이 걸어가야 할 마음의 길은 선택과 집중이다.

봄은 새로움을 리셋 하는 계절이다. 묵은해의 구습을 벗고 마음에 새 옷을 입자.

자신의 본연지성을 찾아 길을 떠나 보자. 자신의 길을 밝게 밝히자.

플랜 B(秘) 증후군

"인생은 계산대로 되는 게 아니다."

생전에 친정아버지가 자주 하시던 말씀이다. 옛말 틀린 것 없다더니 어릴 적에 부모님으로부터 무심코 들었던 말씀들이 나이가 들면서 고개가 끄덕여질 때가 많다. 옛사람의 지혜가 담긴 동양 고전을 펼치면 아버지가 들려주시던 말씀이 고스란히 담겨 있을 때가 있다. 인생만사가 내가 계획한 대로만 되는 것은 아니라는 것을 경험을 통해 알게 된 후로는 항상 반대편 상황을 동시에 고려하게 된다. 차선책을 세워 놓는 일이다.

일상에서 약속이 그렇다. 약속이야말로 계산대로 안 될 때가 있다. 내가 취소할 수도 있고 상대방이 취소할 수도 있다. 휴대 전화가 없던 시절에는 약속이 취소되면 한쪽에서 일방적으로 바람을 맞았지만 요즘은 미리 알 수 있기 때문에 차선책을 마련해 놓으면 톡톡히 제 몫을 한다. 나는 약속이 정해지면 동시에 플랜 B(秘)를 마련한다. 그렇게 하면 상대로 인해 약속이 취소될 경우 약속을 위해 마련해 둔 시간을 나 나름대로 유용하게 활용할 수가 있다. 약속이 성사되어도 좋고 취소되어도 좋다.

내 삶의 참맛은 '혼자', '은밀함', '소소함'에 있다. 약속이 취소되면 마치 그 시간은 가외의 시간처럼 공짜로 얻은 기분이다. 휴식 보너스를 받은 것 같다고 할까. 시간 강박증에서 벗어나 맘껏 자유를 누릴 수가 있다. 평소 짬을 내서 할 수 없었던 일들을 즐긴다.

플랜 B(秘)는 사적인 비밀이다. 나 혼자만의 은밀한 시간이다. 꿈에 그리던 시간들을 혼자 보내며 마음껏 몰입한다. 나는 그 비밀스런 시간과 공간을 사랑한다. 비밀이 갖는 묘한 매력이다.

다음은 황병승 시인의 글이다.

> 비밀은 자신에게 드리는 예배다. 말하지 않고 비워 둠으로써 가득 차오르는 것이다. 하루 종일 빗줄기의 개수를 세거나 떠가는 구름의 방랑을 응시하는 일이다. 당신 말고는 아무것도 바라보지 않는 눈을 갖게 되는 일처럼 사소하지만 근사한 비밀이 있을까. 우리가 우리 자신

을 사랑하는 만큼 더 많은 비밀을 간직해야 한다.

"그 느낌 아니까!"

약속이 취소되었을 때 속으로 '야호!' 할 때가 있다. 서울에서는 발품만 팔면 큰 돈을 들이지 않고도 근사한 곳에서 마음의 고급 유희를 즐길 수 있다. 나는 여러 곳을 가볍게 훑어보기보다는 한 곳을 온전히 담는 것이 좋다. 내가 좋아하는 시내 한 박물관은 평일에 가면 인적이 드문 데다 찾아오는 방문객도 대부분 혼자 와서 조용히 감상한다. 나도 따라서 천천히 돌아보다가 외국인 관광객과 눈이 마주치면 가볍게 눈웃음으로 인사하기도 한다. 드문드문 놓인 의자에 앉아서 사방을 찬찬히 둘러보면 그 격조 있고 은은한 공간이 고맙다. 루브르 박물관이 부럽지 않다.

다리도 쉴 겸 마음속에 간직해 놓은 카페를 찾아가기도 한다. 휴식의 디저트다. 차를 마시며 옛 청언집을 읽다가 갖고 싶은 문장을 수첩에 적는다. 옛글을 읽다 보면 유구한 역사를 지나왔는데도 어쩌면 삶의 모습이 예나 지금이나 이렇게 똑같을까 할 때가 많다. 누렇게 바랜 책 한 권에 든 내용이 모조리 나에게 신선하게 말을 건다. 그때마다 속으로 '맞아, 맞아.' 하며 응수한다.

혼자서 누리는 은밀한 공간이라서 거창할 필요도 없다. 널리 알려진 공간이라도 내가 자주 간다는 말을 입 밖에 내지 않으면 사적인 공간이 된다. 내가 좋아하는 공간에서 혼자만의 시간을 가질 때마다 호사하는 기분이다. 약속이 취소될 때마다 누리는 전화위복이다. 앞으로도 많은 약속들이 취소되어도 좋다.

갓끈과 영수증

춘추 시대 초나라 장왕이 반란군을 물리치고 도성으로 돌아와 부하들을 위해 잔치를 벌였다. 왕과 부하들이 밤늦도록 연회를 즐기던 도중 갑자기 광풍이 불어와 촛불이 꺼지고 말았다. 그때 왕이 총애하던 하희(夏姬)라는 궁녀의 비명이 들려왔다.

"전하, 지금 어둠을 틈타 누군가 저를 희롱하였습니다. 그 주인의 갓끈을 끊어서 쥐고 있사오니 어서 촛불을 밝혀 범인을 밝혀 주십시오."

그러자 장왕은 "지금 이 자리에 있는 모든 이는 갓을 벗고 갓끈을 끊으라. 만약 갓끈이 끊어지지 않은 자는 연회를 제대로 즐기지 않은 것으로 간주하겠다!"라고 명령을 내렸다. 부하들은 일제히 어둠 속에서 갓끈을 끊었고 나중에 촛불이 밝혀진 후에도 누가 범인인지 알 수 없었다. 3년 후 초나라는 진나라와 전쟁을 벌이게 되었는데 한 병사의 목숨을 건 싸움 덕분에 전쟁에서 승리할 수 있었다. 그가 누구인지 수소문해 본 결과, 예전에 장왕이 구해 준 갓끈의 주인인 당교라는 장수였다.

몇 해 전 연말에 남편 혼자 지방으로 1박 2일 동창 모임에 갔을 때다. 나는 저녁이 되기만을 기다렸다가 어둠이 내리자 자유 부인의 기분도 만끽할 겸 크로스백을 메고 시내 백화점 본점 거리로 여유롭게 시찰을 나갔다. 연말이라서 시내 밤거리는 초롱초롱한 불빛들로 화려했고 길가는 연말 분위기를 즐기려는 사람들로 가득

차 있었다. 축제 속에 일원으로 끼었다는 기분에 사람들 표정이 매우 들떠 있었다.

백화점에 들어가 여러 매장을 차례로 둘러보다가 '패션의 완성은 가방이지?' 하는 생각이 들어서 럭셔리 가방 매장으로 들어갔다. 전시되어 있는 가방들을 천천히 둘러보다가 눈길이 머문 가방을 가리키면서 "이 가방 얼마예요?" 하고 물었다. 예상대로 조금 비싼 가격에 표정 관리를 하며 잠시 생각에 잠겼다. '너무 비싼 거 아니야? 그래도 한 해를 잘 살아온 나에게 이 정도 선물은 해야 하는 거 아니야?' 하며 복잡한 생각이 오고 갔다.

나는 나를 사랑하기로 했다. "이 가방으로 주세요." 하고 태연하게 카드 할부 결제를 했다. 가방을 사고 나니까 더 이상 시내에 머물고 싶다는 생각이 들지 않았다. 설레는 가슴을 안고 집에 돌아와 옷도 갈아입지 않은 채 안방 거울 앞에서 가방을 들어 봤다. 여러 포즈로 들어 봐도 마음에 들었다. 남편에게 비밀로 하고 싶어서 새로 산 가방을 옷장 깊숙이 숨겨 두고 영수증은 신문 정리함에 던져두었다. 그리고 한동안 가방을 새로 샀다는 사실을 까맣게 잊고 지냈다.

어느 날 낮에 청소기를 돌리는데 신문 정리함 안에 쌓인 신문들 틈새로 하얀 영수증 한 장이 삐죽이 나와 있었다. '무슨 영수증이지?' 하고 무심히 꺼내 보니까 어머나, 바로 내가 연말에 산 가방 영수증이었다. 갑자기 생각이 복잡해졌다. '혹시 남편이 본 거 아니야?' 하면서 그간에 남편이 나를 대했던 태도들을 짚어 봤다. 나는 이 불확실한 상황을 확인하고 싶어서 남편 회사로 전화를 걸었다.

"어, 난데…… 점심 먹었어?" 하며 이런저런 이야기를 빙빙 돌려 가면서 남편의 심중을 떠 봤다. 남편은 평상시대로 무덤덤했다. 확실히 모르는 눈치였다. 안심을 하고 남편과 외출할 때만 피해서 새로 산 가방을 즐겨 들고 다녔다.

몇 개월이 지나서 저녁을 먹다가 남편이 갑자기 나에게 물었다.

"당신, 그 가방은 왜 안 들어?"

뜬금없는 질문에 나는 "무슨 가방?" 하고 물었다.

"연말에 백화점에서 새로 산 가방 말이야."

나는 가방을 새로 샀다는 것조차 잊고 있다가 전혀 예상치 못한 물음에 깜짝 놀랐다. 나는 겸연쩍게 웃으며 "당신…… 영수증 봤어?" 했더니 남편은 덧붙여서 "가방 사고 나서 식탁 위에 올라오는 반찬이 일식 일찬 수준이더군." 했다. 일식 일찬이라는 말에 나는 배를 잡고 깔깔대고 웃었다. 그 후 나는 남편을 추궁하고 싶은 일이 생길 때면 그 일이 떠올라서 그만두게 된다.

연세 높은 분들이 간혹 친구를 두고 30년 지기니 40년 지기니 말씀할 때 인격이 훌륭한 사람들이라는 생각을 한다. 긴 세월 동안 인연을 이어 오면서 서로가 한 번도 서운하거나 실수를 한 적이 없었을까. 상대방의 실수에 대한 용서, 관용, 무조건적인 신뢰야말로 인연을 오래 지키는 길이 아닐까.

어떤 우공이산

일주일에 한 번씩 외부 기관에서 동양 고전을 배우고 있다. 동양 고전은 심리학이라는 생각이 든다. 몸을 움직이게 하는 것은 마음이고, 그 마음의 실체를 연구하는 학문이 동양 고전이다. 완력이나 폭력, 힘을 쓰지 않고 마음을 얻어서 스스로 몸을 움직이게 하는 마음 해부학 말이다.

『논어』 헌문편(憲問篇)의 "현명한 사람은 세상을 피하고, 그 다음은 땅을 피하고, 그 다음은 얼굴빛을 (보고서) 피하고, 그 다음은 말을 (들어 보고서) 피한다(賢者 辟世, 其次 辟地, 其次 辟色, 其次 辟言)."는 대목이 재미있다. 현명한 사람은 어지러운 세상을 만났을 때 세상을 피하고, 그 다음 수준의 사람은 어지러운 장소만 피하며, 그 다음 수준의 사람은 얼굴빛을 보고 피하며, 그 다음 수준의 사람은 그의 말을 들어 본 뒤에 위험함을 알아차리고 피한다는 뜻이다.

나는 이 대목을 배우면서 우공이산(愚公移山)의 고사성어가 떠올랐다. 우공이 산을 옮긴다는 뜻으로 한 가지 일을 꾸준히 해 나가면 언젠가는 목적을 달성하게 된다는 뜻이다. 그렇지만 세상에는 우공과 같이 정면 돌파할 것이 있고 헌문편같이 피해 가는 게 이로운 것이 있다.

일전에 한 동양 고전 연구회 모임에 다녀왔다. 동양 고전을 연구하는 교수와 제자들로 구성된 15명 남짓한 모임이다. 보통 아랫사람을 보면 윗사람을 가늠할 수가 있다. 서너 명의 교수와 함께 연구 활동을 하는 제자들의 면면이 재기 발랄하고 사제 간 의사소통이 유연했다. 편안한 분위기 속에서 시종 화기애애하게 이야기꽃이 피어났다. 제자들이 그간의 연구 활동을 이야기하는 동안 교수는 편안히 듣기만 했다. 가벼운 일상을 이야기할 때 제자들은 유쾌하게 웃었고 때때로 교수님과 농담까지 스스럼없이 주고받았다. 가끔은 교수가 제자들보다 어린 느낌이 들 정도였다. 제자들은 교수님을 무척 친근감 있게 따랐고 교수는 제자들을 아끼는 마음이 진실하게 느껴졌다.

3시간 정도 모임을 지켜보면서 연구회를 이끌고 있는 교수가 덕이 재주를 이긴 스승이라는 느낌을 받았다. 옛글에 보면 덕이 재주보다 뛰어난 것을 군자라 이르고, 재주가 덕보다 뛰어난 것을 소인이라 이른다(德勝才 謂之君子, 才勝德 謂之小人)고 한다. 재주가 무르익어야 비로소 덕이 된다. 연구회 수장인 교수는 학식의 풍부함은 말할 것도 없거니와 인품이 훌륭하게 느껴졌다. 덕으로서 제자들의 신망을 얻은 교수라는 생각이 들었다. 모임에서는 교수의 존재감이 별로 안 느껴졌다. 덕장의 무위이치(無爲而治)에 가깝다.

한편 또 다른 조직을 관찰해 보면 그 구성원들이 매우 경직되어 있는 모습을 볼 때가 있다. 조직 분위기는 수장의 분위기일 때가 많다. 권위 있는 부모와 권위적인 부모 아래서 자란 아이는 자발성이 다르다. 조직이나 개인의 발전은 자발적 헌신이 좌우한다. 그 중심에 수장이다. 덕이 있는 수장은 머리로 배운 차가운 지식이 가슴으로 내려와 따뜻한 덕이 쌓인 사람이다. 덕은 인간에 대한 존중이다. 덕장은 분위기를 유연하게 하고 용장은 경직되게 한다. 경직된 조직에서는 조직원들이 타율적이다. 상부 지시만 따른다. 조직은 현상 유지하고 개인은 퇴보한다.

덕장 아래 있어야 할 사람이 용장 아래 있다면 우공과 같이 고전하는 어리석음 대신에 『논어』 현문편처럼 용장을 피(辟)해서 덕장에게 가서 배우면 어떨까. 덕장은 정말 외롭지 않겠다. 덕필유린(德必有隣)이다.

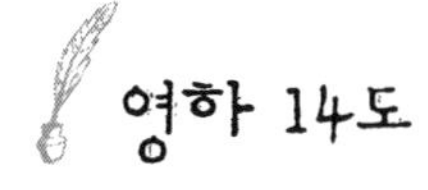

영하 14도

『논어』에 보면 '人不知而不溫 不亦君子乎'라는 내용이 나온다. '남이 나를 알아주지 아니해도 화가 나지 아니하니 또한 군자답지 아니한가.'라는 뜻이다. 남이 나를 알아주지 않아도 화가 나지 않는 것은 그가 이미 군자의 덕목을 갖추었기 때문이다. 소인이면 발끈해서 역정을 내기가 쉽다.

사람의 수양 정도를 알기 위해서는 그가 얼마나 따뜻한 사람인지, 다른 사람을 대하는 태도가 얼마나 겸손한지를 보면 된다. 따뜻함과 겸손함이야말로 다른 여러 외적 조건을 충분히 훈습한 후에야 비로소 스며드는 덕목이기 때문이다. 자신이 의도적으로 노력하지 않아도 자연스럽게 배어난다. 옛말에 곳간에서 인심 난나고 한다. 자신이 넉넉하게 채워져 있으면 마음에 여유가 생긴다. 타인에게 후하다.

한국인의 '마음의 온도'가 평균 영하 14도라는 조사 결과가 나왔다. 영하 14도면 우리나라 겨울 중 소한 추위쯤 된다. 일 년 중 가장 추운 시기다. 단군 이래로 최고의 물질적인 풍요 속에서 각종 문화와 여행 등 럭셔리한 여가를 즐기는데 왜 한국인의 '마음의 온도'가 소한의 강추위일까.

여러 가지로 생각해 볼 수 있겠는데 그중 하나는 현실과 욕망의 괴리다. 우리는 너무나 큰 꿈, 원대한 포부에 짓눌려서 살아왔다. 현실은 여기인데 꿈꾸는 욕망은 자취가 안 보일 정도다.

입버릇처럼 듣고 자란 '남 보란 듯이 잘 살아 보자.'는 말에는 남에게 잘 보이려는 나를 신경 쓰는 상대적 비교 심리가 잠재되어 있다. 그 욕망은 만족 지점이 없다. 남들이 부러워할 만한 넓은 평수의 집에서 살고, 고급 승용차를 타고 다니며, 일 년에 몇 번씩 해외로 고급 여행을 다녀도 다른 사람을 대하는 태도가 냉랭하다. 마음이 늘 배고프고 춥기 때문이다. 내 배가 부르고 생활이 진심으로 만족스러우면 마음이 차가우려야 차가울 수가 없다.

마음의 온도를 높이기 위해서는 어떻게 해야 할까. 외적인 조건을 채우면서 마음의 양식도 함께 채워 가야 한다. 마음의 양식이 부실하면 로또에 당첨되어도 마음의 온도가 높아질 수 없다. 마음의 양식은 무엇일까. 만족이다. 자족의 겸손이다. 초가삼간에 살아도 자족하는 사람은 크게 부러움이 없다.

성숙해 간다는 것은 세상과 인간의 가치를 바라보는 시각과 관점을 조율해 가는 것이 아닐까. 마음을 고르는 것이다.

대입 시험에 합격하면 취업을 대비해서 시험 문제를 풀고, 기업에 들어가면 월급을 모아서 자동차 배기량을 더 올리고 더 멋진 집을 사는 구상을 계속한다. 목표치에 도달하면 그 순간 행복을 맛본 후에 곧바로 더 큰 배기량, 더 멋진 집을 계획한다. 늘 목표치를 키워가니 일상이 헉헉이다. 언제쯤이면 '이만하면 됐다.'고 할 수 있을까.

행복의 3요소는 '3知'에 있다고 한다. 지족(知足), 지분(知分), 지지(知止)다. 어느 정도 선에서 만족하고 멈출 줄 아는 것이다. 인생의 행복은 내가 다른 사람보다 더 높은 데 있는 게 아니라 만족하는 데 있다. 만족은 수치 개념이 아니라 마음의 영역이다. 남과 비교해서 절대적 우위를 점하는 것은 끝이 없다. 대신 나는 마음의 만족을 위해서 숨은 행복 찾기를 하기로 했다. 일상에 숨어 있는 행복을 발견하도록 늘 깨어 있기로 했다. 사소한 데서 거창한 의미를 찾고 시시한 데서 크게 감사할 수 있는 나의 비방이 동양 고전에 있다.

『논어』에 '무원려(無遠慮)면 필유근우(必有近憂)'라는 말이 나온다. 사람에게 먼 헤아림이 없으면 반드시 가까운 근심이 있다는 뜻이다. 먼 장래를 헤아려서 인생의 근본적인 문제와 본질적인 가치를 헤아리다 보면 눈앞에서 당장 일어나는 수많은 문제들이 절로 가벼워진다. 먼 근심(遠慮)을 생각하면 가까운 근심은 근심거리가 아니다. 원려를 헤아려 보면 지금 가진 것이 소중하게 다가온다. 욕망으로 차갑던 마음이 만족으로 따뜻해진다.

기질 다듬기

새해가 되면 사람들은 새해 계획을 한두 가지쯤 정한다. 남자는 담배를 끊거나 여자는 다이어트를 결심한다. 단순히 그것만은 아닐 것이다. 살아가면서 인간은 본질적으로 좀 더 나은 인간이 되기를 꿈꾼다.

우리가 잘 알고 있는 율곡(1536~1584)은 조선조 유학의 거장이자 교육 사상가다. 율곡은 유학의 보편적 기준에 따라 성인(聖人)이라는 이상적 인간상을 실천하려고 하였다. 율곡은 그의 저서 『격몽요결』에서 학문에 대한 자신의 견해를 이렇게 밝혔다.

"사람이 세상에 태어나서 학문을 하지 않으면 사람이 될 수 없다. 교육이란 일상사와 별개의 것이 아니다. 부모의 자식 사랑, 자식의 효도, 신하의 충성, 부부의 상호 공경과 역할 분담, 형제 사이의 우애, 젊은이의 어른 공경, 친구 사이의 신의 등 모든 일상생활에서 마땅한 본분을 다하는 것이다."

교육은 단지 일상생활 그 자체를 얼마나 바르게 살아가느냐에 있다. 율곡은 인간을 변화시켜 합리적인 삶을 연출하고자 했다. 학문의 전제로 인간의 변화 가능성을 발견한 것이다. 율곡의 교기질론(橋氣質論)이 여기서 탄생한다. 기질을 교정해 간다는 것은 바로 인성을 다듬어 가는 것이다. 태도와 됨됨이를 교정해 가는 것이다.

우리는 과거 이래로 가장 풍요로운 시대에 살고 있다. 자타 공인 한강의 기적이라 불릴 만큼 단기간에 눈부신 경제 성장을 이룩한 덕분이다. 얼마 전까지도 "부자 되세요."라는 덕담이 단골로 통했던 것을 보면 가난에 대한 한이 뿌리 깊었던 것 같다. 덕분에 OECD 회원국 중 1인당 국민 소득(GNP)은 상위를 랭크하고 있다. IT 기술의 발달로 인터넷 속도는 지상과 지하에서 우리나라만큼 빠른 나라가 드물다고 한다.

반면 개인의 행복 지수는 어떨까? 얼마 전 서양의 한 저명한 학자가 우리나라를 방문했다. 그는 "한국은 정말 잘사는 나라인데 사람들 표정이 전혀 행복한 것 같지 않다."고 했다.

일찍이 율곡은 교육이란 오직 일상생활에서 마땅한 본분을 다하는 것이라고 했다. 2014년 세월호 참사를 비롯해 새해에도 연이어 발생하는 사건 사고의 원인은 여러 가지로 생각해 볼 수 있겠다. 그중에서 성과와 결과만을 중시한 나머지 바른 절차와 인간적 덕목을 간과한 데 대한 부작용이 크다. 바로 일상생활에 마땅한 본분을 가볍게 치부한 결과다.

오늘날 우리가 경제 대국을 이루고도 그만큼 행복하지 않은 것은 인간이 목적적 존재가 아니라 수단적 존재로 살아가기 때문이다. 인간 중심이 아닌 물질과 욕망이 중심이 된 사회에 살고 있다. 인간이 물질과 욕망에 짓밟히는 것이다. 이제 인간성을 회복하고 인간의 자리를 되찾아야 할 필요가 있다. 고전에서 말하는 성인이나 군자는 오늘날 교양인이나 건전한 인격의 소유자로 이해할 수 있다. 즉 성숙한 시민 의식을 가진 건강한 사람을 말한다.

율곡은 그러한 교양인으로 변화되는 핵심적인 방법을 극기(克己)에 두었다. 즉 개인의 사사로운 욕심을 스스로 극복하는 것이다.

이 사사로운 욕심에는 세 가지가 있다. 첫째는 성격이 편벽된 것이고, 둘째는 감각적 욕망에 따라 행동하는 것이며, 셋째는 인간관계의 시기와 질투다. 인간은 욕망의 동물이다. 개인의 성격과 감각적인 욕망, 그리고 사회적 관계에 있어서 사욕을 완전히 버리는 것은 불가능하다. 율곡은 자기에게 사사로운 욕심이 있는 것을 깨달아 스스로 이겨내야 한다고 강조한다. 이것은 『논어』의 극기복례(克己復禮)와도 연결된다. 즉 '예가 아니면 보지 말고, 예가 아니면 듣지 말며, 예가 아니면 말하지 말고, 예가 아니면 행동하지 말라.'는 것이다.

이제 우리는 감성적 소통과 문화의 시대에 살고 있다. 과거 어느 때보다 인간관계가 중시되는 시대다. 그 중심에 예(禮)가 있다. 아무리 재주가 뛰어나도 예가 바르지 않으면 재주는 오래가지 못한다. 인간관계에서도 마찬가지다. 돈독한 인간관계가 오래 가기 위해서는 예의가 지켜져야 한다. 나아가 조직이나 사회, 그리고 국가도 마찬가지다. 고품격 예는 기질을 변화시킴으로써 다듬어진 인성에서 우러나오는 것이다. 사람 됨됨이의 완성은 예로 표현된다.

틀과 반전

"형사를 보면 형사 같고, 검사를 보면 검사 같아 보이는 사람들은 모두 노동 때문에 망가진 사람이다. 뭘 하고 사는지 도대체 감이 안 와야 그 인간이 온전한 인간이다."

김훈 작가의 이 말은 다시 생각해 보면 직업과 이미지 간의 어떤 밀접한 관계를 말해 준다. 직업이 주는 전형적인 이미지는 누구를 만났을 때 그가 하는 일을 가늠하게 한다. 한 분야에 오랫동안 몸담아 오면서 자신의 일이 몸과 마음에 젖어든 경우일수록 한눈에 그의 직업을 맞추게 된다. 여기에 보는 이의 연륜과 경륜이 더해지면 그의 성품까지도 추측하게 된다. 반은 관상쟁이가 된다.

여러 사람에게 가치를 전달하는 일을 하는 경우 그에게 느껴지는 전형적인 이미지는 신뢰와 존경심을 일으킨다. 그가 하는 일과 그에게 느껴지는 전형적인 이미지 간에 싱크로율이 높을수록 설득력이 높다. 우리는 그의 메시지에 몰입하고 대체로 그가 전달하는 내용을 거부감 없이 수용한다. 학교 공부를 오래 하다 보니 다른 직업군에 비해서 선생님들의 전형적인 이미지가 두드러진다. 옷차림은 무채색으로 단정하고, 표정은 감정에 변화 없이 건조하며, 친밀감은 딱 필요한 만큼이다. 매사에 흐트러짐이 없고 교과서적이다.

대학원 1학기에 전형적인 여교수 이미지에 반전을 일으키는 분을 만났다. 김훈 작가 표현대로라면 노동 때문에 망가지지 않은 온전한 인간을 만난 셈이다. 배우 이영애를 능가하는 피부 미인인 신 교수님은 일단 옷 색깔부터 화려하다. 어떤 날은 빨간색 트렌치코트에 화이트 원피스를 입고 비즈 장식이 달린 하이힐을 신고 오신다. 때로 길게 늘어뜨린 스카프를 하고 속눈썹을 붙이고 나타나실 때도 있다. 귀걸이와 목걸이, 반지와 같은 화려한 액세서리를 자주 하신다. 강의 중에 '너무너무'라는 부사를 자주 사용하시는 걸로 봐서 배움에 의욕적이고 매사 감수성이 풍부한 분인 듯하다. 수업하시다가 종종 학습 내용과 연관성 있는 사적인 이야기를 끌어올 때마다 학생들과 친밀감도 자연히 높아진다. 대학원 학기 중에 각종 시험을 보게 되는 학생마다 예쁜 메모지에 응원 메시지를 적어서 초콜릿을 선물하는 분이다.

우리는 살아가면서 성별, 결혼, 사회적 위치에 따라서 여러 역할과 본분의 당사자가 된다. 수업을 통해서 여러 학생들이 신 교수님께 느끼는 소감은 교수자를 떠나 일상인으로서 조화로운 삶을 산다는 점이다. 신 교수님의 경우 여성으로서, 며느리로서, 아내로서, 엄마로서 자신의 본분에 두루 소홀함이 없다. 그런 점 때문에 교수자라는 전형적인 이미지에 얽매임이 없고 그것이 학생들에게 파격적인 센세이션을 불러일으킨다. 나는 신 교수님을 뵐 때마다 참 사랑스럽다는 느낌을 받았다.

직업이 주는 이미지에 고착하다 보면 사고 역시 그 틀에 갇혀서 자칫 옹색하고 고집스러우며 답답하기 쉽다. 고착된 이미지는 어찌 보면 개인의 의사보다는 사회적으로 학습되고 길들여진 것일 수도 있다. 관례나 집단적인 이미지에 개인의 개성이 매몰된 것은 아닐까.

물론 조직 사회에서 개인을 지나치게 주장하면 공동의 목표를 향한 항해에 어려움이 있을 수도 있다. 그렇다면 최소한 마인드만은 유연하게 지녔으면 좋겠다. 공과 사를 구분하고 공적인 상황을 벗어나서만큼은 인간의 온전함을 되찾았으면 좋겠다. 여자의 변신만 무죄가 아니라 인간의 변신은 무죄다. 늘 틀에 박힌 모습보다는 파격과 반전 있는 사람이 훨씬 매력적이다. 인간적이기 때문이다.

때와 장소, 그리고 경우에 따라서 격식을 좀 깨기를 바란다. 옷차림이나 헤어스타일만 평소 틀에서 바꿔도 반전 이미지에 큰 효과를 볼 수 있다. 도대체 뭘 하고 사는지 감이 안 와야 온전한 인간이라지 않은가. 최소한 노래방에서 가곡을 부르거나 가요마저 가곡화해서 부르는 일은 없었으면 좋겠다.

감성 순환

하야시 나리유키의『일머리 단련법』을 읽는다. '감동을 잘하면 기억력도 좋아지고, 독창적이고 참신한 생각도 잘 떠오른다. 감동은 뇌의 주요 활성 요인이다. 감동을 잘하는 것도 실은 대단한 재능이라 할 수 있다.'는 대목을 읽으니 문득 생각나는 사람이 있다.

서울 어느 대학에 근무하는 장 조교와는 그 대학에 문의할 일이 있어서 몇 번 전화를 했다가 친해지게 되었다. 문의한 내용에 답변을 해 줄 때마다 전화를 받는 태도가 무척 인상적이었다. 한결같이 겸손하고 밝은 목소리로 자세히 설명해 주었다.

우연한 기회에 나는 그 학교에 볼 일이 있어서 방문했다가 장 조교가 떠올라 근무하는 사무실로 찾아갔다. 통화를 할 때마다 나를 감동하게 만드는 장 조교가 어떤 분일까 무척 궁금했다. 노크를 하고 사무실에 들어서자 햇님처럼 동그란 얼굴에 천진한 미소를 띤 젊은 여성이 반갑게 인사를 한다. 첫눈에 장 조교를 알아봤다. 인상이 만화 주인공 캔디를 닮았다. 내가 상상했던 이미지와 싱크로율 100%다. 마침 사무실에는 장 조교 혼자 있었기 때문에 잠시 차를 마시며 편하게 이야기를 나눌 수 있었다. 장 조교는 누구와 이야기를 나눌 때마다 고개를 끄덕이며 공감을 잘하는 편인 것 같았다. 이후에도 간혹 장 조교와 만나 차를 마실 때가 있는데 그때마다 공감 어린 대화가 잘 된다. 어떤 이야기를 나눌 때는 약간 눈물을 글썽이기도 한다.

반면 빼어난 경관을 봐도 무덤덤하고 아름다운 선율의 음악을 들어도 무감각한 이가 있다. 포커페이스에 포커마인드다. 『일머리 단련법』을 쓴 뇌신경외과 의사인 하야시 나리유키에 의하면 뇌의 생각하는 힘은 도파민에 의해 활성화된다고 한다. 도파민은 성격이 밝은 사람에게서 더 많이 분비되며 그와 관련해서 긍정적인 사람이 일의 효율성과 생산성도 높다고 한다. 긍정적인 사람이 감동을 잘하고, 감동을 잘하면 기억력과 독창성, 참신성에서 유리하기 때문에 감성의 선순환이다.

감동의 힘은 어디서 올까. 나는 불교의 가르침인 무념무상(無念無想)에서 온다고 생각한다. 생각은 깊어야 할 것이 있고 가볍게 흘려보내야 할 것이 있다. 사려와 성찰은 깊어야겠지만 잡념이나 상념은 비워야 한다. 우리가 미혹되는 생각의 대부분은 상념과 잡념이다. 사려와 성찰이 식물성이라면 상념과 잡념은 동물성이다. 사려와 성찰이 깊어지면 오히려 마음은 가벼워진다. 상념과 잡념이 깊어지면 뇌 속에 딱딱하게 굳어져서 생각의 통로를 막는다. 그것은 마음이 빚어낸 무형의 실체다. 불필요한 생각들이 뇌관을 막으면 감동이나 긍정적인 자극이 들어와도 순환하지 못한다. 이 상황에서 저 상황의 찌꺼기들이 기어 올라오니 감동의 틈이 막힌다. 새로운 것이 다가와도 마음에 들어올 수 없다. 불행 중 다행으로 오랜 시간이 흘러 고체화되었던 잡념들이 스스로 퇴화하면 그제야 예전 감동의 자취를 추억하며 안타까워한다.

실내에 환기는 나쁜 공기를 내보내고 신선한 공기가 들어오는 것이다. 우리 몸과 마음에도 환기가 필요하다. 몸속에 나쁜 콜레스테롤이 적어서 혈액 순환이 잘 되어야 건강에 좋은 것처럼 마음에 상념과 잡념도 적어야 감성 순환이 잘 된다. 잡념이 없는 어린 아이들을 지켜보면 공감과 감동을 잘한다. 어린아이들은 동물적 본능으로 아예 상념과 잡념은 받아들이지조차 않는다. 어린아이처럼 생각이 간결해야 정확한 판단력도 생기고 새로운 발상도 피어난다. 몸의 혈액 순환을 위해 식이 요법이 필요하듯이 마음의 감성 순환을 위해서도 마음 요법이 필요하다. 선별의 지혜가 필요하다.

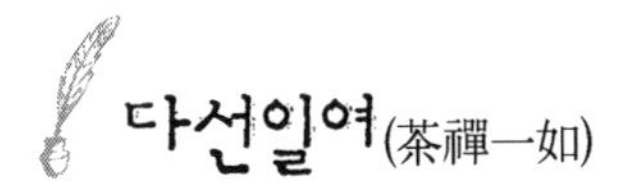

다선일여(茶禪一如)

초의(草衣, 1786~1866)는 조선 후기 대선사(大禪師)로 우리나라 다도(茶道)를 정립한 다성(茶聖)이다. 스님의 속성(俗姓)은 장씨(張氏)이고 법명은 의순(意洵)이다. 호는 초의(草衣)이며 자는 중부(中孚)이다.

스님의 호인 '초의'는 그의 스승인 완호 스님이 지어 준 이름이다. 이태백의 '태백호승가서(太白胡僧歌序)'의 한 대목에서 취했다. 태백산 중봉 꼭대기에 '풀잎으로 만든 옷[草衣]'을 해 입고 항상 '능가경(楞伽經)'을 지니고 다니며 청정하고 초연한 삶을 사는 신비의 호승(胡僧)이 있었다. 완호는 초의의 순박하고 과묵한 성품을 보고 태백 호승과 같이 세속을 떠나 우직하고 질박한 공부를 바랐던 듯하다.

초의 스님의 자인 '중부(中孚)'는 다산 정약용이 지어 준 이름이다. 초의는 다산이 강진 유배 시절에 다산을 스승으로 섬기며 그 아래서 『주역』과 『논어』 등 유학 경서를 읽고 실학 정신을 계승하며 차 만드는 법을 배웠다. 중부는 『주역』의 괘 이름으로 신의, 즉 믿음을 뜻한다. 신실하다는 의미의 의순(意洵)이라는 초의의 법명과도 부합한다.

또한 중부는 이백의 시에 나오는 승려 이름이기도 하다. 이 승려는 이백에게 옥천산(玉泉山) 종유 동굴에서 나는 찻잎을 말려서 차를 만들어 선물한 적이 있다. 이 차는 효험이 매우 뛰어나서 나이 팔십에도 젊은이의 혈색을 유지하게 만든다고 한다. 중부라는 호는 초의의 덕성과 아울러 후에 전다박사(煎茶博士)라고 불린 그의 호칭과도 걸맞게 되었다.

초의는 나중에 승려를 위한 다도 교육서인 『다신전(茶神傳)』을 내놓는다. 중국 명나라 때 생활백과사전인 『만보전서(萬寶全書)』에서 차 부분만 베껴 묶었다. 이 책은 차를 만드는 제다법과 함께 다신(茶神), 즉 차의 신을 통한 깨달음을 담았다. 초의가 말하는 다도는 차와 물과 불의 조합으로 다신을 불러내는 깨달음의 경지다.

『다신전』에 의하면 차는 물의 신(神)이요, 물은 차의 체(體)다. 차가 정신이면 물은 육체라는 뜻이다. 진수(眞水)가 아니고는 그 신(神)을 드러내지 못하고, 정제된 차가 아니면 그 체를 엿보지 못한다고 했다. 우리 삶에 비추어 본다면 정신과 육체의 조화를 뜻한다. 좋은 물이 아니면 다신을 불러올 수 없고, 물이 아무리 좋아도 제대로 만든 차가 아니면 그 물맛을 알 수 없다. 그러므로 다신은 한쪽에 치우침 없이 바르게 조화를 이룰 때 비로소 나타난다. 『다신전』에서 이 대목을 간추려 본다.

> 알맞게 끓인 물을 떠서 먼저 다호(茶壺)에 조금만 붓는다. 탕으로 냉기를 제거하고 따라낸 뒤에 찻잎을 넣는다. 이때 찻잎이 많으면 맛이 쓰고 물이 많으면 맛이 엷으니 중정(中正)을 잃으면 안 된다. 조금 기다려서 차와 물이 중화(中和)를 이룬 뒤에 마신다.

초의는 중정과 중화를 통해 다신과 만나는 과정을 다도(茶道)로 보았다.

한편 초의는 그의 스승인 완호 대사를 위해 삼여탑을 건립한 다음 정조의 외동 사위인 홍현주(洪顯周)에게 비문의 명문(銘文)을 부탁하면서 자신이 만든 수제 차를 올린 바 있다. 홍현주는 그 이전부터 중국차를 즐겨 마셨는데 초의 차를 맛본 이후 우리 차의 효능과 역사, 다도에 대해 궁금증을 품게 되었다. 이에 대한 답례로 초의는 『동다송(東茶頌)』을 지었다. 동다(東茶), 즉 우리나라 차를 찬송한다는 뜻이다. 여기서 초의는 중국 육우의 『다경(茶經)』과 육정찬의 『속다경』, 그리고 왕상진의 『군방보(羣芳譜)』 등을 집약해 차의 역사와 효능, 성질과 제다법, 그리고 우리 차의 우수성을 노래했다.

초의는 『동다송』에서 다도에 대해 이렇게 말하고 있다.

> 체와 신이 조화를 이루어 중화를 얻고 건(健, 물)과 령(靈, 차)이 나란해져서 중정에 이르면 다도는 끝이 난다.

다산이 초의에게 지어준 '중부'라는 자의 뜻을 일깨워 준다.

『주역』에서 중부는 신의라고 했다. 이백이 중부라는 승려로부터 얻어 마신 차는 노인에게 기운을 불어넣어 동자(童子)의 상태로 되돌려 준다는 차였다. 따라서 '중부'라는 자는 몸과 마음의 중정과 중화를 내포한다. 외형과 내실의 조화다. 외형의 진수(眞水)와 내실의 차가 잘 맞물려야 한다. 외형과 내실의 조화와 균형이야말로 우리 삶에 최상의 덕목이다.

장원의 『다록(茶錄)』에는 이런 구절이 나온다.

> 차는 혼자 마시는 것을 신(神)이라 하고, 손님이 둘이면 승(勝)이요, 서넛이면 취(趣)이고, 대여섯이면 범(泛)이며, 일고여덟이면 시(施)라 한다.

초의는 『동다송』에서 구름과 달을 두 명의 손님으로 맞아 독[神]이 아닌 승(勝)으로 삼겠다(惟許白雲明月爲二客 道人座上此爲勝)고 했다.

구름과 달빛이 아름다운 시절이다. 중정의 다도를 헤아리며 차 한잔 해야겠다.

오리지널의 배신

나는 상대방의 말귀를 잘 못 알아들을 때가 많다. 특히 공식적인 지시 내용을 알릴 때 더욱 그렇다. 초등학교 때 담임선생님께서 개인적으로 지시 사항을 말씀하실 때 나는 선생님의 말씀을 이해하지 못할 때가 많았다.

지금도 마찬가지다. 대학원에서 공식적인 행사로 회의를 할 때 오고가는 말들을 잘 못 알아듣는다. 교수님께서 학생들에게 공통 과제에 대한 설명을 하실 때도 대번에 못 알아듣고 다른 학생이 풀어서 설명해 주면 그제야 알아듣는다.

전업주부 경력이 만 20년이 훌쩍 넘었는데 집안 살림 솜씨도 마찬가지다. 요리, 빨래, 청소, 정리 정돈이 도무지 늘지 않는다. 다른 사람이 30분이면 야무지게 해치우는 일을 나는 두 배, 세 배의 시간이 걸리고도 그만큼 못할 때가 많다.

남편은 집안일을 거의 안 한다. 하지만 내가 살림하는 모습이 답답하게 보일 때는 자기가 후딱 해치울 때가 있다. 가장 어려운 일 중에 하나가 다림질이다. 나는 다림질을 할 때마다 낑낑대는데 남편은 순식간에 세탁소 사장님 수준으로 다린다. 요리도 언제나 어렵고 번거롭다. 그래서 식사는 일식 일찬의 담백한 집밥이 최고라고 내세우며 간략히 준비한다.

그런데 내가 손에 익숙하고 자신 있는 요리가 두 가지 있다. 김밥과 잡채다. 그 두 가지는 내가 먹어 봐도 감탄스럽다. 특히 내가 만든 김밥은 글로벌 셰프가 만든 김밥이라도 자신 있다. 내 김밥을 먹어 본 사람이라면 누구든 언제나 엄지손가락을 치켜세운다.

어느 날 한 친구가 문자로 사진 한 장을 보내왔다. 카페에서 커피와 김밥으로 점심을 먹는 중이었나 보다. 그런데 김밥이 좀 특이해 보였다. 친구는 요즘 김밥이 아주 다양하다면서 김밥에 들어가는 속 재료들을 나열해 주었다.

나도 가끔 밖에서 김밥을 사 먹을 때가 있다. 메뉴판에는 다양한 김밥들이 있다. 새로운 것을 먹어 보면 그때마다 '그냥' 김밥이 가장 맛있다. 마치 자연 미인과 같다. 덧칠할수록 자연 미인이 가려지는 것 같다.

어릴 적 인상 깊게 먹었던 음식은 세월이 흘러도 기억에 또렷하다. 초등학교 소풍 때 엄마가 만들어 주신 김밥과 환타 맛을 아직도 잊지 못한다. 내가 만드는 김밥은 엄마가 싸 주신 김밥 그대로다. 시각적으로 멋을 내지도 않고 속 재료를 업그레이드하지도 않는다. 투박하고 수수하다. 지금도 내가 만든 김밥을 먹을 때마다 초등학교 시절 맛있게 먹었던 김밥이 생각난다.

외식을 안 좋아해서 요리가 안 느는 건지 모르겠지만 나는 사 먹는 밥을 별로 안 좋아한다. 친구를 만날 때마다 김밥을 만들어 간다. 미식가인 친구 윤지는 내 김밥을 먹을 때마다 향부터가 다르다고 감탄한다. 언제 어디서 먹어도 칠성급 호텔 음식보다 맛있다고 한다. 친구는 그게 바로 오리지널의 힘이라고 한다. 나도 평소 오리지널의 힘을 믿기 때문에 맞장구를 친다.

그런데 가을에 가요 한 곡을 들을 때마다 가차 없이 오리지널의 배신을 느낀다. 차중락이 부르는 '낙엽 따라 가버린 사랑'이다. 엘비스 프레슬리가 부른 'Anything That's Part Of You'의 원곡 느낌을 번안곡이 더 잘 살렸다. 가수 차중락은 원곡의 재료를 가지고 우리 계절 정서에 맞는 청출어람의 요리를 만들었다. 영화도 첫 편이 후속 편보다 낫고 노래도 원곡이 편곡보다 낫다. 아무리 흉내를 잘 내도 원석을 따르기는 어렵다. 그런데 차중락의 노래를 들을 때면 나의 오리지널 김밥이 슬슬 위협을 느낀다.

마중과 마중물

일주일 전에 처서(處暑)가 지났다. 한 해 24절기 중 14번째에 해당한다. 가을에 접어들었음을 알리는 입추(立秋)와 밤에 흰 이슬이 맺히기 시작한다는 백로(白露) 사이에 위치한다. 이맘때가 되면 릴케의 시 '가을날'을 읊조리게 된다. "주여, 때가 되었습니다. 여름은 참으로 위대했습니다. 당신의 그림자를 해시계 위에 드리워 주시고 들판에는 바람을 풀어 놓아 주소서."라고 말이다. 주께서 바람을 풀어 놓아 주셨는지 아침저녁으로 가을이 성큼성큼 다가오고 있다.

아직은 8월 하순이라서 낮 기온이 높아 여름과 가을이 중첩된 시기다. 오르막길에 비해 내리막길은 수고가 반감되듯이 여름이 지나면 한 해가 수월하게 지나간다. 우물쭈물하다가 가을을 놓친 적이 한두 번 있은 후로 이맘때가 되면 미리미리 가을을 맞을 마음 채비를 한다. 성급한 가로수에는 벌써 한둘 잎사귀에 단풍이 들고 있다.

사계절을 살 수 있다는 것은 큰 축복이다. 계절의 변화에 따라서 내 인생의 계절을 새롭게 생각해 본다. 계절이 바뀔 때마다 남은 시간을 가늠해 보고 그 시간을 더욱 규모 있게 쓰게 된다. 그래서 나는 새로운 계절이 다가올 때마다 미리부터 계절 마중을 나간다. 새 계절을 맞이하기 위해서 준비해 놓는 마음은 마중물과 같다. 미리 계절을 맞을 마음을 준비하면 계절을 처음부터 끝까지 충분히 누릴 수 있다.

사람도 제자리에 앉아서 맞이할 때보다 마중 나가서 한참 기다리다 만나면 더 반갑다. 오랫동안 기다려 온 만남일수록 마중 시간이 길어진다. 계절은 어김없이 일 년에 한 번씩 만나지만 어떤 만남은 평생에 한두 번 우연히 스치듯 만나고 일생 동안 마중 나가서 기다리기만 한다.

사람이 가진 감정 중에 가장 아름다운 것이 그리움이다. 안부가 궁금하다는 소식을 건넬 수도 있고 한 번쯤 약속을 정해 만날 수도 있겠지만 그리움은 만남을 전제로 하지 않을 때 더 애틋하지 않을까. 원재훈 작가의 말대로 나무들이 그리움의 간격으로 서 있는 것처럼 말이다.

가을은 그리움의 계절일까. 유독 나무들이 뚝뚝 떨어져 서 있는 것처럼 보인다. 가을이 깊어지면 온 천지는 가을꽃처럼 단풍이 물들고 그 경이로운 풍경에 넋을 잃다 보면 깜빡하는 사이에 한 해가 저물어 간다. 한 해가 저물어 갈수록 그리운 것은 더 그립다.

사람은 나이가 들수록 자연을 닮아 간다. 그러려고 애쓰지 않아도 몸과 마음이 절로 자연의 리듬을 따른다. 무엇이든지 일부러 조작하거나 의도대로 도모하기보다는 자연 그대로 내버려 둔다. 그리운 것은 그리운 대로 두는 게 낫겠다. 그리움의 옷을 벗겨 버리면 애틋했던 감정에 산통이 깨진다. 여행을 할 때 목적지에 도착해서 마음껏 즐기는 것보다는 떠나기 전에 계획하고 준비할 때 더욱 설레는 것처럼 말이다. 그리움은 여행을 떠나기 전의 마음과 닮았다.

도통 그리운 것이 없다면 삶에 무슨 맛이 날까. 사물이나 사람에 대한 그리움은 삶을 진부하게 내버려 두지 않는다. 막연하든 구체적이든 만남에 대한 기대가 삶에 의욕을 불어넣어 준다. 그리움을 안고 사는 사람은 늘 긴장하며 산다. 그리움은 절제된 감정이고 대신 일상을 설렘으로 살도록 해 준다. 그리움은 만남을 기대하는 마중이고 마중물은 언제든 기다리고 있는 마음이다.

대학로를 걷다 보면 어느 카페 출입문에 이렇게 쓰여 있다.

> 눈독들일 때, 가장 아름답다 / 하마 / 손을 타면 / 단숨에 굴러 떨어지고 마는 / 토란잎 위 / 물방울 하나
>
> 「사랑은」 이인원

그리움이 만남을 타는 순간 단숨에 굴러 떨어지고 말 물방울이 될까 봐 기약 없는 마중이 즐겁다.

정의란 무엇인가

어젯밤 뉴스에 노인들을 상대로 다단계 사기 행각을 벌여 수억 원을 가로챈 일당이 경찰에 붙잡혔다. 이들은 전국 각지를 돌며 기부 클럽이라는 사무실을 연 뒤 1인당 12만 원을 투자하면 이후 늘어나는 하위 투자자에 따라 3년 이내에 5조 원의 수익을 올릴 수 있다고 꾀어 단기간에 6,000여 명의 피해자를 모집했다. 노인들은 복잡한 수익 구조를 이해하기보다는 돈을 벌 수 있다는 말에 현혹돼 투자했다. 경찰에 검거된 5명의 범인 가운데는 전과 33범도 있었다. 법적 처벌을 33번이나 받은 것이다.

법은 왜 필요할까. 질서를 바로잡고 풍속을 교화해서 정의로운 사회를 구현하는 데 목적이 있다. 사회를 어지럽힌 사건 사고가 발생하면 관련 법을 적용해서 합리적인 형을 구형한다. 범인은 범행에 따라 정당한 대가를 치렀으니 스스로 세탁이 된 거다. 형을 살고 나서도 다시 아무렇지 않게 범행을 저지르게 된다. 발각되면 법대로 대가를 치르면 되니까. "얼마면 돼?" 하는 식으로 값을 치르면 그만이다. 빚을 갚았는데 뭘 잘못했나 하는 식이다.

인간 본성이라고 말할 때 '성(性)'은 타고난[生] 마음[心]을 뜻한다. 인간은 어질고[仁] 의롭고[義] 예의 바르고[禮] 지혜로운[智] 네 가지 덕을 타고난다. 그 단서로 일상에서 측은해하는 마음, 부끄러워하는 마음, 사양하는 마음, 옳고 그름을 분별하는 마음을 갖고 산다.

의(義)의 단서는 수오지심, 즉 부끄러워하는 마음이다. 스스로 양

심의 가책을 느껴서 부끄러운 줄을 알고 다음에는 마음을 고쳐먹는 것이다. 김원각 시인의 '고승의 등' 이라는 글을 읽으면 인간의 본성 중에 부끄러워하는 마음을 들여다볼 수 있다.

어느 고승 밑에서 많은 제자가 공부를 하고 있었다. 하루는 고승이 밤늦게 산책을 하다가 몰래 담을 넘어 들어오는 제자들을 보게 되었다. 술을 마시러 마을에 내려갔다 오는 것이었다. 며칠 뒤 또 다시 마을로 내려갔던 제자들은 새벽녘에 발판을 밟고 담장 안으로 들어섰다. 그것은 발판이 아니라 고승의 등이었다. 그때 고승이 말했다.

"이른 새벽에는 공기가 차다. 감기 들지 않도록 조심해라."

이후 다시는 담을 넘는 제자가 없었다고 한다.

> 법으로 백성을 인도하고 형벌로서 질서를 바로잡으려 하면 백성은 형벌을 면하려고만 하고 부끄러워함이 없다. 덕으로 인도하고 예로서 질서를 바로잡으려고 하면 백성은 부끄러워함이 있고 또한 마음 씀씀이를 바르게 할 것이다.
>
> 道之以政 齊之以刑, 民免而無恥. 道之以德 齊之以禮, 有恥且格.

법과 형벌은 표출되는 행동만 제재하고 덕과 예는 마음을 바로 갖게 한다. 공자는 제자들이 한 가지를 물을 때 제자에 따라서 다른 답을 했다고 한다. 하물며 인간 삶의 문제가 동일한 잣대로 평가될 수 있는 것일까? 인간 삶에 합리적이고 획일적인 정의의 잣대를 적용하는 것은 기계론적 인간관이다. 인간성을 간과한 인간관이다.

인간은 본디 선한 본성을 타고났다. 아무것도 모르는 어린아이가 우물가로 다가가 곧 떨어질 것 같은데 어느 누가 가만히 보고만 있겠는가. 인간의 선한 본성을 일깨우는 것이 덕치이고 정의(情義)다. 공정 위에 인정이다. 채찍이라는 형벌보다는 덕이 사람을 변화시킨다. 정의(情義)는 인본주의적 인간관이다.

지름길

먼 곳을 가려면 반드시 가까운 곳에서 시작해야 하고 높은 곳에 오르려면 반드시 낮은 곳에서 시작해야 한다(辟如行遠必自邇 辟如登高必自卑). 중용에 나온다.

지난 한식(寒食)에 선친의 묘소에 다녀왔다. 한식은 한자 그대로 차가울 한(寒)과 밥 식(食)을 붙인다. 예로부터 이날은 불을 쓰지 않고 찬 음식으로 조상의 영혼을 위로한다. 한식(寒食)은 중국 춘추시대 진(晉)나라 개자추(介子推)를 기리는 데서 유래한다.

진나라 임금 헌공(獻公)에게는 리희라는 애첩이 있었다. 임금은 애첩의 꾐에 빠져 태자(太子)를 죽이고 둘째 아들 중이(重耳)마저 죽이려 하였다. 그러자 중이는 다섯 신하를 데리고 조(曹)나라로 도망을 쳤다. 어느 날 거의 굶어 죽게 된 중이에게 충신 개자추는 자기 넓적다리 살을 베어 먹였다. 중이는 19년 만에 돌아와 진나라 임금이 된 뒤에 아첨을 잘하는 네 명의 신하에게 높은 벼슬을 내렸으나 개자추에게는 아무 상도 주지 않았다. 자추는 "충신을 모르고 아첨만 아는 임금과 같이 있을 수 없다." 하여 면상산(綿上山)으로 들어갔다. 후에 임금은 자신의 과오를 깨닫고 개자추를 찾아갔지만 산에서 나오지 않자 그를 나오게 할 목적으로 면산에 불을 놓았다. 그러나 개자추는 끝내 나오지 않고 홀어머니와 함께 버드나무 밑에서 불에 타 죽고 말았다. 그 후 그를 애도하는 뜻에서 타 죽은 사람에게 더운밥을 주는 것은 도의에 어긋난다 하여 불을 금하고 찬 음식을 먹는 풍속이 생겼다.

한식은 절기는 아니지만 설날, 단오, 추석과 함께 우리나라 4대 명절이다. 양력 4월 5일 또는 6일로 술, 과일, 국수, 떡, 포 등 음식을 준비해 산소에 가서 제사를 지내고 벌초(伐草)를 하거나 묘에 잔디를 새로 입힌다.

선친의 묘소로 오르는 길은 조금 험난하다. 도로에 차를 세우고 평지로 난 밭둑길을 여유롭게 걷다 보면 어느 지점부터 빽빽한 소나무와 대나무가 우거진 오르막길이 펼쳐진다. 오르막이 시작되는 길목에 서면 절로 심호흡을 한 번 하게 된다. 우거진 대나무 잎이 얼굴을 베지 않도록 손으로 헤쳐 가며 오르는 길이다. 인적이 드물고 따로 길이 나지 않아서 수풀을 헤치고 오를 때 무섭기도 하다.

이번 한식에 동행한 친척 한 분이 반가운 제안을 했다. 다른 지름길이 있는 것 같다며 뒤쪽에 난 길로 일행을 안내했다. 항상 엄두가 나지 않던 오르막길 말고 편한 지름길이 있다는 이야기에 다들 반색했다. 완만하게 경사진 흙길을 쉬엄쉬엄 걸으며 사방에 펼쳐진 시골 풍경을 감상하니 그렇게 좋을 수가 없었다. 다음부터는 이 길로 다니면 되겠다고 이야기를 주고받으며 마음을 놓았다.

그러나 그 이야기가 채 끝나기도 전에 일행은 몹시 당황했다. 바로 앞에 벽처럼 나타난 대나무 숲! 빈틈없이 빽빽하고 매서운 대나무 숲이 우리와 그 너머 세계를 차단하듯 가로막았다. 일행은 걸음을 멈추고 망연해하고 있었다. 그때 어르신 한 분이 옛말에 '질러가려다 똥 싼다.'라는 말이 있다고 하신다. 가로질러 가려다 오히려 더 힘이 든다는 뜻이라고 일러 주신다.

지름길에서 만난 암담한 대나무 숲을 뚫고 나갈 자신이 없어서 우리 일행은 왔던 길을 내려와 다시 전에 다녔던 오르막길로 오르기 시작했다. 저쪽에서 혼쭐이 났던지라 이쪽 길이 아무렇지 않을 만큼 불편한 마음이 사라졌다. 우리는 거칠고 긴 여정을 묵묵히 걸어서 묘소에 도착해 예를 올렸다.

어르신의 옛말을 생각해 본다. 크게는 나랏일부터 작게는 자신의 일까지 어떤 일을 도모할 때 정법(正法)에 따라붙는 것이 편법과 비법이라는 이름의 곁가지들이다. 지름길이라는 곳의 초입처럼 달달한 꿀을 바른 당의정은 늘 우리를 덜 수고하는 빠른 길이라며 안내한다. 조금 가다 보면 알게 된다. 질러가는 길이 돌아가는 길이라는 것을. 다시 돌아와 원점에서 시작해야 한다.

중용은 행원자이 등고자비(行遠自邇 登高自卑)라고 한다. 먼 곳을 가려면 반드시 가까운 곳에서 출발해야 하고 높이 오르려면 반드시 낮은 곳에서 출발해야 한다. 정도(正道)로서 바른 절차를 가리킨다. 개자추의 충심은 중이에게만 초점이 맞춰진 것은 아니리라. 자기 삶의 소신이다. 차근차근 정도의 단계를 밟아 가는 것이야말로 자기 삶의 지름길이다.

매력의 단초

매력(魅力)의 사전적 정의는 사람의 마음을 사로잡아 끄는 힘이다. 영어로는 charming, attraction, fascination 등이 있지만 한자어로 된 魅力이 좀 더 구체적으로 와 닿는다. 매력의 한자 '魅'는 '도깨비 매'다. 도깨비한테 홀릴 정도의 힘이니 얼마나 강력한가. 사람에게 최고의 찬사는 매력적인 사람이다. 사람을 끄는 힘이 있으니 인연이 오래 이어진다.

매력이란 뭘까. 『매력자본』이란 책에서는 사람의 매력을 전 생애에 걸쳐서 분석했다. 이 책에 의하면 매력적인 사람은 그렇지 않은 사람보다 어릴 때부터 더 독립적이고 자기 운명을 개척하며 자신의 삶을 더 강하게 지배하는 사람이다. 젊을 때 자신이 속한 연령 집단보다 매력적인 남자와 여자는 나이가 들어도 비교적 매력적인 상태를 유지하는 경향이 있다. 그래서 그들은 모든 분야에서 더 크게 성공할 것으로 기대된다.

이러한 매력적인 사람에게는 공통적인 특징이 있는데 사교성과 활력, 단호함과 리더십, 자기표현 기술과 아름다운 외모, 겸손과 동정심, 친절함과 훌륭한 정신 건강 등이다. 그런데 어쩐지 좀 추상적이다. 비단 사람뿐 아니라 사물에 대해서도 나는 무엇에, 왜 끌릴까를 생각해 봤다. 예쁜 팬시 제품이나 짐승의 귀여운 새끼들, 아름다운 풍경, 역사가 오래된 문화재, 부드러운 선율의 음악, 평화로운 그림 등에 마음이 끌린다. 그럼 왜 끌릴까.

얼마 전에 한 TV 프로그램을 보다가 그 답을 찾았다. 귀농이나 귀촌하신 분을 찾아가서 그가 정착하게 된 동기와 현재의 귀촌 생활, 그리고 앞으로의 꿈을 들어 보는 방송이었다. 당일 취재는 아닌 것 같고, 대개는 방송 스태프들이 그곳에서 하루 정도 숙박하며 직접 귀촌 체험을 통해 그분들의 삶을 소개한다.

탁 트인 자연과 그 속에서 편안한 모습으로 살아가는 사람들을 만날 수 있다. 그분들의 말씀에서 자연의 메시지를 발견하곤 한다. 내 안의 탐욕이나 욕망을 돌아보게 하는 프로그램이다.

프로그램은 진행자가 귀촌 주인공을 찾아가는 장면부터 시작된다. 진행자는 넉넉한 개량 한복에 큼직한 바랑을 메고 자그마한 빵모자를 쓴 채 깊은 산 속으로 그날의 주인공을 찾아 나선다.

난 프로그램을 보다가 항상 진행자 때문에 많이 웃곤 한다. 매주 새롭게 귀촌 주인공을 만나면서 어쩌면 그렇게도 상대와 친밀할까. 이미 십수 년 동안 알고 지냈던 사이 같다. 처음 만나는 사람에게 다가설 때부터 상대방을 넓은 품으로 대한다. 과연 우리는 한 민족이라는 거창한 느낌까지 들 정도다.

매주 새롭게 만나는 귀촌 주인공들은 생활권부터 시작해서 재배하는 농작물이나 식생활, 주거 형태 등 생활 모습이 매우 다양하다. 진행자는 어디서든 자신의 익숙한 고향 집처럼 행동한다. 낯선 기색이 전혀 없다. 마치 삼촌이나 작은아버지뻘 되는 분을 대하는 것처럼 귀촌 주인공을 따라다니고 이야기를 나누며 귀촌 생활 체험을 한다. 나는 한 시간 동안 도깨비에 홀린 듯 온전히 몰입하게 된다.

진행자는 본바탕이 순수하다. 어떤 선입견이나 편견이 없다. 마치 어린아이가 물불 안 가리고 누구에게나 방긋하고 웃듯이 언제나 그렇다. 귀촌하신 주인공을 따라다니며 궁금한 것을 물을 때는 완연한 어린아이 같다. 조금 이상하다고 생각되는 대목에서는 귀촌 주인공의 팔짱을 끼거나 어깨동무를 하고 떼를 쓰듯이 다시 묻는다. 영락없이 삼촌에게 매달리는 조카다. 어느 귀촌인이 그에게 마음을 열지 않을 수 있을까. 금세 두 사람은 친해진다. 방송이 끝날 즈음에 어느 귀촌 주인공은 아쉬움에 눈물을 보이기도 한다. 진행자가 얼마나 진정성 있게 행동했는지를 알 수 있다. 나도 방송이 끝날 즈음에는 늘 시계를 보게 된다.

이 진행자는 어떻게 사람의 마음을 사로잡을까? 나는 맹자의 성선설에서 그 해답을 찾았다. 『논어』에 '본성은 서로 가까우나 습관은 서로 멀다(性相近也 習相遠也).'라는 말이 나온다. 사람의 본성, 즉 뿌리는 선함으로 모두 같다. 바로 이런 인간에게 내재된 선한 본능을 자극하는 것이다. 사람이든 사물이든 사람의 마음을 끄는 것들은 선한 본능을 자극한다. 그런 것을 볼 때 자기 안에 잠재된 선한 본능을 만나기 때문에 익숙하고 반가워서 끌리는 것이다.

우리는 매력적인 대상을 통해서 자신이 더욱 선해지는 것을 느낀다. 매력 있는 것들은 동심을 품고 우리의 선한 마음을 자극한다. 동심으로 바라보는 세상은 선하다. 상대가 나를 선하게 생각하고 다가오면 악할 도리가 없다. 사람은 나이가 들수록 아기가 좋아지고 어린아이가 된단다. 동심이야말로 인간의 본향이기 때문이 아닐까. 살아 있는 모든 존재는 선한 것에 끌린다. 그것이 생명의 원리다. 매력은 인간의 선한 본성을 끌어내는 힘이다.

지혜가 머무는 자리

말의 옥타브가 너무 높다. 말의 속도가 너무 빠르다. 정제되지 않은 표현은 과장되고 감정은 격앙돼 있다. 좋은 소리도 그렇게 듣고 있으면 피곤한데 연일 꼬투리를 붙잡고 토해 내니 마음이 쉴 틈이 없다. 속보와 전격 인터뷰, 공식 입장이 난무하다. 소란함 속에 정신은 사납고 돌아오는 마음은 공허하다.

지난봄은 뜨거웠다. 봄이라고 하기에 민망할 만큼 무더웠다. 봄에서 여름으로 가는 길목에서 서울 성북동 길상 음악회에 다녀왔다. 길상사는 삼각산 아래 주택가에 아담하게 둥지를 튼 사찰이다. 한낮 폭염을 피해 방문객이 삼삼오오 나무 그늘과 긴 의자에 앉았다. 화초가 아기자기하게 가꿔진 오솔길을 따라서 걷다 보니 사찰보다 작은 고궁처럼 느껴진다. 잔잔한 계곡 물소리와 새소리가 귓가에 청아하다.

걸음을 멈추고 군데군데 적힌 경구를 읽는다.

'우리 인생에서 참으로 소중한 것은 어떤 사회적인 지위나 신분,

소유물이 아니다. 우리들 자신이 누구인지를 아는 일이다. 침묵의 그늘에서 그대를 밝히라.'

한적한 의자에서 땀을 식히니 저 아래 소음이 아득하다.

어느덧 산사에 어둠이 내리고 저녁 바람이 선선해지자 범종각에서는 스님이 묵직한 당목으로 범종을 치신다. 고요한 메아리가 울린다. 주위의 어린아이들이 그 모습을 신기하게 바라보았다.

타종이 끝나자 극락전 앞뜰에 조명이 하나둘 켜지고 산사 음악회가 열렸다. 사찰을 찾은 사람들은 큰 나무 아래나 돌계단에 앉아서 음악회를 감상했다. 첫 음악회를 소개하는 음성이 낮고 투박하다. 성북동 작은형제회(프란치스코회)의 축하 노래가 나지막이 들려온다. 주지 스님이 "하나, 둘, 셋." 하는 선창에 맞춰서 새로운 조명이 멋지게 켜져야 하는데 그만 불발이다. 스님께서 머쓱한 표정으로 "NG, NG." 하신다. 관람객들 표정에 천진한 미소가 어린다. 이어서 명상 음악가의 소금과 대금, 가야금 연주가 산사에 은은하게 퍼진다.

사이사이에 곡을 설명하는 연주가의 음성 데시벨이 낮아서 귀를 기울여 들었다. 더위와 소음에 요동치던 마음의 물결이 잠잠해진다. 고요가 주는 정화(淨化)다.

『시경(詩經)』은 명철보신이라 하여 '사리에 밝고 분별력 있는 지혜를 갖추어야 자신을 보호할 수 있다(旣明且哲, 以保基身).'라고 했다. 살아가는 일은 자기 방향을 찾아가는 과정이다. 제 방향이 아닌 곳으로 멀리 갈수록 헛된 수고다. 밝은 지혜로 상황을 점검하고 삶의 방향을 분별한다. 분별 있는 지혜는 어디서 오는가.

중국 명나라 유학자 여곤(呂坤)은 『신음어(呻吟語)』에서 이렇게 말했다.

> 우주 자연의 정묘함과 본성과 천도의 오묘함은 오직 고요하게 바라보는 자만이 알 수가 있고 오직 고요하게 마음을 기르는 자만이 부합할 수 있다.
>
> 造化之精, 性天之妙, 唯靜觀者知之, 唯靜養者契之.

밤하늘의 달과 별은 고요한 물에 온전히 비친다. 흙탕물이거나 물결이 심하게 일렁일 때 제 모양을 바로 비추지 못한다. 마음도 그렇다. 본디 고요한 본성과 자연의 지혜는 고요함에 깃든다. 외부 자극에 마음이 요동치고 흐려지면 지혜를 바로 볼 수 없다.

그렇다면 어찌할까? 작년 여름에 다녀온 충남 예산 추사 고택의 기둥에는 주자(朱子)의 반일정좌(半日靜坐), 반일독서(半日讀書)가 쓰여 있다. 하루의 반은 고요히 앉아 마음을 기르고 나머지 반은 책을 읽는다. 명상과 사색으로 자신을 성찰하고 옛 성현의 말씀으로 내면을 가다듬는다. 세상일에 한눈팔고 여기저기 기웃대느라 오로지 자신의 내면과 마주할 시간이 없다.

오래전에 스승으로부터 받은 편지 한 통을 다시 꺼내 읽는다. 고운 한지에 붓글씨로 '영정치원(寧靜致遠)'을 쓰셨다. '마음이 고요하게 안정되지 않으면 원대함을 이룰 수 없다(非寧靜無以致遠)'는 제갈량의 계자서(誡子書) 말씀이다.

고요함 속에 자신이 가야 할 길을 가늠해야겠다. 휴대 전화 배경 화면에 설정해 두고 마음의 지표로 삼아야지.

스킨십의 방식

늦은 밤, 친구로부터 문자가 왔다. 자신의 친언니가 보낸 문자를 내게 다시 보내온 것이다. 문자를 읽어 보니 동생이 잘못한 행동에 대해 언니가 조언을 하는 내용이었다. 친구는 그 문자에 상처를 받았다고 하면서 같은 말을 해도 언니의 표현 방식이 항상 사람의 기분을 상하게 한다고 했다. 내가 보기에도 상대방을 깎아내리는 차가운 문체였다. 누구나 경험하는 바라 친구에게 넌지시 위로의 문자를 건네다가 문득 떠오르는 일이 있었다.

몇 해 전 친구와 나는 방송국에 콘서트를 보러 간 적이 있었다. 여의도역에 내려서 방송국까지는 거리가 꽤 멀었고 우리는 찾아가는 길을 3~4번 정도 물어야 했다. 친구와 나는 재미있는 실험을 해 보기로 했다. 공손하고 밝은 태도로 길을 물었을 때와 객관적이고 사무적으로 물었을 때 사람들 태도를 비교해 보기로 한 것이다.

여의도는 오피스 빌딩이 밀집된 곳이어서 길가에 한가한 행인이 별로 없었다. 간혹 사무실 직원으로 보이는 네댓 명이 잠시 사무실을 빠져나와 빌딩 앞에서 이야기를 나누거나 담배를 피우고 있었다.

우선 내가 시작했다. 길을 걸어가다가 모르는 지점이 나오면 행인에게 부드러운 미소를 지으며 좀 부탁드린다는 간절함을 담아 길을 물었다. 그들은 그때마다 친절하게 길을 알려 주었다. 어떤 사람은 일정 거리를 걸어가서까지 안내해 주며 우리가 쉽게 찾아가도록 전체적인 방향을 자세히 설명하기도 했다.

다음은 친구가 시작했다. 무표정한 얼굴로 무심하게 용건만 물었다. 길을 알려 주는 사람의 태도도 똑같았다. 귀찮은 듯 자신이 있는 곳에서 짧은 거리의 방향만 가리켰다. 그 설명을 듣고는 찾아가기가 어려웠다.

미국의 심리학자 해리 할로우는 원숭이 실험을 했다. 인간과 유전자가 95% 비슷한 붉은 털 새끼 원숭이가 터치에 어떻게 반응하는지 살펴보기 위해 가짜 어미 원숭이 두 종류를 만들었다. 하나는 가슴에 우유병이 달린 철사 엄마였고 하나는 먹을 것은 없지만 부드러운 감촉을 주는 헝겊 엄마였다. 새끼 원숭이는 젖을 주는 차가운 철사 엄마보다 젖은 안 나오지만 부드럽고 따뜻한 헝겊 엄마 곁에 더 오래 머물렀다. 해리 할로우의 실험은 당시 사람을 포함한 포유류 새끼들이 어미를 따르는 것은 젖을 주기 때문이라는 통념이 오류임을 증명했다.

말로 아무리 배워도 경험을 해 봐야만 알 수 있는 것이 많다. 그 중 하나가 말투다. 경우에 따라서 말의 내용보다 말투가 중요하다는 것을 수없이 들었다. 앎이 행동으로 나오기는 쉽지가 않다. 사람에게 마음이 멀어지거나 정이 떨어지는 경우는 그 사람의 말투 때문일 때가 많다. 나이가 들수록 말투에 조심하게 된다. 본뜻은 그게 아닌데 말투 때문에 오해를 사기도 한다.

소통이 중시되는 시대다. 소통은 쌍방향이다. 소통은 스킨십이고 스킨십은 소통이다. 눈빛, 말투, 문체, 태도는 나와 다른 사람을 연결하는 소통 수단이다. 소통 수단은 부드러워야 한다. 가는 스킨십이 고와야 오는 스킨십이 부드럽다. 친구의 언니가 보냈다는 문자를 읽으며 우유병을 매단 철사 엄마가 떠올랐다.

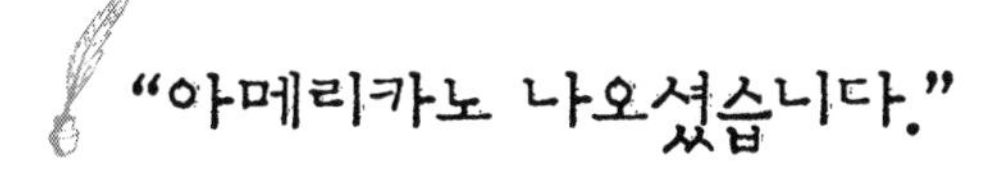

"아메리카노 나오셨습니다."

"주문하신 음료 나오셨습니다."

"3,500원이십니다."

'ㅅ' 과잉 세상이다. 어디를 가도 마찬가지다. 극존대는 어디서 처음 출발해 삽시간에 전국으로 퍼져 나갔을까.

사물을 가리킬 때조차 '얘는요.' 또는 '이 아이는요.'라고 의인화한다. 객관적인 상황에서 사람에게 쓰는 존대도 마찬가지다. 지나치다. "제가 아시는 분이……."는 상용화된 분위기다. 극존칭을 들어도 기분이 좋지 않고 오히려 몸에 도움 안 되는 비곗덩어리가 치덕치덕 달라붙는 기분이다.

극존칭은 상대를 지극히 존중하기보다 언어 사용법을 제대로 모르는 현상이다. 그 결과 언어는 청결하지 못하고 쓰는 사람은 구차하다. 국문법에서도 '……하시고, ……하시고.'가 아니다. 존대는 한 문장에 한 번이면 된다.

다음 페이지를 넘기면 언어의 반전이다. '대박', '폭풍 성장' 같은 과장 표현과 거친 언어가 난무한다. 무대용 언어와 사사로운 언어 사이에 갭이 크다. 무대에서 사근사근하고 친절했던 언어가 사적인 상황으로 내려오면 안면을 싹 바꾼다. 어리둥절한 세상이다.

언어의 양극단이다. 두 경우 모두 언어폭력이다. 언어가 아무리 무형의 것이라 하더라도 너무한다는 생각이 든다. 잔인하다. 언어는 사회상을 반영한다. 사회가 극단적이다. 이쪽이냐 저쪽이냐 물었을 때 자기 쪽이 아니면 맹렬히 비난한다.

나는 가정에서 4개의 신문을 구독하고 있다. 무슨 신문을 보느냐고 물으면 대답하기가 곤란하다. 자신이 안티 감정을 갖고 있는 신문을 보면 바로 화살이 날아온다. 더욱 용서하지 못하는 것은 이쪽도 저쪽도 아닌 바로 중도다. 설사 저쪽은 이해가 되어도 중도는 허용하지 못한다.

왜 그럴까. 나는 욕구 불만이라고 생각한다. 지성은 극단을 배격하고 다양성을 수용한다. 건강한 생명체는 척주와 허리가 튼실한 것처럼 건강한 사회일수록 다이아몬드 형태다. 상하 양극단은 소수일 뿐이며 중도층이 다양하고 풍성한 상태다. 지성은 거창한 것이 아니라 자기 삶을 제 힘으로 일궈 가는 실행력이다. 차근차근 절차를 밟고 자기 사정에 맞는 자리에서 자신을 키워 나가면 욕구 불만일 일이 적다.

인간은 이성보다 감성의 반응 속도가 빠르다. 보고 듣는 게 화려한 세상이니 제 현재 상태를 합리적으로 따져 보기도 전에 자기 힘으로 성취하지 못한 것에 대한 욕구 불만이 크다. 늘 자신이 부족하게 느껴지고 열등감 때문에 마음에 여유가 없다. 자부심이 없으면 배타적이 된다.

마음에 여유가 생기면 남에게 내 방식을 강요하지 않는다. 수용까지는 아니더라도 있는 그대로 인정한다. 헌데 우리가 보는 것은 대개 현실이기보다는 지향하는 바거나 한 단면이다. 현실이 아닌 경우가 많다. 잠재적 욕구 불만으로 나타나는 또 하나의 언어 현상이 축약어의 남발이다. 마음이 조급하니 언어도 짧게 줄여서 빨리 해치운다. 나도 일상에서 욕구 불만이 쌓일 때는 말이 빨라질 때가 있다. 마음이 여유로운 상태에서는 말이 빨라지는 일이 없다.

언어만큼 사람의 내면을 정확히 나타내는 것이 드물다. 첫인상이나 옷차림은 이미지 메이크업으로 얼마든지 효과적으로 부각시킬 수 있다. 하지만 대화를 나누거나 사용하는 언어 및 표현법을 관찰해 보면 사람의 심리 상태를 고스란히 알 수 있다. 평소에 언어 습관이 안정되고 체계적인 사람은 삶도 마찬가지다. 그런 사람을 보면 언어의 내공이 삶의 내공이고 삶의 내공이 언어의 내공이라는 생각이 들 정도다.

언어와 내면의 상호 연관성은 닭과 달걀의 관계와 비슷하다. 무엇이 먼저일까보다는 핑퐁 게임이다. 삶이 달라지면 언어가 달라지고 언어가 달라지면 삶이 달라진다. 삶을 지배하는 것이 언어다.

4. 지천에 행복

獨讀篤

전업주부에 경의를!

"무슨 일 하세요?"라고 물었을 때 "전업주부예요." 하고 대답하면 돌아오는 대답이 "아, 그냥 집에서 노시는군요."다. 매체마다 맞벌이 가정을 위주로 말하고 직장 생활을 하는 여성은 이야기를 시작할 때마다 "저희들은 일을 하니까……."로 말문을 연다.

'맞벌이'라는 말을 들을 때 고개가 갸웃해진다. 상대적인 말로 '외벌이'라는 말까지 들으면 더 갸웃해진다. 가정에서 살림하는 사람은 놀고먹는다는 말인가? 그럼 돈을 지불하고 채용하는 가사 도우미라는 직업은 뭘까.

나는 결혼한 지 20년이 훌쩍 넘게 전업주부다. 결혼 햇수가 쌓일수록 전업주부 역할이 정말 중요하다는 것을 깨달아 간다. 미리 누수를 예방하고 막고 단단히 해야 하는 자잘한 일들이 한도 끝도 없다. 출퇴근 시간도 없다. 24시간 365일 항시 대기조다. 월급도 휴가도 보너스도 없다. 몸과 마음은 지치는데 그 일은 드러나지 않는다. 사회적 통념은 놀고먹는 사람이다.

내 주변에 이야기를 들어 보면 차라리 직장 생활을 하고 싶다는 전업주부가 많다. 나도 내 몸만 생각한다면 간절하다. 그렇지만 선뜻 그렇게 하지 못하는 것은 가정에서 전업주부의 역할이 얼마나 중요한지를 나 자신은 알기 때문이다. 나는 스스로 가정 경영인(Home CEO)이라고 자부한다. 그런데 가끔 남편은 출근길에 내게 "집 잘 지키고 있어요. 홈 키퍼(Home Keeper)님."이라고 할 때가 있다. 기분이 몹시 상한다. 아이가 학교에서 즐겁게 생활하고 남편이 직장에서 업무에 충실도가 높으려면 전업주부의 서포트가 매우 큰 역할을 한다고 생각한다.

나는 아이를 유치원에 보내지 않았다. 가정에서 엄마와 자연스럽게 놀며 학습을 익혀 갔다. 초등학교에 입학해서 중학교 2학년이 될 때까지는 매일 엄마와 아침 공부를 했다. 점수나 성적을 위한 공부가 아니었다. 고등학교 3학년인 지금까지 나름대로 교육학에서 배운 원리를 적용해 가며 아이를 정성껏 키우고 있다. 아이가 얼마 전 대입 자기소개서를 썼다. 아이는 자기소개서에 '나의 가장 큰 스승은 우리 엄마다.'라고 썼단다. 아들의 그 한마디가 홈 키퍼에게 위로가 되었다.

나는 결혼 20여 년이 넘도록 남편의 아침 출근 준비를 한 번도 거른 적이 없다. 매일 아침 제시간에 깨워서 아침 식사와 그날 입을 옷을 준비해 놓는다. 현관에는 구두코를 앞으로 돌려놓으며 출근할 때 들고 나가도록 소파 위에 조간신문을 놓아둔다. 그리고 항상 엘리베이터 앞에서 남편을 배웅한다.

두 남자가 등교와 출근을 마치면 오전 8시부터 오후 2시까지는 자기 계발 시간이다. 매일 6시간을 나를 위해 투자한다. 가족의 외부 결실은 전업주부의 영향력이 크다고 생각한다. 직장에서 온전히 업무에 몰입하는 근무 시간이, 전업주부가 가정에서 가족을 위해 여러모로 도모하는 시간보다 얼마나 대단하기에 쉽게 놀고먹는 사람이라고 생각할까. 어떤 미혼 여성이 결혼해서 전업주부가 되니 '무보수 가정부'가 된 기분이더란다. 나는 딸을 키운다면 전업주부가 되는 것은 말리고 싶다. 희생하는 부분에 비해서 사회적 통념을 이겨낼 자신이 있다면 몰라도 웬만하면 말리고 싶다.

어떤 문제가 발생했을 때 왜 발생했는지를 알기 위해서는 궁극적인 원인을 거슬러 올라가야 한다. 높은 성을 한 번에 무너뜨릴 수 있는 가장 간단한 방법은 기초를 무너뜨리는 것이다. 사회에서 발생하는 대부분의 문제는 가정에서 시작된다. 사회는 가정의 확대판이고 가정은 사회의 축소판이다. 집(house)과 가정(home)을 구분하는 기준은 여러 가지로 생각할 수 있겠는데 그중에 하나는 안주인이 있느냐 없느냐가 아닐까. 안주인이 있으면 '가정'의 이미지가 떠오르지만 집은 건물로서 의미와 기능적 성격만이 강하게 느껴진다.

남자는 직장을 전장(戰場)에 비유한다. 내 남편도 아침에 출근할 때마다 '펜을 무기로 들고 전쟁터로 나간다.'고 표현한다. '매일 사표 쓰는 남자'라는 말을 들으면 직장 생활의 고단함과 치열함이 떠올라서 마음이 짠하다. 아침부터 저녁까지 업무에 지쳐서 저녁이면 파김치가 되어 가정으로 돌아온다. 그런 남자에게 가정은 쉼터(shelter)다. 집 밥을 먹고 온전히 휴식하며 에너지를 충전해 다음날 그 힘으로 또다시 전쟁터로 나간다.

사람은 충전과 방전이 제때 되어야 정상적인 활동이 가능하다. 충전이 제때 안 되고 방전만 되면 몸도 상하고 마음도 지친다. 일의 효율성도 떨어지고 삶의 질도 낮아진다. 효과적인 방전을 위해서는 효과적인 충전이 필요하다. 그리고 충전의 질이 방전의 질을 결정한다. 가정에서는 남편이 선수요, 아내가 코치다. 충전의 중심지가 가정이고 가정의 안주인이 전업주부다. 그래서 아내를 '안의

해'라 하고 가정을 건사하는 일을 '살림'이라고 한다지 않은가.

몇 해 전 욕심나는 기업에 합격한 적이 있다. 탄력 근무제를 원했지만 수용되지 않아서 합격을 반려했었다. 그때 아이가 중학교 2학년이었다. 고민 끝에 가정을 돌보는 일이 중요한 시기라는 판단에서 그만두기로 했었다. 지금 돌이켜 봐도 그 결정이 현명했다는 생각이 든다. 소탐대실이라고 할까. 손익 계산을 따져 보면 당장에 도움 되는 것이 미래에 큰 손해가 될 수 있다.

소인은 남이 알아줄 때 기쁨을 느끼고 군자는 남이 알아주든 말든 개의치 않는다고, 전업주부 경력이 쌓여 가면서 홈 키퍼니 놀고먹는 사람이니 하는 말을 들어도 예전보다 덜 상처받는다. 대신 전업주부 생활을 더욱 지혜롭고 행복하게 활용하려고 노력한다. 전업주부에게 가정은 놀이터가 아니다. 연중무휴의 근무지다. 아무도 알아주지 않는 일을 매일 반복하는 전업주부들에게 진정으로 경의를 표한다.

나의 아카데미 하우스

우리 집은 산동네다. 북한산, 불암산, 인왕산, 수락산, 도봉산으로 둘러싸여 있다. 어디를 봐도 산이다. 행정 구역상으로 서울이지만 차로 조금만 나가면 논과 밭을 볼 수가 있다. 서울과의 경계 지역이다. 서울 가장자리(edge)에 위치한 엣지(edge) 있는 동네다.

내가 살고 있는 도봉구의 도봉산 기슭에는 서울에서 유일한 사액 서원이었던 도봉서원 터가 있다. 조선 시대 대표 유학자인 조광조와 송시열을 배출한 서원이다. 도봉산 입구에는 도봉동문(道峯洞門)이라고 쓰여 있는 바위가 있는데 글씨는 우암 송시열(1607~1689) 선생의 친필이다. 한학을 연구하는 후학들의 이정표이며 학문의 중심이었던 도봉서원의 전당에 들어섬을 알려주는 석각이다. 도봉서원 터 곁에 있는 바위에 고산앙지(高山仰止)라고 새긴 글씨가 보인다. 『시경(詩經)』에 나오는 말로 높은 산처럼 우러러 사모한다는 뜻이다. 곡운 김수증(金壽增, 1624~1701)이 조광조의 학덕을 사모하는 의미에서 바위에 새겼다. 최근 도봉서원 터에서는 고려 시대 불교 유물 77점이 출토되었다. 이제껏 발견된 고려 유물 중에서 그 제작 기법이 가장 뛰어나다고 한다. 도봉서원 터가 이전에는 영국사라는 절터였다고도 한다.

도봉산 계곡물이 흐르는 길목에는 이매창과 유희경 시비(詩碑)가 세워져 있다. 촌은(村隱) 유희경(劉希慶, 1545~1636)은 조선 중기 시인으로 도봉의 산수를 사랑해서 도봉서원 인근에 기거하다가 여생을 마친 당대 문장가다. 유희경은 천민 출신으로 평생 가난해서 마음껏 서책을 배우거나 글 짓는 공부에 열중할 수 없었다. 그는 경전에 밝은 유학자나 학식이 뛰어난 선비, 스님과 접촉하면서 부단히 자신을 갈고 닦은 결과 문집으로 『촌은집(村隱集)』 3권을 남겼다. 서경덕 문하에서 공부한 남언경(南彦經)에게 문공가례(文公家禮)를 배워 국상에 자문할 정도로 장례 의식에 밝았고 『상례초(喪禮抄)』라는 저서를 남기기도 했다. 도봉서원 창건의 전반적 책임을 맡았으며 임진왜란 당시에는 의병을 일으킨 공로로 종 2품 가의대부(嘉義大夫)까지 올랐다.

이매창(李梅窓, 1573~1610)은 전북 무안 출신 기생으로 황진이, 허난설헌과 함께 조선 3대 여류 시인의 하나로 꼽힌다. 이름은 향금(香今)이고 호는 매창 혹은 계랑이다. 시와 거문고에 능했고 촌은과 주고받은 시 중에서 '이화우 흩뿌릴 제'라는 명시를 남겼다.

> 이화우(梨花雨) 흩뿌릴 제 울며 잡고 이별한 님 / 추풍낙엽(秋風落葉)에 저도 날 생각는가 / 천리에 외로운 꿈만 오락가락 하노매

이에 유희경의 화답 시인 '매창을 생각하며(懷癸娘)'도 애절하다.

> 그대의 집은 무안에 있고 / 나의 집은 서울에 있어 / 그리움 사무쳐도 서로 못 보고 / 오동에 비 뿌릴 젠 애가 끊겨라

도봉산 중턱을 오르다 보면 오른편에는 풀의 시인 김수영(金洙映, 1921~1968) 시비가 있다. 김수영은 한국 문학의 대표적인 자유시인이다. 초기에는 현대 문명과 현실을 비판하는 모더니스트로 주목을 끌었고 4·19 혁명을 기점으로는 자유와 저항을 바탕으로 한 참여시를 발표했다. 그는 "시작(詩作)은 머리로 하는 것이 아니고 심장으로 하는 것도 아니고 몸으로 하는 것이다. 온몸으로 밀고 나가는 것이다. 정확히 말하자면 온몸으로 동시에 밀고 나가는 것이다."라는 말을 남겼다. 그리고 '풀이 눕는다 / 비를 몰아오는 동풍에 나부

껴 / 풀은 눕고 / 드디어 울었다 / 날이 흐려져 더 울다가 / 다시 누웠다'로 시작하는 생애 마지막 시 '풀'에 이르기까지 200여 편의 시와 시론을 발표했다.

이외에도 씨알 사상 창사자인 함석헌 기념관이 있다. 함석헌 선생은 1983년부터 1989년 돌아가시기 전까지 말년을 쌍문동에서 보냈다. 도봉구에는 '만리 길 나서는 길 / 처자를 내맡기며 / 맘 놓고 갈 만한 사람 / 그 사람을 가졌는가'로 시작하는 함석헌 선생의 '그대 그 사람을 가졌는가'라는 시비가 세워져 있다.

2011년 도봉산 둘레 길에서 발견된 국가 문화재인 간송 전형필 가옥이 최근에 개관했다. 또한 도봉구에서 가까운 북한산 둘레 길 자락에는 연산군과 정의공주 묘가 자리 잡고 있다. 이렇게 우리 동네는 작은 민속촌이다.

두터운 역사와 문화의 품 안에 나의 아카데미 하우스가 있다. 나는 대부분의 시간을 집에서 보낸다. 나의 집은 음악 감상실이고 카페며 화랑이고 도서관이다. 이른 아침에 가장 먼저 라디오를 켠다. 음악을 들으며 아침을 시작하면 기분이 절로 좋아진다. 선곡이 마음에 들면 아침 준비를 하다 말고 방송국에 문자를 보내기도 한다. 중학교 시절부터 라디오를 즐겨 들어 왔다. 밤늦도록 음악 방송을 들으면서 책을 읽거나 수첩에 메모를 하곤 했다. 시 낭송 카세트테이프를 들으며 특히 윤동주 시인의 '별 헤는 밤'을 즐겁게 암송했다. 결혼 전에는 지역에서 근무하는 남편에게 수도권 음악 방송을 통째로 녹음해 보내 주기도 했었다.

최근에 우연히 밤 10시가 넘어서 한 음악 방송을 듣다가 진행자가 PD 이름을 이야기했는데 바로 결혼 전에 남편에게 방송을 통째로 녹음했던 프로그램 PD의 이름이었다. 방송국에 그런 사연을 적어서 문자를 보냈더니 PD는 20년 전에 자신이 만든 프로그램을 어떻게 기억하느냐면서 답문을 보내 왔다. 며칠 후 그 PD와 만날 기회가 있었다. 차를 마시며 오래전에 황인용 씨가 진행했던 그 프로그램의 뒷이야기를 즐겁게 나누고 돌아왔다.

나의 라디오 사랑은 현재도 진행형이어서 지금도 집에 있을 때는 잠들 때까지 라디오를 듣는다. 저녁 라디오에서 흐르는 음악이 와 닿을 때 차 한잔 마시며 조용히 감상하는 시간은 행복의 백미다.

우리 집 벽면은 사방이 화랑이다. 국내외 아티스트, 문인, 학자 등 다양한 인물의 사진과 감명 깊게 본 영화 포스터, 사회 미담기사도 붙였다. 책이나 칼럼을 읽다가 좋은 구절은 타자로 쳐서 인쇄해 책상 벽이나 조리대 벽, 싱크대 문에도 예쁘게 붙여 놓는다. 어느 화랑보다도 내게 맞춤형이다. 고전의 명문장은 아들 방에도 붙여 놓는다. 아들에게 읽어 보라는 말을 해 본 적은 없다. 오다가다 한 번씩 눈길이 마주치면 그걸로 족하다.

나는 오래전부터 식탁을 나의 책상과 겸해서 쓴다. 식탁을 치우고 대신 커다란 책상을 놓았다. 가족이 모두 둘러앉아서 식사하는 시간이 짧기 때문에 공간 활용에도 효율적이다. 책상 뒤편 아담한 책장은 다량의 책보다 반복해서 읽어야 할 자료 위주로 꽂았다. 나는 다양한 책을 읽기보다 읽었던 책을 반복해서 읽는 게 좋다. 주로 고전 인문서와 신문 스크랩북, 그리고 내가 소중히 간직하는 전공 자료들이다. 저녁에 예쁜 스탠드 불빛 아래서 책을 읽노라면 행복이 넘친다는 생각이 든다.

그리고 책상과 나란히 1인용 소파를 놓았다. 책을 보다가 간혹 소파에 비스듬히 누워서 맞은편 창을 바라보면 시원한 도봉산이 한눈에 들어온다. 세상에 부러움이 없는 순간이다. 자연에 둘러싸여 음악과 문학을 향유하는 나의 보금자리는 도봉산의 아름다운 둥지다.

아이유(兒而幼)의 명함

아기다리고기다리던 개인 명함을 만들었다. 해야지 해야지 하고서도 계속 미뤄 두었던 내 명함이었다.

처음 만난 사람과 연락처를 주고받을 때 번호를 확인하는 절차가 번거로울 때가 있다. 상대방 번호를 받아 적을 때는 숫자를 제대로 못 들어서 몇 번이나 확인하기도 하고 잘못 적어서 낭패를 본 적도 있었다. 그때마다 명함을 만들면 심플하게 내 연락처를 줄 수 있을 거라고 생각했다. 개인 명함을 만들면서 명함 왼편에 평소에 좋아하는 사자성어도 새겨 넣었다. 호텔이나 카페에서 종사하는 분이 왼편 가슴에 명찰을 꽂으면 신뢰가 가듯이 개인 명함을 만드니까 독립된 자존감이랄까, 제2의 신분증인 것 같아서 아주 뿌듯했다. 명함이 없을 때와 기분이 천지차이다.

개인 명함이 쓰일 날을 손꼽아 기다리던 어느 날 도서관에서 공부하고 있는데 신문사 기자분께서 문자로 저녁 번개 모임을 제안했다. 나는 기자분에게 번개 모임이 익숙하지 않으니까 앞으로는 미리 연락해 줬으면 좋겠다고 했다. 기자 업무 특성상 선약하기가 힘들다고 하셨다. 거기도 항시 대기조인 것 같았다.

저녁에 광화문에 있는 번개 모임 식당으로 갔다. 관련된 일을 하는 분들이 6~7명 정도가 모였다. 사람들이 식사가 나오는 동안에 가볍게 명함을 주고받았다. 직위나 직급이 새겨진 직장 명함은 받자마자 곧바로 상대방의 지갑 속으로 들어갔다. 드디어 기회가 왔다. 나는 잠자코 기다렸다가 맨 나중에 태연하게 개인 명함을 나누어 줬다.

명함을 받자마자 여기저기서 눈이 휘둥그레지며 한참씩 내 명함을 들여다봤다. "이야! 이 명함이 제일 멋진데." 하며 명함 한편에 새겨진 사자성어를 보고 "어떻게 읽는 거예요? 무슨 뜻이에요?" 하고 묻는다. 예상했던 대로 관심 폭발이다. 노자에 나오는 사자성어가 궁금했던 모양이다. "궁금해요? 궁금하면 나중에 직접 찾아보세요."라고 살짝 웃으며 대답했다.

나는 중학교 시절부터 재미 삼아 한자로 내 호와 영어 닉네임을 만드는 게 취미였다. 중학교 2학년 때 내가 처음 지은 호가 청죽(靑竹)이었다. 지금 생각하면 가당치 않게 호기롭다. 다시 요즘 인생 모토로 삼을 호를 짓고 싶었다. 그렇다고 너무 장중하고 난해한 호는 내키지가 않았다.

어떤 호가 좋을까. 먼저 내가 책을 읽고 배우는 목적이 무엇일까를 생각해 보았다. 궁극적으로 어린이의 순수한 본성을 회복하기 위한 수신이 아닐까. 그래서 생각해 낸 것이 아이유(我而幼)였다. 어감도 부드럽고 뜻도 마음에 들어서 평소에 존경하는 선생님께 메일을 드리며 새로 지은 호에 대해서 말씀드렸다. 선생님께서는 我而幼(아이유)보다는 兒而幼(아이유)가 낫겠다고 하셨다. 평소에 작호를 부탁드리고 싶었던 분이셔서 마치 내 호를 직접 지어 주신 것 같아 무척 기뻤다.

'아! 兒而幼(아이유)로 하자.'

순수하게 나 혼자 지은 것이 아니고 스승의 의견이 반영되었기에 호를 지은 취지에 한결 힘이 실리는 기분이다. 나는 새로 지은 호를 이름 옆에 적고 사자성어도 새로운 것으로 바꿔서 또 다른 개인 명함을 만들기로 했다. 사자성어는 어떤 게 좋을까 고민하다가 오래전에 내가 존경하는 스승께서 학문하는 자세로 주신 영정치원(寧靜致遠)이 떠올랐다. 마음이 편안하고 고요해야 뜻을 이룰 수 있다는 뜻이다. 어느 해 설날 한지에 붓글씨로 쓰셔서 집으로 보내 주셨다.

새 명함이 도착하자 남편이 옆에서 "당신은 명함 만드는 게 취미인 것 같아."라고 했다. 앞으로도 계속 업데이트해 갈 것이다. 요즘은 인터넷으로 주문하니까 개인 취향대로 만들 수 있고 비용면에서도 큰 부담이 없다.

내친 김에 이미지 도장도 만들기로 했다. 인사동과 광화문에 가면 예쁜 이미지 도장 가게가 많다. 고운 대리석 도장 기둥에 다양한 글귀가 새겨져 있는데 자기가 좋아하는 문구가 적힌 것을 선택해서 이름을 새기면 된다. 나는 '행복, 세상에서 가장 아름다운 말'

이 새겨진 도장을 선택했다. 거기에 자기 이름을 아름다운 디자인체로 새겨 넣는다. 내가 아끼는 책이나 수첩, 기타 자료들에 찍어 놓으면 한결 애착이 간다.

아이들도 초등학생 시절부터 개인 명함을 만들었으면 좋겠다. 자신이 살고 싶은 내용을 담은 문구나 꿈을 새겨 넣은 명함은 자기 삶에 주인 의식과 책임감이 심어질 것이다.

그나저나 고등학교에 다니는 아들이 가수 아이유의 팬인데 새로 지은 '아이유' 호를 들으면 뭐라고 할까. 좋은 소리를 못 들을 것 같아서 한동안 비밀로 해야겠다.

평생에 걸친 로맨스

나는 내가 참 좋다.

어느 날 친구가 내 휴대폰에 저장된 사진들을 보다가 내 사진 밑에 써 놓은 '나는 내가 참 좋다' 글귀를 보고 반색을 했다. "보통 사람들은 이렇게 잘 안 쓰잖아." 하면서 그 글귀를 한참 쳐다봤다.

'자기 자신을 사랑하는 것, 그것은 평생에 걸친 로맨스의 시작이다.'

나는 오스카 와일드의 이 말을 가장 좋아한다. 자신을 매력적으로 느끼면 평생 자신과 로맨스를 즐기게 된다.

나는 전지현의 오랜 팬이다. 전지현의 매력은 무엇일까. 바로 대체 불가능이다. 전지현 역할은 전지현이라야 한다. 아무리 전지현보다 어리고 예쁜 배우라 하더라도 전지현 캐릭터는 전지현이라야 제맛이 난다. 대체가 불가능하다. 무엇에 대한 대체 불가능일까? 바로 자기 긍정에서 오는 자신감이다. 자기애가 대단한 배우다. 자기애는 프라이드로 대변된다. 한 사람의 자기애를 어떻게 알 수 있을까? 혼자 있어도 잘 놀 것 같은 사람이 자기애가 강하다.

배우 전지현은 연기력이 좋은 배우를 넘어서 자기 정체성에 대한 자신감이 대단한 배우다. 그런 내면에서 뿜어져 나오는 연기 흡인력이야말로 대체가 불가능이다. 거기에 플러스 알파로 자신의 장점을 대중에게 어필하는 소통 능력이 뛰어나다. 전지현 연기를 볼 때마다 진부할 틈이 없다.

나는 여고 동창 소개로 만난 남편과 2년 연애 끝에 결혼했다. 여고를 졸업하자마자 친구와 나는 시내 서점에서 장래 배우자감을 선택하는 법과 결혼 생활에서 여성의 역할에 대한 책들을 찾아서 읽곤 했다. 당시 나름대로 배우자관이 서 있었다.

남편과 소개팅을 하던 날에 나는 40분을 지각했다. 먼저 나와 있던 남편을 보고 첫눈에 '이 남자다.'라는 확신이 들었다. 내가 먼저 프러포즈했다. "나는 그쪽이 마음에 든다. 시간을 줄 테니 다른 만남을 충분히 가져 보고 마음이 기우는 쪽으로 선택해도 좋다. 만약 당신이 나를 선택하지 않는다면 평생 후회하게 될 거다."라고 말했다. 나의 대체 불가능에 대한 확신이 있었다. 그 후 남편은 나에게 석 달 만에 프러포즈했다.

로맨스와 삶은 닮았다. 로맨스의 절대 권력과 삶의 절대 권력은 같다. 그것은 자기 확신이다. 자기가 자신에게 느끼는 절대적 확신이다. 지구에서 동떨어진 다른 우주인이 아니고서는 대개 내 생각과 남의 생각이 크게 다르지 않다. 내가 나에게 매력을 느끼면 다른 사람도 나에게 매력을 느끼게 되어 있다. 매력은 배타적인 차별화와 내적인 자신감에서 우러나온다. 전지현이 지닌 매력의 비밀은 그 부분에 있어서 대체가 불가능하다.

매력은 다른 사람들의 중론으로 모아지기 전에 내가 나에게 느끼는 자신감이 먼저다. 시청자에게 인기를 끄는 한 개그 프로그램을 자세히 관찰해 보면 신인이라도 자기 확신이 있는 개그맨은 무대에서 방청석 시선을 아랑곳하지 않고 자신만만하게 개그 연기를 한다. 그러면 시청자도 덩달아 그 개그맨의 연기에 몰입하게 된다. 반면 선배지만 소심한 개그맨은 연기를 하면서 계속 방청석의 반응을 신경 쓰는 경우가 있다. 보는 사람도 산만해서 그에게 몰입이 안 되고 자꾸 주의가 흩어진다.

자기 확신에 찬 사람은 부단히 삶의 태도를 업그레이드한다. 로맨스의 적은 진부함이다. 삶의 적도 진부함이다. 로맨스의 기술은 삶의 태도에서 나온다. 자신에게 매력을 느끼는 사람은 혼자서도 지루할 틈이 없다. 로맨스에서도 경쟁력이 높다. 매력적인 사람은 항상 자기 삶을 매력적으로 가꾼다. 만날 때마다 새로운 버전이다. 그 낯섦에 기대가 되고 자석처럼 끌린다. 자기 확신이 있는 사람은 자기가 좋아하는 방식으로 산다. 좌우로 부화뇌동하지 않는다. 남과 같아지려고 하거나 남을 이기려고 하는 대신에 자기의 개성과 장점을 업그레이드한다. 그런 유니크한 매력은 아무리 퍼내도 마르지 않는다. 에머슨의 말이다.

"Trust thyself(자신을 믿어라). Every heart vibrates to that iron string(모든 마음은 그 철의 현에 감동하여 울린다)."

자기애는 평생에 걸친 로맨스다. 모든 로맨스의 시작은 자기애다. 그런데 남편은 경상도 사투리로 가끔씩 내게 이렇게 말한다.

"니가 선택받은 자의 비애를 아나!"

달걀 노른자

달걀장조림, 달걀말이, 달걀부침, 달걀찜, 달걀비빔밥은 우리 집 단골 메뉴다. 냉장고에 달걀이 많다 싶으면 달걀장조림을 만든다. 그중 몇 개는 간장에 졸이지 않고 그냥 삶은 달걀로 먹을 때가 있다. 나는 아무 맛이 없는 흰자보다 고소한 노른자를 좋아한다.

어느 날 무심코 달걀을 소금에 찍어 흰자를 먹고 나서 노른자를 먹으며 마치 우리 인생과 닮았다는 생각이 들었다. 먼저 먹는 흰자는 먼저 사는 인생의 전반기고 나중에 먹는 노른자는 나중에 사는 인생의 후반기라는 생각이다.

인생 전반을 다 살고 나면 그 안에 오롯이 인생 후반기가 둥지를 틀고 있다. 인생 전반의 커다란 외형에 비해서 둥지는 작고 야무지다. 먼 데 가서 세상을 위해 전반기를 보내고 이제는 돌아와 거울 앞에 선 민낯의 자기와 맞닥뜨린다. 인생 후반기는 오로지 자신을 건사하는 일상이다. '끝이 좋으면 다 좋다(All's well that ends well).'라는 말이 있다. 문득 채근담의 구절이 떠오른다.

> 노래하는 기생도 나이 들어 남편을 섬기면 한세상을 희롱했던 장애가 없어지며, 정결한 부인도 늙어서 정조를 잃으면 반평생 깨끗했던 절개를 모두 그르친다. 옛말에 사람을 알아볼 때는 후반생만을 본다고 했으니 참으로 명언이다.
>
> 聲妓晩景從良 一世之燃花無碍, 貞婦百頭失守 半生之淸苦俱非. 語云看人 只看後半截 眞名言也.

지나온 초년의 삶을 돌아보지 말고, 말년의 새로운 삶을 어떻게 도모할 것인지를 생각하라는 뜻이다.

인생의 전반기와 후반기는 무엇에 기대서 살까. 달걀흰자와 노른자에 비유해 본다. 노른자의 외피를 감싸고 있는 흰자가 세상을 향하던 학문과 사회적 커리어에 기대어 살고 그때가 다해 노른자의 둥지에 이르면 흰자에서 추출한 영양소와 지혜에 기대서 사는 것이다. 내면에 차곡차곡 쌓여진 자기 내공이다. 인생 전반기 자리가 세상 공중에 있는 왕좌라면 후반기 자리는 내면의 내공이다.

간혹 인생 후반기에 접어들어서도 몸과 마음이 둥지에 안착하지 못하는 경우가 있다. 공중에서 부유하는 모습이다. 권불십년(權不十年) 화무십일홍(花無十一紅)이다. 무대에서 내려와야 하는데 앉을 의자가 없다. 왜 그럴까? 그에게는 둥지가 없다. 세상을 돌아다니며 다 소모한 것이다. 흡사 닭 쫓던 개 지붕 쳐다보는 격이다. 모름지기 멀리 보면 세상의 인생사는 공평하다. 집 밖 빼어난 애첩의 때가 지나면 집 안 수수한 본처의 때에 이른다. 밖을 향하는 것은 휘발성이 있다. 휘발성은 밖을 향한다. 안으로 고이지 않는다. 노른자 없이 흰자뿐인 달걀이다.

인생 후반기의 둥지는 어디 있을까. 삶의 재무 관리에서 공공재와 사유재는 공동 관리를 해야 한다. 후반기 둥지는 전반기 인생에서 추출한 영양소와 자기를 위해 따로 관리한 지혜의 잔고다. 그것은 현란한 공공재에서는 드러나지 않는 비책이다. 그 구체적인 비책을 퇴계 선생이 제시한다. 하루가 멀다하게 변하는 세상 맞춤형 공부(爲人之學)를 하더라도 나를 위한 공부(爲己之學)을 게을리해서는 안 된다고 일깨워 준다. 인생 전반기를 위인지학으로 산다면 후반기는 위기지학으로 사는 게 아닐까. 위인지학에 힘써야 하는 상황일지라도 위기지학을 염두에 두어야 한다. 인생 전반기를 학문이나 사회적 커리어에 기대어 산다면 인생 후반기는 그것과 더불어 자기 내공을 위한 배움을 통하며, 그렇게 단련된 기질과 본성은 힘이 세다. 자기 구원은 자기에게 달렸다. 일상에서 자기를 건사하는 힘은 바로 여기서 나온다.

퇴계 선생은 40대 중반에 인생 전반기의 위인지학에서 명예퇴직을 하고 인생 후반기에는 위기지학에 안착했다. 사후 450여 년이 흐른 지금, 퇴계 선생은 내공 있는 삶을 위해 이렇게 들려주고 있다.

> 자기를 위하는 학문은 아무런 작위(作爲)가 없으면서도 저절로 그러한 것이다. 그것은 깊은 산 속 수풀이 무성한 가운데 핀 한 떨기 난초 꽃이다. 하루 종일 맑은 향기를 토하건만 난초 자신은 그것이 향기로운

것인지도 모른다. 학문 역시 먼저 스스로를 세우고 스스로를 보전하는 것이다. 그리하여 자신에게 구하는 것이다.

흰자를 먹고 나서 이제 노른자를 먹는 나이가 되었다. 이제부터가 진짜다.

인연의 백미

5월이다. 3, 4월이 어린 꽃들의 계절이라면 5월은 꽃과 신록의 계절이다. 시선이 닿는 곳마다 알록달록한 꽃과 푸른 신록이다. 조화로운 아름다움을 빚어내는 최고의 예술가는 자연이다. 계절의 백미인 5월에 인연의 백미가 깃들어 있다.

사람은 일생에 두 번 태어난다. 한 번은 부모로부터 육신이 태어나고 한 번은 스승으로부터 정신과 영혼이 태어난다. 불가에서 부모 자식 간의 인연은 8천 겁 인연이고 스승과 제자 간은 1만 겁 인연이다.

아름다운 스승과 제자 간을 이르는 말로 줄탁동시가 있다. 병아리가 알에서 깨어날 때 껍질 안에서 쪼는 것을 '줄'이라 하고 어미닭이 병아리 소리를 듣고 밖에서 알을 쪼아 새끼가 알을 깨는 행위를 도와주는 것을 '탁'이라 한다. 두 가지가 동시에 이루어져야 비로소 병아리가 태어난다. 사제 간도 이와 같다. 제자는 안에서 수양을 통해 쪼아 나오고 스승은 제자를 잘 보살피고 관찰하다가 때가 무르익었을 때 깨우침의 길을 열어 준다.

초등학교부터 헤아려 보면 사람의 길을 인도해 주신 여러 선생님이 떠오른다. 단아했던 여 선생님은 정규 수업이 끝나고 늘 풍금을 치셨다. 남아 있던 몇몇 학생은 풍금 주위에 둘러서서 선생님 반주에 맞춰 동요를 부르곤 했다. 중학교 시절 노트 필기의 기본자세와 바른 글씨 쓰기를 지도하신 P선생님, 고등학교 시절 조례와 종례 시간에 삶의 지혜를 담은 사자성어를 지도하신 Y선생님, 대학 시절 학문과 삶을 연계하는 자세와 방법을 지도해 주신 J교수님. 모두 스승이 가르치는 내용을 넘어서 인간적인 풍모를 보고 더 많은 것을 배웠다.

역사 속에서 아름다운 스승과 제자를 만날 수 있다. 퇴계(退溪) 이황(李滉)은 조선 성리학(性理學)을 정립한 대학자이자 뛰어난 시인이다. 19세기 중엽 도산서원(陶山書院)에서 간행한 『도산급문제현록(陶山及門諸賢錄)』에는 그의 제자가 368명으로 나온다. 퇴계의 제자들은 『퇴계선생언행록』에 스승의 삶과 학문하는 자세를 기록했다.

> 거처하신 곳은 반드시 조용했고 책상 주변은 깔끔하게 청소하셨다. 먼동이 트기 전에 일어나 이부자리를 개고 세수하고 머리를 빗고 의관을 정제한 다음, 날마다 『소학(小學)』으로 자신을 조율하셨다. 한 번도 나태한 모습을 뵐 수 없었다.

제자는 스승의 지식을 넘어 삶의 자세를 배웠으리라.

퇴계 사후 200여 년이 지난 1795년(정조 19년), 다산 정약용은 충청도 청양의 금정찰방(金井察訪)으로 좌천되어 날마다 퇴계의 글을 읽었다. 퇴계의 조심스러운 성품이 느껴지는 글을 읽으며 학문하는 자세를 가다듬었다. 신유박해 때는 강진으로 유배를 가서 수십 명의 제자를 길렀고 여럿이 큰 학자로 성장했다.

그중에 다산이 가장 사랑했던 제자는 황상이다. 둔하고 꽉 막히고 미욱했던 15세의 더벅머리 시골 총각이었던 황상에게 다산은 공부 방법으로 부지런하고 부지런하고 부지런하라는 가르침을 주었다. 황상은 이를 삼근계(三勤戒)라 불렀다. 제자는 스승을 한결같이 진심으로 섬겼다. 후에 다산의 시풍을 계승해 『치원유고(巵園遺稿)』라는 문집을 남겼다. 추사 김정희는 "지금 세상에 이러한 작품이 없다."라고 칭찬을 아끼지 않았다. 제자 황상은 스승 다산의 모든 장례 절차를 자식처럼 곁에서 지켰다. 이후에 정 씨와 황 씨 두 집안끼리 정황계(丁黃契)를 맺었다.

나무는 씨앗으로부터 뿌리가 나오고 거기서 줄기가 올라오며 잎과 열매가 맺혀서 하나의 아름드리나무로 성장한다. 나무의 출발점은 씨앗과 뿌리다. 하지만 이게 완벽하게 성장하기 위해서는 성장을 돕는 환경이 필요하다. 토양과 태양으로부터 양분도 흡수하고 비로부터 수분도 흡수한다. 이런 것들이 충족되지 않으면 아무리 타고나기를 좋은 재목이라 하더라도 제대로 크지 못하거나 중간에 죽게 된다.

사람도 나무와 같다. 바르게 성장하기 위해서는 스승이라는 환경이 필요하다. 살아온 세월이 쌓일수록 인생에 등불이 되는 스승의 은혜가 깊다. 지식이 당장 필요한 물고기라면 스승을 보고 배우는 삶의 자세는 여러 방법론이리라. 물고기를 잡는 바른 방법과 지속적인 배움의 자세, 그리고 삶에 운용하는 지혜다. 일상 태도에 늘 동행하며 간섭하는 스승이 5월이면 더욱 뭉클하게 떠오른다. 평생 동안 믿고 따라갈 스승이 있다는 것은 인생에 있어 큰 기쁨이다.

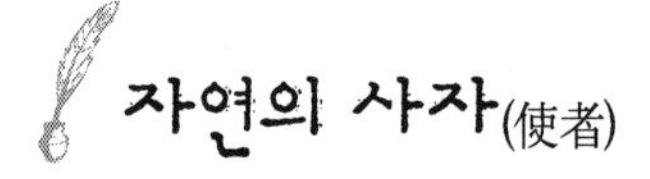

자연의 사자(使者)

저녁에 우연히 TV를 켰더니 EBS 한국 기행을 방송한다. '가을이 오면, 괴산 편'의 첫날이다. 가수 윤도현이 부르는 '가을 우체국 앞에서'가 흐르며 작가 김용규가 푸른 숲속을 걷는다. 책에서만 얼굴을 봤던 작가인데 TV에서는 처음 본다. 가수 강산에와 김C의 모습이 언뜻 보인다.

빛바랜 청바지에 자주색 티셔츠를 입은 작가는 풀벌레 소리가 청아하게 들려오는 숲 속 길을 걸으며 지금 몇 종류의 풀벌레 소리가 들려오는지를 설명한다. 가히 여우 숲 학교장답다. 그의 말대로 숲이 학교이자 스승이다. 이어서 그는 어린 시절 자연 속에서 해지는 줄 모르고 뛰어 놀다가 엄마가 "그만 놀고 들어와 밥 먹어라." 하는 소리를 듣고서야 집으로 돌아온 이야기를 천진스럽게 전한다. 자연과 조화를 이루는 표정이다.

괴산은 화양구곡, 선유구곡, 갈은구곡 같은 아름다운 계곡이 유명하다. 작가는 맑은 계곡물이 흐르는 얕은 냇가 한가운데에 정사각형 돌 하나를 옮겨 놓고서 바지를 걷고 그 위에 앉는다. 물에 발을 담그고 책을 읽는다. 그렇게 앉아서 책을 읽노라면 독서에 온전히 몰입할 수 있어서 행복하다고 했다. 책과 자연, 그리고 사람이 어우러진 고요한 평화다.

다음 장면이 크레센도다. 안데르센 동화 속에서나 봄직한 괴산의 '숲 속 작은 책방'이다. 김병록, 백창화 부부가 운영하는 산골 마을 서점이다. 아기자기한 에덴동산처럼 꾸며 놓은 정원 곁에 그림 같은 전원주택이 있다.

거실에 들어가면 벽마다 놓인 책장에 책이 2,000여 권이 있다. 안주인이 책마다 띠지를 둘러 손글씨로 공들인 추천사를 적어놓았다. 곳곳에 책에 관한 사진과 소품도 가득하다. 고추와 토마토를 키우는 정원 옆 오두막에는 중고 서적 1,000여 권이 놓여있다. 오두막 책방 안 해먹에서 동네 아이 샤론과 시온이가 책을 읽고 노래하는 표정이 천사 같다.

부부는 몇 가지 분야의 책을 주로 취급하는데 반전(反戰), 평화와 관련된 에세이와 인문학, 동화 등이다. 책방이 살아남으려면 책 파는 가게가 아니라 책 읽는 사람을 만들어 내는 공간으로 변해야 한다는 부부의 철학이 마음에 든다.

최고의 지성은 자연에서 배울 줄 아는 능력이라고 생각한다. 자연의 법이 곧 세상의 법이다. 자기 철학을 갖고 자연 속에 사는 사람은 그 비밀을 아는 이들일 것이다.

한편 도시의 중심, 메트로폴리탄에 사는 사람을 위해 자연의 대체품이 있다. 바로 활자 책이다. 책은 자연의 사자(使者)다. 자연의 지혜가 고스란히 담겨 있다. 활자 책을 읽으며 밑줄을 긋고 행간에 머물거나 떠오르는 생각을 여백에 메모하는 것은 자연을 여행하는 즐거움과 같다. 흠모하는 자연이 멀리 있다면 대신 가까이 있는 책을 펴면 된다. 그래서 무림에 고수가 있다면 책 읽는 사람 중에도 고수도 있다.

『서울을 떠나는 사람들』이라는 책에서 이런 구절을 읽은 적이 있다.

> 가끔 지방 대학에 오래 계신 교수들 가운데 진정한 고수를 만날 때가 있다. 그 이유는 단순한 곳에 있다고 본다. 매 시간 각종 연락에 시달리는 서울의 교수들과 달리, 이 고수들은 서울을 오가는 기차 속에서 아무런 방해 없이 독서하는 시간을 확보할 수 있다는 것이다. 그것이 그들을 고수로 만든 비밀이라고 생각한다.

도시에 살아도 외부로의 창은 자기 선택에 따라 얼마든 차단할 수 있다. 바빠서 책 읽을 시간이 없는 게 아니라 책을 읽지 않기 때문에 잡다한 일들로 바쁘다는 말이 맞다. 어느 순간부터 실속 없이 분주하게 살고 싶지 않아서 책을 본다. 나는 요즘 700페이지 분량의 고전 읽기를 시작했다. 그 안에는 18세기 동양의 문학과 역사, 철학이 담겨 있다. 옛 학자들의 지식 세계를 구경하는 즐거움이 지극하다. 자연 대신 책 속에서 세상의 법과 인간의 법을 생각하는 시간이다. 그 속에서 자연의 고요와 지혜를 만난다.

그리고 후기.

몇 달 후 추석 연휴에 괴산에 다녀왔다. 여행 코스는 EBS 한국기행을 따라갔다. 직접 가 본 괴산은 TV보다 더 멋졌다. 방송에 출연해서 괴산을 아름답게 소개한 자연의 사자, 김용규 작가의 백오산방에 들러서 귀한 차 대접도 받았다. 작가와 이런저런 이야기를 나누며 먼 훗날 괴산에 내려가 살아도 좋겠다는 마음이 들었다. 그날 밤 노부부가 운영하는 시골집 펜션에서 하루를 묵었다. 밤이 깊어서 창을 여니까 아무것도 없는 칠흑 같은 밤하늘에 대보름달이 또렷이 떠 있다. 분명 천국은 현세에 있다.

곡신은 불사다

집 가까이에 잠깐 볼 일이 있어서 마을버스를 기다리는데 승용차 한 대가 내 앞에 선다. 창문을 내리더니 한 남자가 우렁찬 목소리로 "아줌마! 구청으로 가려면 어떻게 가야 돼요?" 하고 묻는다.

'아줌마라니…….'

나는 마을버스가 오는 방향만 바라보고 있었기 때문에 운전자 얼굴은 못 봤다. 마침 물음이 끝나자마자 마을버스가 도착해 나는 못 들은 척하고 얼른 버스에 올랐다. 길을 알려 주고 나서 버스를 탈 수도 있었다. 그런데 아줌마라니. 이래 보여도 밖에 나가면 "어머, 그 나이로 안보여요." 또는 "결혼하셨어요?" 소리를 듣는데 아줌마라니. 더구나 뒤에서 누군가 나에게 뭔가를 물을 때는 가끔씩 '아가씨' 소리도 듣는데 아줌마라니. 더구나 예쁘지도 않은 그 단어를 어찌나 용감하게 부르던지 주변에 민망할 정도였다.

한번은 사우나에서 여러 여자들이 모여서 이야기를 하는데 누가 봐도 뚱뚱한 여자한테 어느 분이 "어머, 자긴 어쩜 그렇게 날씬해?" 하는 거다. 나는 속으로 '아니, 어딜 봐서 날씬하다는 거야.' 하고 생각했다. 다리를 접고 얼굴을 숙인 채 손으로 종아리를 감싸고 사우나에 앉아 있는데, 또 한 중년 부인이 내 뒤에 앉은 여자한테 말을 건다.

"결혼했어요?"

"네. 아이가 고등학생, 대학생인데요?"

"어머, 난 미혼인 줄 알았네."

슬며시 뒤를 보며 '누가 봐도 기혼인데 어딜 봐서 미혼이라는 거야?' 하고 생각했다. 그런데 그 중년 부인은 지난번 나한테 사우나에서 "어머, 자긴 몸매가 어쩜 그렇게 예뻐요?" 했던 분이다. 순간 고개가 갸우뚱해졌다. 뻔히 거짓말인줄 알면서도 기분은 좋다. 덕담을 해준 아주머니한테는 피로 회복제 한 병이라도 사 드리게 된다.

집에 돌아와서 남편에게 그 이야기를 했다. 남편은 "자기들끼리 치켜세워 주고, 자기들끼리 좋아하고. 개그 프로에 그 소재로 코너 하나 만들면 히트 치겠다." 하는 거다.

남편과 이야기를 하다 보면 나는 "그만해. 말이 통해야지, 말이." 하고 다툼으로 이어질 때가 있다. 남편과는 장거리 연애를 했다. 나는 서울에 살았고 남편은 서울에서 380㎞ 떨어진 지방에서 근무했다. 말이 없는 남편은 자주 시외 전화를 걸어서 "자, 이제 이야기해 봐요." 했고 나는 신이 나서 이런저런 이야기를 했었다. 남편은 내 이야기가 재미있고 유익하다면서 귀를 기울여 들었고, 끊을 때는 언제나 "오늘도 책 한 권 잘 읽었네요. 고마워요." 했다.

그랬던 그가 이제는 내가 무슨 말을 좀 하려고 소파에 앉아 보라고 의자 바닥을 탁탁 두드리면 "여기 단두댄데." 하고는 "딱 30초만 이야기해." 한다. 30초 동안 무슨 말을 하라는 건가. 30초가 넘으면 안경을 벗고 눈을 감는다. 개의치 않고 이야기를 계속하면 남편은 눈을 번쩍 뜨고 "그래서 결론이 뭐야? 그만하지! 나 공황 장애 걸릴 것 같아."라고 맥을 끊는다. 결론만 이야기하란다. 30초짜리 남편이다.

소통에서 중요한 것이 쿠션 언어다. 본론으로 들어가기 전에 상대방의 마음을 구하는 배려의 표현이다. 누군가에게 부탁할 때 '실례합니다.'라든가 '바쁘시겠지만' 또는 '미안하지만'으로 시작하면 상호 간에 부드러운 분위기가 만들어진다. 운동의 워밍업이고 음식의 애피타이저다. 여자는 이런 쿠션 언어에 강하다.

신문에 함명수 작가의 '권총(2008)'이라는 그림 작품이 실렸다. 차가운 금속 질감의 권총을 따뜻한 섬유 질감의 털실이 감싸고 있는 그림이다. 그림에서 권총은 공격과 파괴의 속성을 지닌 남성을 의미하고, 털실은 사랑과 평화, 포근함의 속성을 지닌 여성을 의미한다. 그림 아래엔 코맥 매카시의 소설 『핏빛 자오선』에 나오는 이 문장이 적혀있다.

'남자라면 누구나 그 감정을 잘 알고 있지. 공허와 절망 말이야.

그래서 우리는 무기를 만드는 것이 아니던가.'

그림을 보면서 계곡의 신은 죽지 않는다는 노자의 곡신불사(谷神不死)가 떠올랐다. 계곡은 가뭄에도 물이 마르지 않는 신비로운 골짜기며 생명의 젖줄이다. 높고 경직된 강함보다는 낮고 부드러운 유약함이다. 곡신과 여성은 닮았다. 여성의 자궁에서 생명이 잉태하고 생명이 유지되기 위해서는 반드시 양수가 필요하다. 생명의 씨앗이 아무리 훌륭해도 밭에서 잘 길러내지 못하면 생명이 온전히 살 수 없다. 생명의 원천이 곡신이고 여성이다. 남자의 정공법보다 여자의 우회법이 한 수 위다. 직선적 사고보다 곡선적 사고다. 그래야 피로 회복제 한 병이라도 얻어먹는다.

인생 3락(樂)

어제보다 오늘이 행복하고 오늘보다 내일이 행복할 거라고 믿으며 산다. 살아온 시간이 쌓일수록 과거로 돌아가고 싶은 마음이 줄어든다. 굳이 한때를 꼽는다면 중학교 시절이다. 오십 줄에 들어서도록 인문 정신을 내려놓지 않게 마음에 탄탄한 토대가 되어 준 3년이다. 인문의 토대는 자연과 문학, 그리고 음악이라고 생각한다. 돌아보니 나의 중학교 시절에 그 셋을 마음껏 누렸다.

삼각산 기슭에 자리 잡은 중학교에는 예쁜 뒷동산이 있었다. 점심시간이면 하얀 깃을 덧댄 교복을 입은 중학교 여학생들이 삼삼오오 팔짱을 끼고 동산으로 올라갔다. 우리들은 매점에서 딸기 우유와 과즙 음료를 사 등나무 벤치에 앉아서 마시며 조잘조잘 이야기도 나누고 깔깔대며 웃음꽃을 피웠다. 지나가던 선생님들은 우리 모습을 올려다보시고는 말똥만 굴러가도 까르르대며 웃는다고 놀리셨다. 우리는 가끔씩 이야기에 빠져 수업 종이 치는 소리를 못 듣고 있다가 사위가 조용해져서야 화들짝 놀라서 교실로 달려가기도 했다.

동산 아래에는 커다란 연못이 있었는데 우리들은 연못가에 서서 물고기가 뛰는 모습을 재미있게 들여다보기도 했다. 미술 시간에 야외 수업으로 학교 풍경을 그리는 시간이면 여러 학생들이 연못가에 앉아서 그림을 그렸다. 고요히 앉아서 그림을 그리는 동안에 음악 수업이 든 학급에서는 "봄의 교향악이 울려 퍼지는 청라 언덕 위에 백합 필 적에." 하는 '동무 생각'이나, "세모시 옥색 치마 금박 물린 저 댕기가." 하는 '그네'가 고운 선율로 은은하게 울려 퍼졌다. 어린 나이였지만 그 순간에 들려오는 음악 시간의 합창이 정말 아름답다고 느꼈다. 지금 가사를 다시 음미하면 아름다운 한 편의 시였다.

내가 다닌 중학교에는 음악실이 따로 있어서 교실 수업과 음악실 수업을 구분해서 진행했다. 교실 수업은 이론 중심이었고 음악실 수업은 실습 중심이었다. 이론을 가르치신 남자 선생님은 계이름을 비롯해 음악 이론을 암기하는 숙제를 많이 내 주셨는데 숙제를 제대로 안 해 오면 무섭게 혼내셨다. 그때 이론을 암기하는 데만 치중한 나머지 나는 '음악의 어머니'라고 배운 헨델이 성인이 되어서도 정말 여자인 줄 알았다. 대학에서 음악 관련 수업 때 헨델이 남자란 걸 알고 차마 부끄러워 내색하지 못한 채 표정을 담담하게 지었지만 너무 충격적이었다. 아니, 그럼 음악의 작은아버지나 삼촌이라고 해야지, 왜 '어머니'라고 해서 헷갈리게 한 걸까.

중학교에서 음악 실습을 가르치신 여자 선생님은 아주 친절하고 아름다운 분이셨다. 어깨쯤 내려오는 단발머리에 서구적인 마스크였고 목소리도 참 고우셔서 나나 무스쿠리 같은 느낌을 주는 분이었다. 클래식을 집중적으로 감상한다거나 합창곡을 파트별로 연습하는 수업은 음악실에서 진행했다. 나는 C.A 수업으로 합창반이어서 음악 실습이 매우 즐거웠다.

우리는 1학급 1화단 꾸미기도 했다. 학생들은 계절에 맞춰서 꽃과 식물을 심고 물도 자주 주면서 정성껏 가꿨다. 교실과 음악실은 다른 건물에 있어서 우리들은 수업을 오가는 동안에 자주 화단을 들여다봤다. 학급마다 공통으로 보라색 꽃이 피는 난초를 자주 심었다. 중학교가 삼각산 품속에 있어서 방과 후에는 두 학급씩 단체로 주변 계곡에 자연 보호 활동을 나가곤 했다.

중학교에 다니는 동안 문학 시간이 아주 재미있었다. 지금 돌아보아도 담당 선생님들께서 수업을 정말 잘해 주셨다. 국어 시간에는 시나 시조, 수필과 설명문 등 장르별 수업에 집중해서 내용을 즐겼을 뿐이지, 시험에 대한 인식은 낮았던 것 같다. 선생님은 교과서 내용과 관련한 다른 이야기를 폭넓게 들려주셨고 우리들은 수업보다 그 말씀이 더 흥미로웠다. 선생님과 학생들이 감성적으로 혼연일체가 되었던 것 같다. 나는 국어 시간이 점점 좋아져서 집에 와서도 자정이 넘도록 책을 읽고 친구한테 편지를 쓰거나 마당에 나가서 밤하늘을 보며 감히 인생을 어떻게 살아야 할까를 고민하기도 했다.

그리고 영어 시간! 내 인생에서 잊을 수 없는 수업이다. 중학교 2학년 담임선생님의 수업이었다. 선생님은 사범 대학을 졸업하시고 우리 중학교에 첫 부임한 총각 선생님으로 '총각'이라는 점 외엔 외모적으로는 그다지 특별한 게 없는 평범한 선생님이셨다. 보통 키에 보통 체중, 보통 얼굴에 대한민국 어디서나 흔히 볼 수 있는 분이었다.

담임선생님의 수업은 스페셜했다. 새로운 레슨(lesson)에 신출 단어의 파생어부터 중요한 예문까지 충분히 설명하셨다. 학생들도 영어 단어 하나만 달랑 외우는 게 아니라 사전을 찾아서 단어의 파생어를 이어 가며 외웠다. 초등학교 국어 시간의 짧은 글짓기처럼 사전을 보면서 영어 단어를 적용한 예문까지 꼼꼼히 읽었다.

영어 본문 수업을 할 때도 체계적이어서 해당 레슨에 필요한 영문법을 명조체로 또박또박 판서하며 명확하게 설명해 주셨다. 선생님의 수동태와 능동태 호환 수업은 아직도 기억에 선하다. 선생님의 단어 공부법, 필기법을 보면서 학생들은 스스로 배웠다. 선생님은 자신이 어떤 태도로 사시는지 말한 적 없고, 우리들에게 어떻게 하라는 지시를 하신 적도 없다. 지금 생각해 보니 부지런하고 성실한 분이셨던 것 같다.

담임선생님은 종례 시간에 학생들과 통기타 노래 부르기를 좋아하셨다. 노래를 잘하는 학생이 앞으로 나와서 선생님의 기타 연주에 맞춰 대학 가요제 수상 곡을 부르기도 했다.

어느 날 종례 시간에 교실을 웃음바다로 만든 사건이 하나 있었다. 선생님은 수업 중이나 종례 전달 사항을 말하다가 뜬금없이 진지해지실 때가 있었다. 그날도 종례 시간에 선생님 혼자 엄숙히 전달 사항을 말씀하셨다. 학생들은 듣는 둥 마는 둥 어서 집에 갈 준비를 하고 있는데 서서히 교탁 앞자리에서부터 수군수군하며 웃음소리가 들리기 시작했다. 앞자리 친구들에게 물으니 선생님 바지 지퍼가 내려갔다는 것이다. 교실 전체로 삽시간에 그 이야기가 퍼졌다. 선생님 앞에서 대놓고 웃을 수 없어 참아가며 웃으니 더 재미있었다. 선생님은 영문을 모르신 채 어리둥절하시며 말씀을 끝내고 교단을 내려가셨다. 그리고 교실을 나가시다가 앞문 벽에 걸린 거울을 보시고 학생들이 왜 웃었는지를 아셨다. 선생님은 그대로 다시 교단에 올라오셔서 "모두 눈 감아." 하며 다른 사람의 실수를 보고 놀리듯 웃는 것은 나쁜 행동이라고 훈시하신 뒤 황급히 교실을 나가셨다. 우리는 책상을 치고 옆 친구를 때리며 배꼽 빠지게 웃었다.

30여 년이 훌쩍 흘러간 어느 날 선생님과 통화를 했다. 선생님은 퇴직하셔서 고향에 내려가 살고 계시다. 선생님과 오랜만에 안부를 주고받다가 그때 그 사건을 말씀드렸다. 전화기 건너편의 선생님은 내 이야기를 들으시곤 그런 일이 있었느냐면서 마치 고개를 허공을 향한 듯하시고 호탕하게 껄껄껄 웃으셨다. 나중에 서울에 오시면 한번 뵙기로 했다.

자연의 품 안에 자리 잡은 중학교에서의 음악과 문학 수업을 통해 자기 성찰과 아름다운 감성이 싹텄다. 인문학은 인생의 의미와 행복이 내 마음 씀씀이에 달렸다는 데서 출발한다. 지금도 나는 휴일마다 책 한 권을 들고 음악을 들으며 집 근처 산길을 걷는다. 학교 때 즐겨 듣던 아름다운 음악을 듣노라면 그 시절 순수했던 정서가 리셋 된다.

인문의 토대인 자연과 문학, 음악은 내 삶의 지극한 세 가지 즐거움이다. 인문의 토대가 삶의 토대다.

보고 싶은 얼굴

라디오를 듣는데 '산다는 것은'이란 노래 가사 중에 가슴에 와 닿는 대목이 있었다.

> 내 어깨 위에 짊어진 삶이 너무 무거워 / 지쳤다는 말조차 하기 힘들 때 / 다시 나의 창을 두드리는 그대가 있고 / 어둠을 가둘 빛과 같아서 / 여기서가 끝이 아님을 기쁨처럼 알게 되고 / 산다는 건 그것만으로도 의미는 충분한 거지

고통 총량의 법칙이라는 말처럼 사는 것은 누구나 힘들다. 그때마다 노래 가사처럼 산다는 건 그것만으로도 의미는 충분하다고 스스로 위안을 삼는다. 나이가 들수록 독해 보이거나 슬퍼 보이는

얼굴을 자주 본다. 험한 세월을 이겨 내려면 독해야 하고 그것이 힘에 부치면 슬픈 얼굴이 된다. 모진 세월을 지나오면서도 곱게 나이 드신 분을 보면 눈길이 한 번 더 간다. 독해 보이지도 않고 슬퍼 보이지도 않는다. 한발 더 나아가서 긍정적이고 순수한 분위기가 감돈다.

오래전 KBS에 '단박 인터뷰'라는 시사 프로그램이 있었다. 사회에서 영향력 있는 인물을 찾아가 15분 동안 단박에 인터뷰한다. 주 3회, 밤 11시에 방송했는데 진행자와 스태프들이 출연자(interviewee)를 찾아가는 과정을 아주 박진감 있게 묘사했다. 집무실로 찾아가는 경우 카메라가 주변 경관부터 시작해 출연자에게 접근 후 방송을 준비하는 과정을 아주 스피드하게 처리했다. 큐 사인을 하기까지 여러 개의 카메라와 방송 장비가 부산하게 움직였기 때문에 마치 출연자에게 급습한 느낌을 주어서 시청자에게 집중력과 호기심을 유발했다.

프로그램 진행을 맡았던 김영선 PD는 동그랗고 짧은 생머리에 큰 눈망울과 청량한 목소리가 인상적이었다. 지금 떠올려 보면 연두 사과인 아오리의 풋풋함 같았다. 그녀는 굳어 있는 출연자와 딱딱한 인터뷰 프로그램을 유연하게 진행했다. 공적이고 시사적인 질문에 대해 답변을 들을 때는 진지하게 경청했고 사적인 질문을 할 때는 부드럽고 다정한 태도로 출연자의 마음을 여는 마력이 있었다.

그 프로그램의 백미는 항상 마지막 질문이었다. 시사 프로그램 성격이 강한 만큼 딱딱하고 사무적인 방송 분량이 끝나면 김영선

PD는 슬슬 감췄던 비장의 무기를 꺼내듯 "저…… 이 프로그램에서 꼭 여쭤 보는 질문이 있는데요. 좋아하는 노래 있나요? 있으면 한 소절 좀 불러 주시겠어요?"라고 부탁한다. 난 그 시간이 가장 좋았다. 질문을 할 때 김영선 PD의 장난스런 표정과 출연자가 당황하는 모습이 아주 재미있었다. 출연자 대부분이 엄숙한 분들이어서 대놓고 부르기보다는 조금 부자연스럽게 한두 소절만 가볍게 부르면 이어서 원 가수의 노래와 함께 인터뷰했던 장면들이 아름답게 편집되어 화면에 나타나고 방송이 끝난다.

여러 출연자 중에서 기억에 남는 한 기업인이 있다. 국가적으로나 사회적으로 많은 이력과 성과를 쌓아 오기까지 그가 느꼈을 삶의 무게가 막중했을 텐데 중년을 훌쩍 넘긴 나이에도 삶의 태도가 낙천적이고 긍정적이며 표정이 순수하다. 특히 나는 그분 눈빛이 좋다. 순수한 열정이 느껴진다. 그분에게 느껴지는 정서는 맑게 닦인 유리창 같다. 선뜻 다가가서 이야기를 나누고 싶어진다. 52년생인데도 간간이 매체를 통해서 보는 그의 안경 너머 눈매는 유별나게 천진하다.

단박 인터뷰에서 나눈 거대 담론은 자세하게 기억이 안 난다. 단지 마지막 질문에서 그 기업인의 태도는 눈에 선하다. 그는 좋아하는 노래를 묻자 조용필의 '친구여'라고 했다. 진행자가 한 소절만 좀 불러 줄 것을 부탁하자 올 것이 왔다는 듯 부끄럽게 웃으며 "에이, 그런 거 하지 마래이." 하고 손사래를 쳤다. 그리고 끝내 사양했다. 할 수 없이 조용필의 '친구여' 전주가 장중하게 흐르고 노래가 나오면서 그날 인터뷰가 끝을 맺었다. 나는 라디오에서 '친구여'

란 노래를 들으면 항상 그때 인터뷰가 생각난다.

수행이란 인생을 부정적으로 바라보는 눈을 긍정적으로 볼 수 있게 연습하는 과정이라고 했던가. 세상을 좁게 보면 비극이고 넓게 보면 희극이라고 한다. 나이가 들수록 얼굴에서 어린아이 얼굴이 오버랩 되는 이가 있다. 단박 인터뷰에서 내가 본 그 기업인이 그렇다. 보고 싶은 얼굴이다.

나를 사랑하는 집

도연명(陶淵明)은 젊은 시절 성공을 거두기 위해 무진 애를 썼다. 어려서 부친을 잃고 12세에는 계모마저 여의게 되어 고아로 가난한 청년 시절을 보냈다. 워낙 총명했던지라 열심히 학문을 닦아 마침내 29세에 관직에 나갔고, 41세가 되는 해까지 조정에서 높은 뜻을 키워 나갔다. 도연명은 어렵고 혼란한 시대에 살면서도 좌절하거나 불의에 타협하지 않았다. 41세 가을에는 스스로 관직을 버리고 전원으로 돌아갔는데 그의 대부분의 시가 이 시기에 지어졌다.

도연명의 '산해경을 읽고(讀山海經)'에 이런 대목이 나온다.

> 초여름 초목이 자라니 집 둘레 나무가 무성하네. 뭇 새는 깃들 곳에 기뻐하고 나 또한 내 오두막을 사랑한다네. 이미 밭 갈고 씨 뿌렸으니 때때로 돌아와 내 책을 읽노라.

孟夏草木長 繞屋樹扶疎. 衆鳥欣有託 吾亦愛吾廬. 旣耕亦已種 時還讀我書.

조선 시대 문인 중에는 이 구절에 나오는 '나 또한 내 오두막을 사랑한다네[吾亦愛吾廬]' 중 '愛吾'를 매우 좋아해서 인생의 지표로 삼은 인물이 많다. 조선 중기 문인인 유성룡은 안동 하회 마을에 옥연서당(玉淵書堂)을 짓고 그 곁에 두 칸짜리 집을 마련해 '애오려(나를 사랑하는 집)'라 했다. 조선 후기 문인이자 실학자, 과학 사상가인 홍대용도 자신의 집 이름을 애오려라고 붙였다. 조선 후기 문인 심낙수의 벗 이규위라는 자도 자신의 집을 애오헌(愛吾軒)이라 했다. 19세기 서울에서 가장 아름다운 집인 심상규의 가성각(嘉聲閣) 한편에도 오역애오려(吾亦愛吾廬)라는 작은 집이 있었다.

나를 사랑하는 방법은 무엇인가? 도연명에게 번잡한 벼슬살이는 참다운 본성을 위배하는 것이었다. 자신의 바른 뜻을 지키기 위해 기꺼이 곤궁함을 감내하기로 했다. 그리고 마침내 41세에 관직에서 물러나 자연으로 돌아와 천진(天眞)을 추구하는 시를 여러 수 남겼다.

마음이 담담해지면 외적 조건에 맹목적으로 얽매이지 않게 된다. 조선 후기 문인 심낙수는 얼굴이 추하고 키가 작은 사람이 자신의 용모를 바꾸려다 그 목숨을 앗아가게 될 거라면 결코 그렇게 하지 않는 것이 바로 자신을 사랑하는 것이라고 했다. 외모가 못난 사람이 자신의 생명을 귀하게 여기듯, 지식인은 자기 뜻을 생명처럼 알아 권력과 이익 앞에서 옳은 뜻을 바꾸지 않는 것이 자신을 사랑하는 것이다.

사람들은 부귀나 명예를 보면 사생결단하고 그것을 취하고자 한다. 눈앞의 욕망 때문에 목숨이 위태롭기도 하고 바른 뜻을 꺾기도 한다. 뜻 있는 선비가 높은 학문을 닦아 벼슬로서 나라에 공을 세우려다 이루지 못하고 비분하여 요절한 경우를 역사 속에서 본다. 또한 국가 안위를 도모하려다 먼저 죽임을 당한 경우도 있었다. 비록 제 이익만을 챙기려다 목숨을 잃은 것과는 다르지만 외물로 인해 제 생명을 잃은 것은 마찬가지다. 도연명은 인생은 잠시 현세에 머물다가 돌아가는 것인데 후세에 무엇을 남기려고 자기의 목숨을 걸며 중상과 모략으로 살아가는지에 대한 의문을 남겼다.

김종후는 벗 홍대용의 애오려를 위해 쓴 '애오려기(愛吾廬記)'에서 이렇게 말했다.

> 내 귀를 사랑하면 귀가 밝아지고 내 눈을 사랑하면 눈이 밝아진다. 나의 온몸이 사랑을 얻게 되면 순해지고 내 덕성이 사랑을 얻게 되면 바르게 된다. 나의 눈과 귀가 밝아지고 순정(順正)해져서 남을 대하면 남은 나의 사랑을 받지 아니함이 없게 된다. 그러므로 남을 사랑한다는 것은 본래 나를 사랑하는 그 테두리 밖에서 나오는 것이 아니다.
> 愛吾耳則聰 愛吾目則明. 吾百體得愛則順 而吾德性得愛則正. 聰明順正而處乎人 則人莫不受其愛矣. 故愛人固不出於愛吾也.

남을 사랑하는 출발은 먼저 나를 사랑하는 데 있다. 나의 눈과 귀를 사랑하면 총명해지고 나의 몸과 마음을 사랑하면 순정해진다. 총명하고 순정한 마음으로 남을 대하면 누구든지 사랑으로 대하게 된다. 세상을 바라보는 눈은 자신의 눈과 마음의 창을 통해서다. 먼저 내 몸의 지체와 마음의 덕성부터 사랑하자. 애오(愛吾)!

글쓰기, 그 에로틱의 세계

쾌락은 몸의 몫일까, 마음의 몫일까. 쾌락은 몸의 몫이요, 쾌감은 마음의 몫이다. 쾌락은 쾌감을 얻기 위해 존재한다. 쾌락은 몸을 통해서 마음에 쾌감으로 전해진다.

고양된 지성일수록 매개체를 덜 필요로 한다. 단계를 스킵(skip)하는 것이다. 글쓰기는 몸을 통하지 않고 마음으로 직접 관통해 오는 쾌감이다. 글쓰기는 자기와 노는 것이다. 나의 자아, 이상, 세계관, 무의식, 취향, 습관, 주변 환경, 경험을 파헤치고 윤색하는 것이다. 글쓰기는 자기를 완성해 가는 작업이다. 글쓰기는 자기 유희다.

초등학교 선생님한테는 신기(神氣)가 있는 것 같다. "글짓기에 능한 어린이입니다." 나의 초등학교 4학년 통지표에 담임선생님께서 써 주신 말씀이다. 글짓기에 능한지는 모르겠지만 난 글을 읽고 생각하고 습작하는 것을 참 좋아한다. 송나라 구양수가 제시했다는 글쓰기의 기본, 다독(多讀), 다작(多作), 다상량(多商量)인 셈이다.

글의 매력은 유약함의 매력과 통한다. 글 중에도 당장 읽기에 즐겁고 직설적인 표현보다는 은근히 데워서 점차 온기가 퍼져 어느 순간 '아!' 하고 깨닫게 하는 글이 좋다. 단발적인 느낌보다 긴 여운이 좋다. 그때의 느낌이야말로 격조 높은 에로틱이다. 학창 시절 영어 공부 필독서였던 성문종합영어 대표 구절인 The pen is mightier than the sword, 즉 文은 武보다 강하다는 사례는 역사 속에서도 찾을 수 있다.

신라 최치원은 당 유학 시절 '토황소격문(討黃巢檄文)'을 지어 황소의 난을 평정했다. 명나라 중기 양명학의 창시자인 왕양명(王陽明, 1472~1529)은 반란군이 난폭하게 득세할 때마다 반란군을 향한 가슴 절절한 편지로 반란을 직접 진압한 적이 있다고 한다.

일상에서도 말보다는 글이 은근한 울림을 준다. 오가는 말이 너무 공허할 때가 많다. 참을 수 없는 혀끝의 가벼움이여! 말은 즉흥적으로 하지만 글은 생각하며 쓴다. 말은 가식적일 수도 있고 자기과시적인 말을 내뱉음으로 해서 상대에게 불쾌감을 유발할 수 있지만 글은 생각하며 쓰다 보니 돌출된 표현을 다듬으며 마음도 다듬게 된다. 나는 좋아하는 스승이나 작가에게 이메일을 자주 쓴다. 답장을 읽을 때마다 설레고 글에 나타나는 정서의 순수함이 참 좋다. 가끔 차를 마시며 예전에 받았던 편지를 다시 읽어 보면 순수함이 그대로 묻어난다.

요즘 나는 광화문 TV조선 빌딩에서 조선일보 박해현 문학 담당 기자에게 글쓰기를 배우고 있다. 지성의 시각으로 인간과 사물, 현실을 바라보는 글을 읽고 써 보는 것이다. 지식과 정보를 담으면서도 독자를 감동시킬 감성이 어우러진 인문학적 글쓰기를 배우는 시간이다. 글에 관한 동서양 작가의 의견을 제시한 자료를 읽고 뜨거운 감자 떠오른 시사 이슈에 대한 전문가 의견을 토대로 자유롭게 토론하기도 한다. 전문 작가가 쓴 여행, 과학, 철학, 문학, 역사에 관한 글을 읽고 함께 좋은 글쓰기에 대해 생각해 보기도 한다.

박해현 기자는 특별한 수업 자료 없이 3시간 동안 화이트보드에 자유롭게 필기해 가면서 오랜 세월 기자로서 겪은 글쓰기에 대한 현장 경험을 생생하게 들려준다. 규격화된 수업이 아닌 살아 있는 소통이다. 박해현 기자의 수업스타일과 수업 내용은 마치 고등학교 국어시간 같다. 각종 수사법을 배울 때 학창시절 국어 시간이 떠올랐다. 수강생들은 그때그때 자유롭게 질문한다. 대부분 한순간도 놓치지 않으려고 수업에 집중한다.

쉬는 시간에 잠시 나갔다 들어오면 박해현 기자는 매번 이렇게 말한다.

"무슨 토익 공무원 시험을 대비하는 노량진 고시생들 같습니다. 화장실도 안 가세요?"

20대부터 60대까지 다양한 수강생들의 글쓰기 열기가 뜨겁다. 수강생 중에는 전라도 광주에서 매주 월요일 밤 7시부터 10시까지 글쓰기 수업을 듣기 위해 총 8회 수업 동안 KTX를 타고 상경했던 분도 있었다.

수업은 매주 한 편씩 자유 소재로 A4 1매의 글쓰기 숙제를 해서 메일로 제출하면 박해현 기자가 직접 코멘트를 해서 보내 준다.

글쓰기는 자기를 발견하는 시간 같다. 한 땀 한 땀 씨실과 날실로 자기를 완성해 간다. 거기서 느끼는 쾌감이야말로 에로틱하다.

진심

불교는 종교를 넘어 수양과 삶의 참된 방법을 전해 주는 가르침이다. 불교 초기 경전인 『아함경(阿含經)』은 석가모니의 깨달음과 설법 내용을 잘 보존하고 있다. 아함경에는 사성제(四聖諦)와 삼법인(三法印), 연기법(緣起法)을 비롯해 불교의 기본 진리들이 제시되어 있다. 그중 사성제는 네 가지 성스러운 진리, 즉 고(苦), 집(集), 멸(滅), 도(道)를 가리킨다.

'고'는 생로병사의 고통 등 삶의 여러 가지 고통을, '집'은 '고'의 원인으로서 무엇인가에 대한 심한 갈구[渴愛]나 집착을 말한다. '멸'은 고통의 원인이 소멸하여 해탈하는 것을, '도'는 열반에 도달하기 위한 수행의 길을 말하며 구체적으로 팔정도(八正道)라고 해서 여덟 가지 올바른 방법을 제시한다. 그것은 바르게 보는 것(정견, 正見), 바르게 생각하는 것(정사유, 正思惟), 바르게 말하는 것(정어, 正語), 바르게 행동하는 것(정업, 正業), 바르게 생활하는 것(정명, 正命), 바르게 노력하는 것(정정진, 正精進), 바른 신념을 갖는 것(정념, 正念), 마음을 바르게 안정시키는 것(정정, 正定)이다.

불교는 세상 모든 것을 고통으로 보고 그 고통과 번뇌로부터 벗어나는 것을 목적으로 삼는다. 그리고 인간이 고통과 번뇌에 시달리는 이유를 무명(無明)에서 찾는다. 무명이란 불교에서 말하는 세상의 참모습과 진리를 깨닫지 못하고 무지의 상태에 빠져 있는 것을 말한다. 따라서 무지의 어둠을 걷어내고 밝게 깨달으면 그것이

구원이고 해탈이다. 불교의 구원이나 해탈은 제3자가 보장해 주거나 초월적 신이 나타나 인간을 인도하는 것이 아니다. 고통 받는 당사자가 스스로 깨달아서 스스로를 구원하는 것이다.

그렇다면 깨달음의 주체는 무엇일까. 무엇이 깨닫는 것일까. 불교에서는 우리 자신의 마음이라고 본다. 반대로 무명으로 인해 번뇌와 고통에 시달리는 것은 무엇일까. 이것 역시 우리의 마음이다. 다시 말해 깨달아서 자유로운 것도 우리 마음이고 무지해서 무명에 시달리며 고통과 번뇌를 겪는 것도 우리 마음이다. 그렇다면 무명과 깨달음, 번뇌와 해탈이라는 상반된 상태를 오가는 이 '마음'이란 대체 무엇일까.

통일 신라 시대 불교 철학자인 원효(元曉, 617~686)는 그 답을 『대승기신론(大乘起信論)』에 나오는 일심이문론(一心二門論)으로 설명한다. 글자 그대로 하나의 마음에 두 개의 문이다. 하나는 진여문(眞如門)인데 '진여'는 '타타타(tathātā)'의 번역어로서 분별과 집착이 없이 진리를 깨달은 상태를 의미한다. 다른 하나는 생멸문(生滅門)으로 집착과 분별의 망념이 생겼다 사라지는 것을 반복하는 상태를 의미한다. 마음속에 있는 이 두 개의 문은 각각 별개가 아니라 마음이 작용하는 방식이 두 가지라는 의미다.

잔잔한 바다에 바람이 불면 파도가 일듯이 고요한 진여문의 마음에 무명의 바람이 일면 온갖 생각이 일어났다 사라졌다를 반복하게 된다. 무명의 바람은 무엇일까. 원효는 세상에 모든 것은 우리 마음의 작용일 뿐이라는 유식불교(唯識佛敎)의 설명을 따른다. 유식은 세상을 인식하는 감각적 작용이다. 이 무명의 작용 속에서 본래 우리 안에 있는 진여의 마음을 자각하는 것이 부처가 되는 길이다.

우리 마음속 참마음[眞心]인 진여의 마음을 회복하는 길은 무엇일까. 밖을 향한 분별적 인식과 감각 작용을 통해 무명의 바람이 일어난 마음을 맑게 하는 길은 무엇일까. 본디 고요했던 마음 상태를 회복하는 것이다. 외부 세계를 향해 있는 관심 방향을 자기 내면세계로 돌리는 것이다. 불교에서는 이것을 회광반조(廻光返照)라고 한다. 빛을 거꾸로 돌려서 되비춘다는 의미다. 밖에 있는 것을 닮아 가는 게 아니라 본래 내 모습인 본연지성으로 돌아오는 것이다. 내 안에 잠재된 부처의 본성을 깨달아 부처가 되는 선종(禪宗) 견성성불(見性成佛)의 원리다. 더불어 사성제에서 제시하는 여덟 가지 올바른 방법인 팔정도를 꾸준히 실천, 수행함으로써 참마음을 회복하는 것이다.

가을비에 실린 바람 한번 스쳐가니 노랗게 물든 나뭇잎이 눈발처럼 흩날린다. 이렇게 한 해가 저물어간다. 분망함을 거두고 나에게 돌아오자. 여기 참마음이 있다.

그냥 마누라

남편과 나는 상극이다. 결혼 전에 시아버님께서 사주를 보니까 남편은 불이고 나는 물이란다. 결혼해서 살아 보니 정말 반대다.

남편은 말수가 적고 드라이한 편이다. 나는 밖에서 있었던 일을 남편에게 자주 이야기하는 편이다.

남편은 차를 타고 갈 때도 내가 차 안에서 이런저런 이야기를 하면 아무 반응도 없다가 꼭 "저기 앞에 뭐라고 되어 있노."라며 이야기를 뚝 자른다. 교통표지판을 물은 건데 그러면 난 일부러 "안 보여." 하고 팔짱을 낀 채 고개를 옆으로 돌리며 자는 척한다. 그러면 남편은 "당신 이야기 듣다가 사고 나면 당신이 책임질 거야?" 한다. 난 "사고 안 나." 하고 대꾸한다. 남편은 내 얘기가 재미없는 게 분명하다. 아내 이야기에는 공황 장애가 걸릴 것 같다는 나의 남편은 가끔 부부 동반 식사 모임에 가서 다른 집 부인의 이야기에는 추임새까지 넣어 가며 재미있게 듣는다.

얼마 전에 후배로부터 연락이 왔다.

"언니, 남편한테 한번 물어봐. 아내를 생각할 때 무지개 색깔 중에서 무슨 색이 떠오르는지."

무지개 색깔 심리 테스트란다. 신기해서 냉큼 남편에게 문자를 보냈다. "당신, 나를 생각하면 무지개 색깔 중에서 어떤 색이 떠올라?" 했더니 주도면밀한 남편은 "나를 시험에 들지 말게 하소서."라고 답장을 보내왔다. 어서 테스트에 답이나 하라고 했더니 남편은 '빨강'이라고 보내왔다. 후배에게 "빨간색이라는데?" 했더니 난처해하며 내가 무척 안됐다는 듯이 "언니…… 어째……." 한다.

무지개 색깔 심리 테스트는 일곱 가지 색깔별로 남편이 생각하는 아내 유형을 나눈 것이라고 한다. 빨간색은 그냥 마누라, 주황색은 애인 같은 마누라, 노란색은 동생 같은 마누라, 초록색은 친구 같은 마누라, 파란색은 편안한 사람, 남색은 지적인 여자, 보라색은 섹시한 여자란다. 후배가 난색을 표한 이유를 알았다. 은근히 자존심이 좀 상했다. 이럴 땐 스스로 자신을 위로하는 법을 궁리해야 한다. 가만히 보니 파란색이 있다. 마누라도 여자도 아닌 '사람'이다. 요즘 젊은 아이들 표현대로 여자 사람이다. 그러니 최악은 면한 셈이다.

그런데 심리테스트를 좀 더 생각해 보니까 빨간색이 무지개 색깔 중에서 맨 앞자리를 차지하는 데는 깊은 뜻이 있어 보인다. 그냥 마누라는 늘 곁에 있는 본처다. 반복되는 일상이 지겨워서 아무리 멋진 여행지로 떠났다가도 다시 그리워지는 게 일상이다. 시시하고 밋밋하게 보이는 것이 삶을 지탱하는 힘이 아닐까.

언젠가 TV에서 미국 LA 저택에 사는 부부가 경남 거제시 외도를 방문한 것을 보았다. 긴 타국 생활을 해 온 부부가 어느 봄날 오랜만에 고국을 찾아서 처음 방문한 곳은 외도에 있는 보타니아 식물원이었다. 섬 전체에 약 3,000여 종의 꽃과 나무를 심어 이국적인 정원을 꾸며 놓은 식물원을 돌아보다가 부인이 "여보, 이 꽃 정말 예쁘다!" 하며 감탄하자 남편이 "이 꽃 우리 집 뒷마당에 피어 있잖아."라고 한다.

나는 TV를 보다가 송(宋)나라 대익(戴益)이 쓴 탐춘시(探春詩)가 떠올랐다.

> 온종일 봄을 찾아다녔지만 봄을 보지 못하고 아득한 좁은 길로 언덕 위 구름 있는 곳까지 두루 헤맨 끝에 돌아와 마침 매화나무 밑을 지

나노라니 봄은 가지 머리에 벌써 와 있은 지 오래되었구나.

盡日尋春不見春 芒鞋遍踏隴頭雲 歸來適過梅花下 春在枝頭已十分.

봄이 어디쯤 왔는지 짚신이 닳도록 돌아다녔건만 정작 봄은 우리 집 마당 매화나무 가지에 걸려 있었다. 그냥 마누라야말로 집안 마당에 핀 매화꽃 아닐까.

손 편지

편지 쓰기는 내 오랜 취미다.

여고 시절 우리 반에 내 가슴을 뛰게 한 친구가 있었다. 그 친구는 우등생에다 필체가 아주 뛰어났고 조용한 성품에 가끔씩 위트도 있었다. 쇼트커트를 한 갸름한 얼굴에 주근깨가 약간 있었는데 웃을 때마다 송곳니쯤에 보이는 은니가 아주 매력적이었다.

그 친구에게 은근히 눈독을 들이고 있을 즈음에 우리가 급격히 친해질 수 있는 계기가 다가왔다. 경기도 대성리로 1박 2일 생활관 체험을 떠나게 된 것이다. 서로 마음이 통했었는지 생활관에 입소하자마자 우리는 죽고 못 사는 사이가 되었다.

담임선생님의 점호가 끝나고 방에 불을 꺼지자 우리들의 이야기는 새벽까지 깨가 쏟아졌다. 베개 하나를 둘이서 나눠 베고 손을 꼭 잡은 채 이야기를 나눴다. 한두 번 담임선생님께서 우리들이 잘 자고 있는지 감시하러 오실 때는 조용히 했다.

생활관을 다녀와서 얼마 지나지 않아 곧 여름방학이 시작되었다. 나는 그 친구 집으로 편지를 보냈다. 친구는 내 편지를 받은 날 바로 답장을 써서 보냈고 나는 친구의 편지를 받은 날 또 답장을 보냈다. 그렇게 해서 여름방학 내내 우리 둘은 편지를 주고받았다. 나는 그 친구의 필체와 깊은 사고에 감동했고 친구는 나의 장난기와 유머를 즐거워했다.

가끔 편지함을 열어서 그 친구가 보낸 편지를 다시 읽어 본다. 고등학생의 글이라고 보기에는 지금도 경이로울 만큼 필체가 수려하고 내용도 성숙하다. 나중에 들었는데 그 친구의 엄마는 집에서 늘 한복을 입고 계신다고 했다.

학년이 올라가서 짝이 된 친구와 나는 각각 국어 선생님과 영어 선생님을 점찍었다. 우리는 일 년 동안 각자가 찍은 선생님께 편지를 쓰기로 했다. 내 짝은 국어 선생님께 썼고 나는 영어 선생님께 썼다. 우리는 관제엽서를 사서 일기처럼 매일 그날 있었던 일을 써서 책상 서랍 안에 차곡차곡 모아 두었다. 선생님께 예쁘게 보이려고 친구는 국어 과목을, 나는 영어 과목을 열심히 공부했다. 방과 후에는 밤늦도록 함께 공부하며 라면도 끓여 먹고 친구의 기타 반주에 맞춰서 노래도 불렀다. 그렇게 한 해가 다 갔다. 종업식 날, 친구와 나는 그동안 모아 두었던 관제엽서에 구멍을 뚫어서 고리로 묶은 뒤 각자 선생님께 감사의 의미로 드렸다.

편지를 쓰는 사람과 편지를 받는 사람 중에서 누가 더 행복할까? 누가 더 오래 행복할까? 아마도 편지를 쓰는 사람일 것이다.

사랑을 받는 쪽보다 사랑을 하는 쪽이 더 행복한 것과 같다. 평생 행복할 수 있는 방법은 사랑하며 사는 일이다. 짝사랑에 능하면 더 유리하다. 내가 좋아하는 쪽이 꼭 나를 좋아하라는 법은 없으니 개의치 말고 짝사랑에 능하면 사랑이 사람을 행복하게 만든다. 행복은 그가 가진 사랑의 양에 비례한다. 행복해지려면 사랑의 양을 늘려 가면 된다. 불행한 사람은 못마땅한 것 천지고 행복한 사람은 좋아하는 것 천지다.

나는 요즘도 시내 서점에 들를 때마다 편지지와 카드 코너에 오래 머문다. 예쁜 꽃 그림과 천진한 어린아이 사진, 귀여운 문구를 담은 카드를 보면 슬며시 미소가 지어진다. 사랑하는 마음이 싹튼다. 카드를 보면서 그 카드와 어울릴 만한 사람을 떠올리는 것만으로도 행복하다. 마음에 드는 카드가 있으면 사다 놓았다가 손글씨로 보내 드리고 싶은 분께 편지를 쓴다. 손 편지를 쓰고 싶은 사람이 있다는 것은 행복하다.

그가 내게 행복을 주는 사람이다. 편지 쓰기는 나의 평생 취미일 것이다. '손 편지', 어감이 애틋하다.

노자가 사랑했을 여인

덕을 두텁게 지니고 있는 사람은 갓난아기에 비유될 수 있다. 벌이나 전갈이나 독사도 그를 물지 않고, 사나운 새나 맹수도 덮치지 않는다.

도에 밝은 이는 우매한 듯하고 넓은 덕은 부족한 듯하다. 비어 있는 계곡처럼 더럽고 혼탁한 것들도 수치로 여기지 않고 수용한다. 여성성을 지키면 천하의 계곡이 된다. 천하의 계곡이 되면 항상 덕이 떠나지 않아 갓난아기로 되돌아간다.

노자에 나온다.

한 지인은 50대 초반인 아동 문학 작가다. 내가 붙인 별명이 '노자가 사랑했을 여인'이다. 고운 외모부터 부드러운 성품까지 100% 무결점 여성성이다. 속 쌍꺼풀이 진 눈에 아이라인을 연하게 그리고 그 위에다 아이섀도를 살짝 바른다. 높지도 낮지도 않은 마늘처럼 생긴 코가 옆에서 보면 차분하고 매혹적이다. 립스틱은 입술 색에 가깝고 표 나지 않게 바른다. 어깨를 살짝 덮는 단발머리에 무채색의 스커트 차림을 하고 다닌다.

학창 시절에 시 낭송을 했을 만큼 음색이 맑고 청아하다. 옥타브가 적절하고 말투가 부드러워서 언제나 다정다감하게 들린다. 한번은 카페에서 사람들과 이야기를 나누다가 청아한 음성으로 즉석에서 시 몇 구절을 낭송하는 바람에 모두들 눈이 휘둥그레져서 아무도 말을 하지 못했다. 차를 마시기 전에 향을 음미하는 모습은 커피 CF 모델을 연상하게 한다. 수업 중에 필기구를 잡거나 사물을 대할 때마다 늘 섬기는 태도다.

나는 사석에서 그 아동 문학 작가를 언니라고 부른다. 언니와 나는 일주일에 한 번 공부 모임에서 만난다. 명색이 아동 문학 작가인데 모르는 게 많다고 밖에 나가서는 자기 이야기를 하지 말라고 한다.

얼마 전 언니의 PPT 발표가 있던 날이다. 그녀는 발표 내용 중 충담사 대목에서 “저는요, 충담사가 절 이름인 줄 알았어요.”라고 했다. 충담사가 통일 신라 시대 승려라는 것과 찬기파랑가, 안민가 등은 고등학교 때 배웠다. 나는 언니가 충담사를 몰랐다는 사실보다 자신이 모르는 것을 대중 앞에서 모른다고 인정하는 태도에 놀랐다. 우리는 내가 아는 것을 다른 사람이 모르면 무식하다고 한다. 다른 사람이 아는 것을 내가 모르는 경우도 많은데도 말이다.

언니는 평상시 사람들을 대할 때도 어른스럽기보다 어린아이와 같이 귀엽다. 또한 친한 몇 사람에게 가까이 다가와서 엉덩이를 애교스럽게 두드려 주는 습관이 있다. 오랜만에 나를 만나면 엉덩이를 다정하게 두드리며 아이 말투로 “우리 세라, 잘 지냈쪄용?” 한다. 그럼 나도 언니 엉덩이를 톡톡 두드리면서 “아이궁, 잘 지냈쪄용!” 한다. 가끔은 내가 언니를 보고 먼저 엉덩이를 살짝 내밀면 알아서 격려하며 두드려 주기도 한다. 카페에서 다른 음료를 마시다가 자기 음료도 맛보라며 자신의 스푼으로 다른 사람들에게 일일이 떠먹여 준다. 음식점에 가서도 옆 사람의 그릇에 멀리 있는 반찬을 놓아 주기도 하고 장난스럽게 먹여 주는 시늉을 한다.

한번은 시무룩해 보여서 무슨 일이 있었는지 물었더니 남편과 다퉜다고 한다. 남편이 심한 말을 해서 언니가 “자기, 말 이상하게 한다?” 하고 말았다는 것이다. 흉내 내는 억양이 온화하다. 상황을 들어 보니 나였다면 아마 목소리를 높여서 “아니, 무슨 말을 그렇게 해? 말 다 했어?” 하고 따졌을 것이다.

언니처럼 살면 세상에 맞설 일이 없겠다는 생각이 든다. 언니는 늘 낮게 휘어 있어서 꺾이지도 않고 아예 꺾을 수도 없다. 늘 질 준비가 되어 있는 것처럼 보인다. 논제를 두고 여럿이 이야기하다가 서로 의견이 분분해서 긴장된 분위기가 되면 언니는 언제나 평상심을 유지한 채 차분하고 부드럽게 완충 역할을 한다. 낮고 유연한 세계는 물 흐르듯 잔잔하고 평안하다.

다툼은 위에서 빳빳한 것들끼리 일어난다. 무릇 우매한 듯 부족하고 여린 것은 공격받지 않는다. 가끔 공부하는 곳에 걸린 칠판에다 언니한테 이런 장난을 하곤 한다.

'떠든 학생 ○○○, 지각한 학생 ○○○.'

언니는 늘 다른 사람을 넓게 포용한다. 언니를 보면 노자가 말하는 여성성이 떠오른다. 같은 여자가 봐도 참 가슴 설렌다.

조건부 행복

키 110㎝의 삼성 그룹 이지영 대리. 신문을 보는 사람이라면 '아하!' 할 것이다. 2012년도 삼성 그룹 '열정樂서'의 주인공이며 그해 신문에서 화제가 되었던 인물이다. 이지영 대리가 삼성 그룹을 대표해 1만 명의 청중 앞에 선 것이다. 삼성 그룹은 이날 강연자를 선정하기 위해 공모를 거쳐 일반 직원 10명을 뽑았는데 총 220명이 지원했다.

강연자 중 한 사람으로 선정된 이지영 대리는 삼성 테크윈에 채용되기 전 60개 회사에 원서를 넣었지만 작은 키 때문에 모두 떨어졌다. 남과 다른 외모 때문에 많은 불편함을 겪으면서 이 대리는 깨달은 바가 있었다고 한다. 부정적인 생각은 아무 도움이 안 되더라는 것이다. 부정적인 생각을 할 만큼 해 봤는데 아무런 도움이 안 돼 긍정적으로 생각할 수밖에 없었다고 한다. 생각을 바꾸니 비로소 소소한 행복들이 찾아오더란다. 지금 이지영 대리는 삼성 내부에서 남 앞에 서는 일을 하고 있다. 교육 과정을 기획하고 운영하며 신입 사원 안내와 강의도 맡고 있다.

행복의 조건을 말할 때 성공을 떠올린다. 성공하면 자동으로 행복하고, 성공해야 행복할 수 있다고 믿는다. 선(先) 성공, 후(後) 행복론이다. 과연 그럴까?

성공은 실체가 없는 신기루다. 성공은 상대적 개념이다. 상대와 비교해서 우위일 때 성공이다. 불행하게도 죽을 때까지 내 위에는 누군가 있게 되어 있다. 그러니 애초에 실체가 없는 것을 희구하는 것이다.

세상은 행복이라는 카드를 보여 주면서 더 큰 것, 더 높은 것을 욕망하라고 부추긴다. 저기까지만 도달하면 행복이 있겠지, 또는 저것만 획득하면 행복하겠지 하고 오해한다. 행복과 점점 멀어지는 길이다. 출발점부터 실수(mistake)다. 행복은 조건을 따지고 분석하기 전에 행복하다고 믿고 보는 것이다. 현재를 있는 그대로 받아들이고 만족하는 긍정적인 마인드에서 출발해야 한다. 배움에 순서가 있듯이 행복에도 순서가 있다.

『대학』에서는 배움의 순서를 격물치지(格物致知), 성의정심(誠意正心), 수신(修身), 제가(齊家), 치국(治國) 평천하(平天下)로 말한다. 세상의 사물에 나아가서 이치를 탐구하여 지식을 앎과 실천으로 체득하고, 성실한 뜻으로 마음을 바로잡음으로 몸을 닦고, 그 다음 집안을 가지런히 하고 나라를 다스려야 세상이 평안해진다.

공부 순서가 뒤죽박죽이 되면 남을 위한 일이 먼저가 돼서 정작 자기 관리에 소홀해진다. 그와 같이 행복에도 마음가짐에 순서가 있다. 외부에서 만들어 놓은 조건들에 충족하는 게 우선이 아니라 자기만족이라는 스타트 라인에서 시작하는 것이다. 행복의 전제 조건은 성공이 아니라 만족이다.

성공과 행복은 같이 오지 않는다고 한다. 나는 '성공'이라는 단어가 들어간 문장을 볼 때마다 행복으로 치환한다. 성공해야 행복한 게 아니라 행복이 성공이다. 어느 여성 CEO는 신입 사원 면접을 볼 때 행복해 보이는 사람에게 우선적으로 높은 점수를 준다고 한다. 행복은 만족에서 오고 만족은 현재의 긍정에서 온다. 행복은 마음의 습관이다. 현재 처한 상황에 만족하지 못한다면 어느 상황에서도 마찬가지다. 행복감이야말로 삶과 배움에서 최고 경지의 도(道)다. 세상과 사람을 바라보는 관점이 조화로운 것이다.

만족은 행복의 씨앗이다. 만족을 만나기 위해서는 어찌할까? 인생에 본질을 헤아려서 그것에 절실하면 불평은 절로 잦아든다. 새로 얻는 것은 덤이라고 생각하는 여유가 생긴다.

문득 2012년도 '열정樂서'의 주인공이던 이지영 대리님이 어떤 분인지 궁금해서 직접 통화를 한 적이 있다. 그쪽에서 "여보세요." 하는 첫인사에 '이지영 대리님이구나.' 하고 감이 올 만큼 목소리가 상냥하고 싹싹했다. 짧지 않은 통화를 하는 동안 이지영 대리님이 이야기하는 모습에서 내면이 조화롭게 잘 다듬어진 여성이란 걸 느낄 수 있었다. 깊은 내공이랄까.

현재는 회사명이 바뀌어서 삼성 테크윈이 아닌 한화 테크윈이 되었다고 한다. 이지영 대리님의 앞날에 힘찬 응원을 보낸다.

천직의 발견

> 밤은 우리의 친구 / 말없이 쉬고 싶을 때 어느새 가까이 와서 꿈으로 나를 감싸네 / 뜨거운 태양의 열기도 식혀 주고 그 높은 빌딩의 현기증도 가려 주고 / 캄캄한 어둠과 함께 외로운 나의 가슴에 살며시 스며드네

1980년대 하야로비라는 가수가 부른 노래 '밤은 우리의 친구'다.

학창 시절에는 야행성이었다. 밤늦도록 이런 노래를 흥얼거리며 깨어 있었다. 스탠드를 켜 놓고 학교 공부보다는 시와 수필을 읽으며 친구에게 편지도 쓰고 라디오에서 소개되는 사연에 귀를 기울이기도 했었다. 친구가 집으로 찾아오면 손잡고 나가서 집 근처 계단에 앉아 정답게 이야기를 나누며 시간 가는 줄을 몰랐다.

나이가 들면서 아침형 인간이 되더니 이제는 새벽형 인간이 되

어 간다. 고등학교에 다니는 아들이 야간 자율 학습을 끝내고 도서관에 들렀다가 집으로 돌아오는 날에는 먼저 잠이 든다. 특별한 일 없이 늦게까지 깨어 있다 보면 다음날 내내 피곤해서 하루를 날려 버리게 된다.

나는 요즘 일찍 자고 일찍 일어나는 새 나라의 어린이가 되었다. 날이 밝기 전에 새벽이 주는 청정한 고요가 좋다. 새벽에 베란다 창을 열면 아파트를 감싸고 있는 도봉산의 정기가 시원하게 밀려든다.

새벽 3시에 조간신문이 배달된다. 가족들이 일어나기 전에 식탁에 앉아서 조용히 신문을 훑어본다. 마침 기다리던 칼럼이 실리는 날에는 일찍 만나서 더욱 반갑다. 불확실한 시대에 기다리면 반드시 오는 확정성이 기약되는 게 신문 칼럼과 라디오 문자다.

아침에 일어나면 가장 먼저 라디오를 켠다. 라디오를 듣다가 내가 좋아하는 음악이 나오거나 곡목을 알고 싶을 때 방송국으로 문자 사연을 보낸다. 방송국에서는 어김없이 답문이 온다. 짧지만 따뜻한 온정이 느껴진다.

지금 라디오에서는 조동진의 '행복한 사람'이 흐르고 있다. 어떤 노래를 들으면 그 노래와 연관된 추억이 떠오른다. 이 노래는 중학교 때 국어 선생님이 좋아하셨던 노래다. 내가 다닌 중학교는 한 학년을 두 선생님께서 나누어 가르치셨다. 우리 반을 가르친 선생님의 기억은 가물가물한데 이 노래를 좋아하신 이혜선 선생님의 모습은 또렷이 기억한다.

당시 선생님은 30대 중후반이었던 듯하다. 대체로 외모가 보이시 했던 선생님은 160㎝ 정도의 키에 이마를 살짝 가린 얌전한 쇼트커트를 하셨고 단정한 바지 정장 차림이었다. 갸름한 얼굴 양 볼에는 주근깨가 약간 있었다. 안경은 끼지 않았다. 복도에서 선생님을 뵐 때면 늘 소리 없는 미소를 짓고 계셔서 언제나 입꼬리가 올라갔다.

이혜선 선생님께 배우는 친구들은 수업이 끝나면 다른 반 교실에 놀러 가서 국어 수업 자랑을 하곤 했다. 친구에게 들은 바에 의하면 선생님께서는 중학교 국어를 문학 수업답게 가르치셨고 조동진의 노래를 좋아해서 수업 시간에 '작은 배'나 '나뭇잎 사이로', '행복한 사람'을 자주 불러 주셨다고 한다.

학교를 졸업하고도 조동진의 노래를 들을 때마다 선생님이 떠오른다. 선생님은 노래 제목처럼 행복해 보였다. 지금 선생님의 모습을 회상해 보면 문학이 몸에 배신 분 같았다. 몸가짐이 항상 여유로웠고 표정은 언제나 온화했다. 선생님은 국어 교사가 천직인 분임에 틀림없었다. (이건 사족인데 조동진의 '나뭇잎 사이로'와 에어 서플라이의 'All Out Of Love'는 도입부가 매우 흡사하다.)

영어를 처음 배울 때 직업을 뜻하는 단어가 의미에 따라서 다양한 것이 신기했다. 직업을 나타내는 여러 단어 중에 vocation이나 calling은 신의 부르심, 천직을 뜻한다. 인생에서 가장 행복한 사람은 천직을 발견한 사람이다. 어떤 일이든 그 일을 행복하게 하는 사람을 보면 천직 같다는 생각이 든다.

라디오 음악 방송을 오래 듣다보니 그 일이 천직으로 느껴지는 진행자가 있다. CBS FM 김용신 아나운서다. 그녀는 필(feel)이 좋다. 소통하는 감수성이 뛰어나다. 진행자와 청취자의 비중이 조화롭다. 방송에 군더더기가 없고 감각이 센서블하다. 발음은 정확하고 말은 쫀득쫀득하다. 억양은 선명하고 표현은 깔끔하다. 말투는 진실하고 느낌은 다정다감하다. '아침 공감'이라는 코너에서 좋은 글을 읽고 나서라든가 음악이 흐른 다음에 자신의 감상을 이야기할 때마다 긍정적인 사고에서 유쾌한 태도가 흘러나온다.

방송을 듣다가 방송국에 문자 사연을 보내면 아마도 김용신 아나운서가 제작한 듯한 센스 있는 답문이 온다.

'그날의 철쭉과 개나리들은 어떻게 됐을까요? 이렇게 추워지기 전 철 모르고 핀 봄꽃들…….'

단문이지만 읽으면서 의미를 한번 생각하게 한다. 시절과 상황에 맞는 문장을 위해 고민한 흔적이 보인다. 언어 구사나 다듬어진 성품으로 보아 평소 책을 많이 읽고 성찰하는 생활을 하는 진행자 같다. 자기 관리를 잘하고 자신을 사랑하는 삶을 사는 듯하다.

천직(天職)은 말 그대로 하늘이 내린 직업이다. 천직을 발견하는 일은 우주를 두어 번 구한 사람이나 가능하지 않을까. 물론 천직에 가까운 일을 발견하는 방법은 있다. 내가 무슨 일을 할 때 가장 행복한가를 따져 보면 된다.

만일 누군가 나에게 '당신은 무슨 일을 할 때 가장 행복합니까? 당신의 어떤 일을 천직이라고 생각합니까?' 라고 묻는다면 나는 공부하고 살림할 때가 가장 행복하다고 대답하겠다. 내 천직은 공부하는 주부다. 삶의 성공은 행복이다. 행복하면 성공한 것이다.

가장 행복해 보이는 사람은 남이 알아주는 일을 하는 사람이 아니다. 자기 일을 행복하게 하는 사람이다. 자기 행복을 발견한 사람이 천직을 발견한 사람이다. 김용신 아나운서 방송을 들을 때마다 그런 생각이 든다.